郁達夫と大正文学

〈自己表現〉から〈自己実現〉の時代へ

大東和重［著］

東京大学出版会

Yu Dafu and Japanese Literature in the Taisho Period:
From the Era of "Self-expression" to the Age of "Self-realization"
Kazushige OHIGASHI
University of Tokyo Press, 2012
ISBN 978-4-13-086040-6

郁達夫と大正文学　〈自己表現〉から〈自己実現〉の時代へ——目次

目　次

序章

郁達夫と大正文学——第一次大戦後の文学と〈自己実現〉

一九一三年、大正二年十月、一人の中国人留学生が日本に到着した。郁達夫《いくたつぷ》（一八九六－一九四五年）、名は文、達夫は字である。(1) 浙江省富陽県の、代々つづく読書人の家庭に生まれた。父は私塾の教師や下級の役人を勤め、郁はその三男である。生後二年で父は病没した。

郁達夫はまず近所の私塾で学んだ後、小学堂を卒業し、つづいてやや離れた同じ浙江省内の、いくつかの中学で学んだ。日本留学は、長兄郁曼陀《いくまんだ》（一八八四－一九三九年）の導きによる。一足先に留学し、法政大学専門部法律科を卒業した兄は、帰国後司法界で活躍していた。日本へ司法制度の視察に向うことになり、連れられて郁も日本へ渡ったのである。

一九一三年十月から東京で生活を始めた郁達夫は、十一月、神田正則学校に入学、受験勉強を経て、翌一九一四年七月、第一高等学校特設予科に合格した。一年後の一九一五年九月には、名古屋の第八高等学校第三部（医科）に入学、翌年九月、第一部つまり文科に転ずる。一九一九年六月、八高を卒業、十月、東京帝国大学経済学部に入学。二一年九月から一時帰国して、安徽省の安慶法政専門学校で教職に就くなどした後、約半年ぶりの一九二二年三月、卒業試験のため日本へ戻り、無事卒業した。いったん東京帝大文学部言語学科に学士入学するも、七月、最終的に帰国した。その後、一九三六年に再来日した以外は、日本を訪れることはなかった。つまり郁は、まず東京で約二年間を過ごした後、名古屋で約四年間、再び東京で二年半過ごした。一時的な帰国はあるものの、一九一三年十月から二二年七月までの、九年間に近い、長い日本滞在だった。

日本で郁達夫は、文学に耽溺する生活を送った。東大在学中の一九二一年六月、郁は留学仲間だった郭沫若《かくまつじゃく》や張資平《ちょうしへい》・成仿吾《せいほうご》らと、文学団体創造社を結成した。同年十月には、処女創作集『沈淪』（泰東図書局）によって、中国上海の文壇に華々しく登場する。その小説は、感傷的かつ退廃的な色彩を帯びながらも、清新の気が漂う私小説風の作品が主であるが、中国の古典に通じ、旧詩に長《た》け、日本を含む海外の文学に詳しく、数多くの翻訳紹介を行い、評論や随筆・紀行文・日記にも見るべきものあり、一九二〇年代から三〇年代にかけて、文人の風格をそなえた、中国文壇の中心的な作家の一人として活躍した。

以上が本書の主人公である郁達夫の、日本留学時代を中心とした半生の略歴である。しかし、「郁達夫」という名前を見て、日本の近現代文学を愛読する、もしくは研究する人々の中で、その名を知り、その人生、業績の数々を思い浮かべる人が、果たしてどれだけいるだろうか。日本の多くの読者、文学を愛好する人々にとってさえ、郁達夫など特に印象のない、知る必要もない作家ではなかろうか。

日本で知られる中国近現代文学の作家といえば、魯迅が一番で、二番はない。日本の文学愛好者にとって、中国文学とは主に、『論語』や『史記』、李白杜甫の漢詩や、『三国志演義』『水滸伝』といった明清小説などの古典を指し、近現代の文学は、イメージが湧かないか、せいぜい、文学的には面白味のない左翼文学のような、暗くて地味なイメージだろう。中国の近現代史が、斜陽の大清帝国と、中国を侵略する列強や日本、革命家孫文や国民党の領袖蔣介石、共産党を率いる毛沢東らの英雄たちが、三つ巴、四つ巴の戦いをくりひろげ、波乱万丈で興趣尽きないのに対し、中国の近現代文学は、あまりにも華がない。文豪といっても魯迅しかおらず、しかも多くの読者にとって魯迅は、恐らく漱石やバルザックやドストエフスキーのように、無我夢中の読書体験を提供してはくれない。では誰を読めば中国文学の魅力に惹き込まれるのかといっても、魯迅以外に著名な作家もなく、そもそも文庫等で手軽に読める作家などごくわずかである。日本における中国の近現代文学は、大学の文学部、しかも中国文学の狭い業界でのみ読まれてきた、というのは言い過ぎとしても、研究者たちの地道な宣伝普及の努力にもかかわらず、ほぼこの限られた範囲でしか読まれていないのが現状ではなかろうか。

もちろん中国ではそうではない。日本と比べれば少なくとも現在、まだ文学には世の中に影響を与える力があると考えられていて、中国文学科は花形の学科の一つである。そして本書の主人公である郁達夫は、一九二〇年代前半、五四新文化運動後の中国で勃興した新文学を代表する作家の一人である。中国における名声は、魯迅やその弟の散文家周作人、代表的な長編作家で日本でも翻訳が比較的手に入りやすい、茅盾《ぼうじゅん》や老舎《ろうしゃ》・巴金《はきん》、恐らくは作家として最も才能のあった沈従文《しんじゅうぶん》、あるいは中日友好協会の名誉会長でかつては日本でもよく知られた、郁の盟友郭沫若らのそれに、おさおさ劣るものではない。

第一章で見るように、一九二一年刊行の作品集『沈淪』は、魯迅の最初の短編集『吶喊』と並んで広く読まれ、新文学の記念碑となった。二〇年代には中国文壇で最も旺盛な創作力を見せた作家で、一九二七年には三十代前半にして全集を刊行開始（創造社出版部）、『郁達夫評伝』（素雅編、現代書局、一九三一年）などの評論も書かれて、一方の旗手として活躍した。郁の作風は、自己の身辺に取材した私小説風のものを中心とするが、同時に文人趣味を生かした随筆、広範な文学知識にもとづく文学論や入門書を多く書き、また二〇年代後半以降は長編小説にも着手、恋愛と読書の記録である日記を刊行するなど、多方面で活躍した。中国の文壇で最初期に左翼文学に理解を示すなど、柔軟な姿勢の作家でもあり、抗日戦争中にはシンガポールで激烈な反日宣伝運動に従事した。現在すでに整った著作集・全集が三種も刊行され、伝記の類が数多く書かれ、研究者も増える一途である。

日本でもかつては、郁達夫の翻訳が出され(2)、研究が進められてきた。例えば、第一章以降しばしば触れることになる、鈴木正夫氏の研究は、中国の研究にも大きな影響を与えた、日本の中国現代文学研究が生んだ誇るべき成果の一つである(3)。日本で郁達夫文学に関わる研究者は、恐らく十指に余るほどで、日本の中国現代文学の研究者の総数からすれば少なくない。また、郁達夫の名を知る日本人であれば、文学者としての名声よりも、一九四五年、終戦直後のスマトラで日本の憲兵によって惨殺された、日中の狭間に生きた悲劇の人として知る方があるかもしれない。

とはいえ、日本で郁達夫が、たとえその名が一部で知られているにしても、読まれることの稀な作家であることは変わらない。日本文学の愛読者や研究者にとっても、その事態は同じだろう。郁の作品を読む人が少ないどころか、本書でその名前を初めて目にする人さえあるかもしれない。

そんな中で、本書は、郁達夫という作家の眼を通して、もう一つの大正文学史を書く作業を行うものである、と述べたら、いささか奇異に響くだろうか。

＊

本書の目的は、まず、日本に約九年間滞在し、日本文学から深く影響を受けて、帰国後創作活動を開始した、現代中国の作家郁達夫における、日本文学受容の痕跡をたどることにある。日本に長期間留学した作家は、郁だけではない。明治末年に留学した魯迅や、大正にかけて滞在した周作人、郁と同世代の郭沫若や成仿吾・張資平・田漢、これに遅れて大正後半や昭和に来日した夏衍《かえん》や胡風など、枚挙にいとまない。彼らの日本体験については、個別に研究成果があり、特に魯迅の日本留学については大きな研究の蓄積がある。本書は、こういった先行研究に伍して、郁達夫における文学を中心とする日本体験を、実証的に跡づけることを目的の一つとする。

しかし本書の狙いは、必ずしも、郁達夫における大正文学受容の検討にのみあるのではない。というのも、郁と日本文学の関係は、魯迅や郭沫若の場合のごとく、単に日本文学をいかに受容したかを明らかにして探求は終わり、というわけではない。先に記したように、一九一三年に来日した郁は、一高特設予科、八高、東大で学び、二二年に帰国した。十代の終わりから二十代の半ばまで、まさにその文学が形成される青春時代に、日本で文学に耽溺し、読書三昧の日々を送った。郁が他の中国人作家たちと異なるのは、その文学への沈潜の深さ、及び圧倒的な読書量においてである。郁は同時代の日本文学はもちろんとして、堪能だった日・英・独語を通じて、当時日本で流行していた海外の文学や思想に触れた。大正日本で広く読まれた日本及び海外の文学を消化した量において、郁はどの中国人作家と比べても人後に落ちないのみならず、日本人の作家たちにも優に比肩しうる。

帰国して文学活動を開始した郁達夫は、創作だけでなく、自身の文学上の知識を存分に生かした評論活動に励んだ。また、断片的ではあるが読書の記録を中心とする日記を残した。これら一九二〇年代に記された、小説・評論・随筆・日記・書簡を仔細に検討していくと、その小説に同時代の日本文学の影響が濃厚に見られるだけでなく、大正日本の文壇における、海外文学や思想も含む流行の痕跡を、随所、端々に見出すことができる。その影響は、先行研究でくり返し指摘されたような、当時日本で流行していた私小説の手法を応用して創作した、という皮相なレベルに止まらない。郁達夫の文学には、大正の文学の痕跡がそれと分かる形で残されていて、詳細にたどることができるだけでなく、受容の痕跡をたどることが同時に、当時の文学を見直す作業にもつながる可能性がある。

筆者は先に、拙著『文学の誕生　藤村から漱石へ』（講談社、二〇〇六年）で、日露戦後の一九〇七年、明治四十年前後、日本の近代文学がいかに大きく変化したかについて論じた。この作業を可能にしたのは、当時の雑誌や新聞に掲載された、批評や時評・文学論・ゴシップ欄の記事などの、膨大な量の同時代評の数々だった。当時の文学雑誌を一冊ずつ手に取り、記事を順に読む過程で、日露戦後の数年間で日本の近代文学に決定的な転機が訪れたことを感じ、日露戦後の批評で最も扱われることの多かった作家、島崎藤村、国木田独歩、田山花袋、小栗風葉、夏目漱石の五人を取り上げ、評価の変遷をたどることで、〈自己表現〉なる文学性を軸に、文学と文学でないものの境界線が新たに引かれ直した経緯について論じた。そしてこの作業を、大正の文学雑誌についても行う過程で、第一次大戦後（大戦勃発の一九一四年中に、青島・南洋群島における日本の戦闘行為は終了した。本書では、それ以降を実質的な「戦後」と呼ぶことにする）の一九一七年、大正六年前後、次の大きな転機が訪れたのではないかと感じた。

具体例を引いてみよう。[4]『新潮』の編集者だった中村武羅夫《むらお》（一八八六―一九四九年）は、大正五年末、『新潮』に匿名で連載していた文壇展望欄「不同調」（一九一六年十二月）で、当時の文壇を「三派」の「鼎立《ていりつ》」と見た。第一派が「白樺派」で、武者小路実篤・長与善郎《ながよよしろう》の名が挙げられ、「新文芸の急先鋒と目されつゝある」。志賀直哉や有島武郎の名はまだない。第二は「新赤門派」と呼ばれるグループで、芥川龍之介、久米正雄、菊池寛、松岡譲ら『新思潮』同人などが挙げられる。さらに第三が「新早稲田派」で、広津和郎、谷崎精二、相馬泰三が主だった名である。この三派が鼎立して「新文壇」が形成されていく、というのが中村の見取り図だが、趨勢はまだ渾沌としていた。

それが一年後の、大正七年冒頭、中村は次のように記す（「不同調」『新潮』一九一八年一月）。

> 大正六年といふ年は文壇に一転機を画した年であつた。自然主義運動のあつて以後、恐らく此の年ぐらゐ、凡《すべ》ての点に亘《わた》つて変化の顕著だつた年はあるまい。此の年に至つて、愈々《いよいよ》古い葉は落ち尽して、もえ出してゐた新しい芽がみづ〳〵しい青葉となつたのである。有島武郎氏や、志賀直哉氏の如きは特に深い印象を残した人で、十二月の「黒潮」に出た和辻哲郎氏の二氏に対する推讃の辞（＝「今年の創作界に就て」『黒潮』一九一七年十二月、引用者

注〕の如き、二氏に対する一般的感激と驚嘆との総量と云つてもい、ものであつた。〔中略〕広津和郎氏もメン・カレントの作家として最も嘱望された。その外、豊島与志雄、長与善郎、芥川龍之介、里見弴《とん》等の諸氏また引続いて愈々その特色を闡明《せんめい》し、動かすべからざる地位を獲得するに至り、新興文壇の予言者たる武者小路実篤氏の事業は益々陸離たる光彩を放つを見た。〔振り仮名（現代仮名遣い）・傍線は引用者による、以下同じ〕

中村のごとく、一九一七年、大正六年前後を文学の転換期と捉えた同時代評が、相当な数に上ることは、一七年の文学を概括した藤井淑禎が、当時の時評の「「転換期」という見立て」として指摘する通りである。(5)

これはこの時期を経験した文学者たちの回想からも確認できる。新進作家だった江馬修《なかし》（一八八九－一九七五年）は、自身が『受難者』（新潮社）を出版した一九一六年以降の数年間について、「各方面に新作家が競い立って、一せいにさまざまな色合の花を咲かせ始めた。おそらく日本の文壇始まって以来の華やかな現象ではなかったろうか」と回顧する。(6) 文学に志しながらも『読売新聞』の記者だった青野季吉《すえきち》（一八九〇－一九六一年）は、「その時期〔大正四～七年〕は、わたしと同世代の文学青年が文壇に出かかっていたり、すでに新進作家として、華々しく文壇に迎えられたりして、自然主義文学や白樺派文学の後を承けて文学の新しい時代がひらけようとしていた」こと、その新機運を横目に見て、「焦りに似た複雑な気持に堪えかねた」心境を記す。(7) 二人より十歳下の文学少年だった尾崎一雄（一八九九－一九八三年）は、「大正五年から六年、七年にかけては、新進作家が揃つて出てきて文学少年の目には非常にはなやかにうつつた」と振り返り、敬愛する志賀を筆頭に、中村の見取り図通りに作家たちの名を列挙する。(8)

この時期、文学作品を掲載する雑誌はまだ数が少なく、原稿料もたかが知れていた。一九一七年『三田文学』に評論や小説を書き始めたばかりの若い小島政二郎《まさじろう》（一八九四－一九九四年）は、「その頃は雑誌も少なく、「中央公論」「新小説」「文章世界」「新潮」、遅れて「改造」、そのくらいしかなく、原稿料はわずかで、筆一本では食べて行けなかったと回想する。流行作家となりながら、海軍機関学校で英語を教えていた芥川龍之介（一八九二－一九二七年）とは、一九一八年以来親しい交流があった。西洋の原稿料の話題が出たとき、芥川は教師もしくは新聞・雑誌記者稼業のかたわら小説を書く境遇をぼやいて、「日本では、永遠に不愉快な二重生活さ」と語ったという。(9)

しかし、流行作家であれば文学だけで食べていける時代が、もうそこまで来ていたのも事実である。新進の批評・小説家として活躍した広津和郎（一八九一－一九六八年）は、大正六年から大正八年にかけて、『中央公論』の原稿料が一枚一円から二円に倍増、大正八年創刊の『改造』の刺激もあって、関東大震災前の大正十二年には五円へとはね上がったことを記憶している。そしてこの、原稿料が見る見る上がった時期を、作家生活に忸怩たるものあった内心はともかく、「文運隆盛時代」と呼ぶ。(10) 一九一七年前後に出揃った大正の作家たちが、この「隆盛」を作り出し、享受するのである。

以上の事態を反映して、これまでに記された文学史でも、一九一七年、大正六年前後を画期と捉えたものは多い。臼井吉見は古典的な『大正文学史』において、大正五年前後には明治の作家の代表作が相次ぎ、七年前後には大正作家の代表作が出揃うことから、大正文学を前後に二分する場合、「大正七年がひとつのメドになるだろう。世界大戦の終結した年である」とする。(11) 谷沢永一は、『シンポジウム日本文学17　大正文学』の第三章「文学史における大正五年（一九一六）の意味」において、江口渙《かん》・広津和郎・小田切秀雄・小田切進・紅野敏郎の所説を引きつつ、「文学史」の「転換点・結節点」の一つとしての大正五年を、漱石系の大正教養主義への動向の顕在化、森鷗外の史伝への没入、芥川ら新現実派の文壇的地位の確立、白樺派の文壇主導とこれに対する批判の高まり、江馬修・宮嶋資夫らの登場といった角度から、総合的に論じている。(12) 紅野敏郎は「大正期文壇の成立」において、『文章倶楽部』が創刊された大正五年、また『新潮』が「文学雑誌・文芸雑誌として半世紀以上の驚異的な伝統を確立し得た」大正中期における、「大正期「文壇」の成立」について、両雑誌の役割・特集・執筆者の角度から論じている。(13)

また山本芳明は、『文学者はつくられる』所収の「大正六年　文壇のパラダイム・チェンジ」において、大正六年は「文壇の新旧交代が劇的に進行」しただけでなく、「作家の実人生と作品の関係、それに連動する作品の評価に関する新しいパラダイムとそれをよしとする感性が顕在化し、正当化されようとしていた」と論じ、この新しい秩序の頂点に、この年『和解』を発表することで、志賀直哉が立った、としている。[14] 他にも、猪野謙二は大正七、八年で「一つの区切りがつけられ」ると主張し、[15] 瀬沼茂樹は一九二〇年前後で二分しながらも、大正五年ごろから見られる「屈折点を契機として」、大正九年には「近代文学の転機が完結し」たと述べる。[16]

　このような見方には反論もある。藤井淑禎は、当時の時評の「「転換期」という見立て」は、より多く、コマーシャリズムに汚染されたジャーナリズム主導による」側面があり、新旧作家の交代や作品の質の面で、その掛け声には首をかしげざるをえない点があると指摘する。[17] しかし、大正六年前後に新進作家たちが地位を確立し、自然主義以来の作家たちと拮抗して、大正文学の傑作と目される作品を続々発表するようになったのも事実である。しかもそれ以上に、この時期日本近代文学に何らかの質的な変化が生じたことこそ、より強く転換期を印象づけるのではないかと筆者は考えている。

　単なる世代交代ではない、文学そのものの変質について、瀬沼や山本も引く、和辻哲郎（一八八九－一九六〇年）の評論を見てみよう。和辻は大正五年以降、哲学研究のかたわら、文芸誌で精力的に評論を発表していた。そして大正半ばに訪れた「転機」を、より積極的な筆致で強調する。大正五年末、和辻は「文壇は果して不振である乎《か》（文芸時評）」（『新小説』一九一六年十二月）で、冒頭から、「私は文壇がだん〳〵振つて来る事を感じてゐる」、「こんないゝ作が沢山出てゐるのに文壇不振だなどゝは以ての外だ、と怒鳴つてやりたい」と威勢がいい。そして「何々主義」の代わりに、「たゞいろ〳〵な「人」が居る」として、まもなく没する漱石につづけて、次の人々の名を挙げる。

近頃白樺派の新進作家といふ語が大分多く使はれてゐるやうだが、今頃「新進作家」と呼ぶのもおかしいぢやないかといふ気がする。〔中略〕「或青年の夢」（一部分しか読まないが）を書いた芸術家〔＝武者小路実篤〕が我々の誇である事は、誰も異存がない筈《はず》だと思ふ。

志賀氏は近頃書かないが、私には氏の旧作がだん〳〵光を増して来る様に思はれる。有島武郎氏のもさうだ。長与里見両氏は近来恐ろしい進境を示してゐる。〔中略〕

もつと新らしい人たちでは私の読まない人が多いのだからハッキリした事は云へないが、読んだ限りでは仲々賑かだと思ふ。江馬君〔＝江馬修〕の「受難者」などはかなり「文壇をして振るはしめる」ものだ。新思潮をやつてゐる芥川、久米、松岡、成瀬の諸氏が元気よく書き出したのも賑かに感じられる。尤も芥川氏が「しッかり摑まう」とする要求に押され過ぎて、極めて容易に自分に摑めるものだけしか摑まないのは、（さうしてそれに満足してゐるらしいのは、）氏のために取らない。

和辻は「前途はまだ遠い」と譲歩しながらも、「とに角文壇は振るつてゐる。さうしてもつともつと振るはうとしてゐる」と結論した。そして三ヵ月後の大正六年三月には、自然主義時代を代表する批評家島村抱月（一八七一―一九一八年）の、白樺派攻撃（「将に一転機を画せんとす」『時事新報』一九一七年二月二十八日・三月一・三日）に対抗して、「既に一転機、到れり」（『時事新報』一九一七年三月十・十三―十五日）を書き、「新機運が到来した」こと、この機運は「一時的の問題ではなくて、非常に根本的な文化上の革新の端緒」であることを高らかに宣告する。(18) 和辻によれば、この「機運」とは、「生活態度の相違」、「人間の相違」である。抱月らの提唱した自然主義が「真実」に価値を置き、「自己の内生の「あるがまま」に満足」していたのに対し、新機運の人々は「行かせる限り自己を生かし切ろうとする」、「真に自己を高め豊富にしようとする」。

その到来を言祝《ことほ》ぐ「機運」を、和辻がより分かりやすい言葉で提示したのが、「創作の心理に就て」（『文章世界』一九一七年一月）である。和辻によれば、「創作と呼ばれるもの、内に、真の創作と偽の創作」があり、偽の創作は「本当に生きやうとしてゐないノンキな似而非《えせ》芸術家が創作」している。一方、真の創作には「生を高めやうとする熱欲」「高まつた生の沸騰」があるとし、次のように述べる。

自己の生命をより高くより深く築いて行くことが、創作の価値をより高からしめるためには必須の条件である。人は偉大な作品を創りたいといふ気を極めて起し易い。併し偉大な表現はたゞ偉大な内生あつて初めて可能になるのである。何を創作したいといふ事よりも、先づいかに生きたいといふ欲望が起らなくてはならない。人は第一に生きてゐる。表現はそれに即しそれに伴ふ。我々のなすべき第一の事は、決然として生の充実、完全、美の内に生きて行かうとする努力である。

和辻にいわせれば、「創作」とは「自己表現」であるが、感情や意志を持つことも自己表現であり、「芸術の創作は要するにこの自己表現の特殊の場合に過ぎない」。芸術が単なる「自己表現」から脱皮するのは、「沸騰せる生命を永遠の形に於て表現」する場合であり、そこには「高められたる生命」、「生の充実、完全、強烈」がなければならない。つまり、表現の前にまず求められるのは、「生きてゐる」こと、「決然として生の充実、完全、美の内に生きて行かうとする努力」である。

日露戦後の新文学で打ち出された、文学は〈自己表現〉の産物である、という考え方へのあきたらなさは、もっと早くから表明されていた。例えば高村光太郎（一八八三－一九五六年）は、漱石の、「自己表現に始まって自己表現に終る、という、先生の芸術の看板文句」に反発、「西洋画所見」八（『読売新聞』一九一二年十三日）で、「芸術は作家にとつて絶対である。自己が其の全部である。自己を思ひ、自己の表現を念ずる余裕などはある可き筈がない」と反論した。[19] このため、漱石及びその弟子たちとの間に溝ができたという。[20] しかしこの対立が鮮明に表れるのは、大正半ばのことである。

「生の充実」を主張する和辻哲郎の横に、大正の文芸評論を広津和郎とともに代表する、佐藤春夫（一八九二－一九六四年）の文学論、「芸術即人間」（『新潮』一九一九年六月）を並べてもいい。

芸術家が彼自身に沈潜する場合、平生はさまざまなものに故障されて、完全に働かせることの出来ないところのすべての彼が、そこに本来の姿をもつて悉く現はれて、彼自身のなかに、複雑な霊妙な活躍を初める。〔中略〕さうしてそこに一つの彼自身、最もいいと信ずるところの自分を自分で作り出す。その時、彼は彼自身のうちに革命的の動乱を惹起して、更にそれを最高の自分自身で統治する。彼は彼自身のすべてを坩堝《るつぼ》のなかへ投げ込む。さうしてその燃えて溶けてゐるところの彼自身のなかから、自分自身のうちの貴金属をのみ択び出す。〔中略〕芸術家にあつては、製作することは生活の記録をつくることではない。実に、それは生活そのものである。よき芸術品はよき芸術家の生活そのものを、それ自身に於て全く直接に見せて居る。

あるいは、この時代に己れの文学を育んだ、大正文学の申し子とも呼ぶべき小島政二郎の、「小説は芸じゃない。技術？　とんでもない。小説とは、文章とは、筆を持って机に向う以前の——その瞬間までの、作者の全生活の堆積だ」という、本人いわく「悟り」も、傍証の一つになるだろう。[21]

本書では以上の、和辻や佐藤の文学論に典型的な、文学作品に価値があるかどうかの判断基準に、作家の「生の充実」を置く座標軸を、自己の発展、完成、実現など、当時しばしば使われた用語の中から、文学作品の創作を通して、本当の、真実の自己を見出し、実現していくことに重点を置いて、〈自己実現〉と呼びたいと思う。

そしてこの〈自己実現〉が、文学が文学として自身をアイデンティファイする原理として獲得されていく経緯、つまり、大正半ばにおける文学の自己同一化の物語を、以下の章では、郁達夫における大正文学受容の痕跡を明らかにすることを通して語っていく。郁が日本で自身の文学を形成した、一九一三年から二二年まで、つまり大正二年から十一年までは、大正の新しい文学が勃興し、最盛期を迎えた時期に当たる。ことに、郁の日本語が充分堪能になったと思われる来日四年目、旧制高校の文科に転じた大正五年から、大学に進学しやがて帰国が近づく大正七、八年までの約三、四年間、文学は大きく変化した。この変化を、以下の章を先取りして述べるなら、明治末年、日露戦後の〈自己表現〉の時代から、大正半ば、第一次大戦後の〈自己実現〉の時代へ、ということになるわけだが、郁は、この日本文学の大きな転換期の一つを目撃しつつ、文学に没頭する生活を送ったのである。


本書も前著同様、文学史の記述を目的とし、日本近代文学の大きな曲がり角について論じることを目指すが、前著とは異なる手法を用いる。それは、日本人ではない、外部の人間の眼を通して、日本の文学が再び大きく変化した、大正半ば、第一次大戦後の文学を論じる、というものである。通常文学史は、使用されている言語と大きく関わることから、渦中にあった人々の残した、その人々の用いた言語による記録を使って記されるのが常套だろう。対象が大正の文学なら、大正の作家たちの作品を読み、評価し、分析することによって、大正文学史は記述される。これに、当時の雑誌新聞の記事や評論、後世の回想や研究を組み合わせるのが通例である。

しかし本書では、外国人作家の視線を出発点に、これに上記の資料を関連づけることで、当時の文学を再現したいと考えている。中国人留学生の眼を通した、日本文学史記述の試みである。この方法を用いる最大の理由には、郁達夫の眼を通すことで、大正文学を記述する際に、当時の文学と絶妙の距離を保つことができる、という利点がある。

文学史を記述する際に、後の時代を生きるわれわれは、特定の文学史観、もしくは記述者の主観に依拠して記す他ない。現在われわれが目にする大正文学史は、ある時代的社会的な文脈のもとで、時間をかけて形成され、しかも形成された一刻一刻に遡及することが困難な文学史観にもとづき、メジャーな作家、マイナーな作家の選別を行い、作品に対し優劣の評価判定を下し、結果として残ったものに極端なほど明るい光を集中的に当てる形で記述されている。大正文学を彩るメジャー作家といえば、谷崎、武者小路であり、志賀、有島、芥川であり、これらスター作家の人生や作品について記すことが、イコール大正文学史となっている。

しかし当然のことながら、彼らが大正文学を代表するというのは、後世の評価や選別を経てのことである。まさに文学が作られていた現場に立ち戻って検証したわけではない。志賀は生まれたときから「小説の神様」であったはずはなく、ある瞬間に、もしくは徐々に「小説の神様」となって行くのだが、偉大な文豪だというゴールから出発して、その人生を遡り、時には親兄弟や祖父や祖先に至るのが作家論で、この作家論を複数束ねることで、勝者の列伝としての文学史が出来上がる。それがいささか不公平な作業なのは、有罪だという前提から裁判を開始し、罪を犯す前の些細な素行をあげつらうのが不公平なのと同様である。志賀をはじめとする著名作家の列伝を書き、その文学の内部にのみ深く錘《おもり》を下すことは、必ずしも当時の文学のメカニズムに即した文学史の記述とはならない。

文学史上の勝者たちの華々しい戦績、英雄列伝ではない文学史を書く上での、困難を克服するために、『文学の誕生』では、作家や作品自体ではなく、同時代評を中心に据え、併せて当時を生きた作家たちの実感を込めた回想を利用する、という方法を採った。一方今回、第一次大戦後を中心とする大正文学を記述する上で用いるのは、この時代の最中に生き、現場に立ち会いながら、この時代からは一定の距離ある位置に立っていた人物の眼を通すことで、当時の文壇で何がどのように流行していたのかという表面的な事実と同時に、時代を動かしていた力学についても明らかにする、という方法である。

郁達夫は、大正の日本、中でも優雅な読書と思索の空間が保証された旧制高校にあって、同時代の文学や思想の流行に極めて敏感だった。とともに、その膨大な読書量、恐らくは言語的あるいは慣習的な相違から生じた日本文学に対する一定の距離は、個人的な嗜好にもとづく、部分的断片的な受容だけではなく、当時の日本文学の全体を受け入れ、自らの文学として実践することも可能にした。

郁より三歳年下で、同じく豊かな読書量を誇る尾崎一雄は、「書くことより読む方が好きなたち」だった。しかも、「「大読者」的立場をとつて、身びいきに陥らぬやうつとめ」た、郁と経験の重なるところの多い、たぐい稀な読み巧者である。[22] 読書人生の結実と呼ぶべき、晩年の長編自伝『あの日この日』は、詳細かつ公明正大、時代の克明な証言となっている点で、文学回想録の傑作の一つである。だがこの尾崎にしても、その読書には極端な志賀傾倒というバイアスがあり、例えば和辻や郁が感動を受けた大正の流行作家、江馬修が自伝に出てこないように、いくら流行ろうと審美に適わぬ凡庸な対象には手厳しく、渦中にあった人の先入観から免れがたいと言わざるをえない。

一方、日本の作家にとって平凡で当たり前のことが、異国で生まれ育った青年にとっては新鮮で、強い印象を残すことがある。日露戦後につづき、何が文学で何が文学でないかの境界線が、第一次大戦後の数年間で新たに引き直される現場に、郁は立ち会い、それを自らも引き受けて文学活動を開始した。つまり郁達夫は、大正文壇の流行の先端を追いつつも、大正文学を根本から支えていた原理をも全身で受け止め、自身の創作を開始した。またその印象や経験を、後から操作すること少なく、公平に記録に留めた。よって、郁の文学に残された大正文学の痕跡をたどる作業は、大正文学の表層と深層を明らかにする作業へとつながることが期待できるのである。

大正文学の研究は、一九九〇年代後半以降、山本芳明の一連の研究や、『編年体大正文学全集』の刊行などで、新たな段階に入った。自然主義に対抗して勃興した、漱石門下や耽美派、白樺派、つづいて登場した新思潮派、三田派、奇蹟派といった、従来の見取り図、あるいは新浪漫主義、新理想主義、私小説といった文学思潮の命名は、必ずしも当時の文学上の流行をそのまま反映したものとはいえない。これらはその後も活躍しつづけた作家たち、文学史上の勝者の位置から書かれている。現在では消えてしまった作家が、当時は流行の最前線に立っていたり、あるいは現在からは見えにくくなったテーマが、当時の文学の課題とされていたりする。現在のレトロスペクティブな視角からは見えにくい、あるいは見えてこない問題が数多く存在する。それらが徐々に研究の俎上に載せられつつあるのが現状で、本研究はこれら先行研究に、郁達夫の視点を組み合わせるものである。

以上をまとめてみよう。郁達夫は大正日本で文学修行に励み、日本の文学だけでなく当時流入した外国文学や思想を、一身に吸収した。膨大な読書をこなした郁は、当時の流行の最先端を追うとともに、留学生であるがゆえの、日本文学に対する一定の距離を持ち合わせていた。日本人であれば当然視し、視野に入っても見過ごしてしまう現象が、外国人であるがゆえに印象深く刻まれ、記録として残された。本研究は、新しい作家が一身に栄誉を浴び、最新の文芸思潮が入れ替わるさまをつぶさに見て、その成功と流行を目の当たりにした郁の眼を通し、皮相な流行も含め、大正半ばの文学を描くとともに、文学は作家の〈自己実現〉の手段だという大正文学の最大のテーマについて、明らかにする。郁達夫の文学を論じることで、これまでの記述とは異なる、もう一つの大正文学史を描き出すことが、本書の目的である。

＊

以下、各章の内容について、ごく簡単に紹介する。

郁達夫の中国文壇登場は、一九二一年、処女作品集『沈淪』によってである。『沈淪』は当時勃興しつつあった中国新文学の文壇で、若い文学青年たちに対し、魯迅『吶喊』と並び衝撃的な影響を与えた。第一章では、郁が中国の文壇においていかに読まれたのかを明らかにすることを通して、五四新文化運動後の中国で勃興した新文学が、〈自己表現〉なる文学性を軸に、文学の定義を一新したことを明らかにする。これは、日露戦後の日本で勃興した新文学が、〈自己表現〉なる文学性を軸に再編成されたのと、軌を一にした現象である。

ただし、第一章で扱う、郁達夫の五四新文化運動後の中国文壇への登場と、藤村・独歩・花袋らの日露戦後の日本文壇への登場には、大きな相違がある。その一つは、日本に長く留学し、日本文学を知悉していた郁は、日本文壇の栄枯盛衰に接し、成功と失敗の例を心得ていた、という点である。郁の中国文壇における成功は、日本での知識や経験を周到に生かしてのものだと考えられる。この点については、第三章で「沈淪」と田山花袋『蒲団』の比較を行いながら検討する。

第二章では、郁達夫における日本文学受容を探る前提として、郁の読書経験を、留学時代を中心に、幼年期や帰国後にも触れつつ概観する。希代の読書家だった郁は、旧制高校や帝国大学という、日本のエリートを養成していた特殊な場で文学に触れた。旧制高校という空間、習得した日本語、大正文学との共鳴、流行していた外国文学の吸収という角度から、以下の章の前提となる情報を提示する。

『沈淪』で文壇に衝撃的な登場を果たした郁達夫の念頭には、日露戦後の文壇における、田山花袋『蒲団』の衝撃的な成功があったのではないか、と考えられる。第三章では、郁が『蒲団』とテーマ及び構造の面で似た作品を書くことで、文壇の中心に躍り出ることができたのではないかという点を、両作品を比較分析することで論じる。そこに見られるのは、作家が〈自意識〉を客観的に扱うという手法の共通である。

『沈淪』以降、一九二〇年代に数多くの文学作品を生み出しつづけた郁達夫にとって、お手本だったのは、志賀直哉ではないかと思われる。郁が帰国する前夜、日本文壇の王座は、日露戦後から活躍する作家たちの手を離れ、明治末年から大正にかけて登場した作家たちによって占められるに至った。新進作家たちが文壇を制覇したと思われるのは一九一七年前後で、その王座に君臨していたのが、二年間の沈黙の後「和解」を発表した志賀である。志賀の文学は同時代の作家たちに強烈な影響を及ぼしたが、郁も影響をこうむった一人である。両者の創作スタイルを分類・対比すると、くっきり重なるだけでなく、志賀が称讃された理由の根本である「シンセリティ」も、郁にとって創作上の信条だったことが分かる。郁が理想としたのは、大正文壇の最大の成功者、志賀であった。

大正の文学は、日露戦後の文学が〈自己表現〉をテーマとしていたことから一歩進んで、第一次大戦後に至り、恋愛や旅、何よりも創作行為によって、自己を発展させ完成し実現するという、〈自己実現〉を至上の課題とするようになる。本書の核となる、第五章から第七章では、本書の最大のテーマである、〈自己実現〉を扱う。郁達夫の文学も、一九二〇年代前半の、単に自己を表現する文学から、やがて二〇年代半ば以降、〈自己実現〉を目指す文学へと移行する。

旧制高校で学んだ郁達夫は、当時高校生たちが必読としていた大正教養主義のバイブル、シュティルナー・リップス・オイケン・倉田百三を読んだ。恐らく郁が文学観を形成する上で核となったのは、これら自我主義を極北とする、大正教養主義である。第五章では、郁達夫の文学に残された痕跡をもとに、大正教養主義とは何だったのかを明らかにすることを目的とするが、そこでは有島武郎や辻潤、阿部次郎や相馬御風といった、一見関連のない人物が、文学を通じて「自己完成」を目指す、という価値観において結びつけられてくる。

郁達夫が最も偏愛した作家は、オスカー・ワイルドである。実はワイルドは、明治末から大正にかけての日本、及び一九二〇年代前半の中国で非常に流行した作家で、郁のワイルド偏愛は、このワイルド熱を共有している。佐藤春夫をはじめとする大正の作家や評論家たちの紹介を通して、ワイルドを理解していたと思われる郁の受容を検討していくと、単に唯美主義的な側面だけでなく、大正教養主義と相通じる、個人主義の側面が見えてくる。第六章では、郁が大正日本を経由して、唯美主義者・創造的批評家・個人主義者など、さまざまなワイルド・イメージを受容した経路を検証し、ワイルド受容が根底において〈自己実現〉と密接に結びついていたことを論じる。

第七章では、郁達夫が一九二七年に発表した「新生日記」、及び前後の文学論を手がかりに、郁における大正の自伝的恋愛小説、ことに『懺悔録』・『受難者』・『新生』の受容を明らかにする。郁の「新生日記」は、王映霞《おうえいか》との恋愛を契機に「新生」を目指す、魂の再生の記念ともいうべき作品だが、これには郁が留学中に触れた、ルソー『懺悔録』・江馬修『受難者』・島崎藤村『新生』という、大正半ばに流行した自伝的恋愛小説が大きな影を落としている。郁はこれらの小説と、恋愛三昧による自己発見、及び恋愛を通して見出した本来の自己を実現していくという、恋愛を契機とする自己発見や〈自己実現〉なるテーマを、共有しているのである。

第I部

〈自己表現〉の時代の中で

第1章　〈自己表現〉の時代——『沈淪』と五四新文化運動後文学空間の再編成

1　『沈淪』の衝撃

一九二一年十月、郁達夫の処女作品集『沈淪』（泰東図書局）が出版された。「銀灰色的死」「沈淪」「南遷」の計三篇を収めた（以下、短編集を指す場合には『沈淪』、表題作は「沈淪」と表記）、一九一〇年代末の中国に新文学が勃興して以来、最初期の小説集である。出版直前の郁達夫は、半ば冗談、半ば自負を込めて、「これが世に出れば「沈淪主義——沈淪イズム」を引き起こすよ」と笑いながら語っていたという[1]。また出版直後には、「ぼくみたいに小説を書く奴は、まだ中国にはいないね。浅薄でしかも退屈なのはいるが、ぼくのは浅薄なのに面白いのだから。中国人はまだセンチメンタルとはどういうことなのか分かってやしないのだ」とも語ったという[2]。

『沈淪』は、作者の期待を超える勢いで、賛否ともども文壇の大きな反響を招き、再版すること十度以上を重ね、発行部数は三万冊余と、破格の売れ行きを見せた[3]。発表当初こそ不道徳だと非難されたものの、新文学の指導者の一人、周作人（一八八五－一九六七年）が立派な芸術作品だと反論を書く（「自己的園地九　「沈淪」」、署名は仲密、『晨報副鐫』一九二二年三月二十六日。以下、同時代評は本文中に出典を記す）ことで事態は収まり、その称讃を後ろ盾に、若い世代への影響はいっそう増す。

『沈淪』の衝撃は、一九三〇年代に批評家として活躍する韓侍桁《かんしこう》（一九〇八‐八七年）が、「およそ五四時代の前後、文芸に関心を持っていた青年なら、誰でもみんな『沈淪』と『蔦蘿行』の二冊を読んだであろうし、またどれほど忘れっぽい人でも、これらの作品が当時その人の心に残した印象を忘れることはないだろうと信じる」と論じるごとくで、(4)新文学勃興期最高の話題作といえば、この『沈淪』に指を屈せねばならない。新進の批評家だった成仿吾《せいほうご》（一八九七‐一九八四年）は、当時公開の「通信」（『創造』季刊、第一巻第三号、一九二二年十月）の中で、『沈淪』について、「歴史物や演義物しかない中国の小説界で、その革命の功労は小さくない」といい、また「「沈淪」的評論」（『創造』季刊、第一巻第四号、一九二三年二月）でも、『沈淪』は「新文学運動以来第一番目の小説集であ」り、「衝撃的な素材の取り方と大胆な描写は、一年後の今日でも、第一等だといわねばならない」と絶賛した。当時文学少年だった黎錦明《れいきんめい》（一九〇六‐九九年）は、発表から五年以上が経過した後に、『沈淪』は文壇だけでなく中国社会の伝統や因習破壊の上でも大きな原動力となった、それは単に性の問題を扱った心理の革命としてだけでなく、「その真実の感情の啓示（Revelation）は『吶喊』よりも明らかに激しかった、しかももっと深かったのだ」と讃えた。(5)『沈淪』はまさに「革命」的な影響を及ぼしたのである。

郁達夫が自信を込めて語った「沈淪イズム」とはいったい何だったのだろう。それはいかにしてブームを巻き起こしたのか。そして『沈淪』は、近代化しつつある一九二〇年代前半の中国文壇で、何ゆえにさほど衝撃的な力を持ちえたのか。これらの問いは、『沈淪』が文学作品として優れていた、というような一般的解釈ですまされることでないと思われる。実際現在の文学史では、郁達夫の地位は当時と比べてさして高いとはいえず、同じく新文学の記念碑として、魯迅（一八八一‐一九三六年）の『吶喊』（新潮社、一九二三年八月）と併称された『沈淪』は、今では一過性の流行として取り上げられるにすぎない。『沈淪』への評価がかくも下がることを考え合わせれば、なぜ当時これほど『沈淪』がもてはやされたのか、という疑問に帰着しないわけにいかない。

『沈淪』が一世を風靡するには、まず『沈淪』というテクストに内在する斬新さがあり、次に『沈淪』をして一時代を築かしめるような歴史的社会的コンテクストがあったはずである。そして「沈淪イズム」は、たとえ一過性だとしても、中国文壇で革命的な影響の及ぶ圏域を作り出した。それは「革命」的な文学の〈場〉を作り出すほどの波力の源泉だったのであり、『沈淪』を包み込むようにして編成される新しい文学空間があったはずである。『沈淪』を論じることは、この〈場〉の形成力を論じることでなければならない(6)。

『沈淪』が出版された、五四新文化運動後の一九二一年から二二、二三年にかけては、中国で新文学が勃興し、ジャンルとしての文芸批評が誕生し、文学の定義が変更され、その価値を定める座標軸が根本から刷新された時期に当たる(7)。新文学が自らを定義し、価値を発見し、存在の意味を確立していく、文学の自己同一化の時代を象徴するテクストの一つが、この『沈淪』である。『沈淪』が一世を風靡したことに、一つの仮定をしてみることができる、つまり、いずれが真の文学へと至る道でいずれがそうでないかの岐路において、これこそが文学の歩むべき王道だと指し示す道標となったがゆえに、『沈淪』は時代を画したのではないか、と。

以下、『沈淪』が文壇を席捲し、郁達夫が時代の寵児となる物語の記述は、同時に、近代化する文学の〈場〉が新しく再編成を遂げる過程の分析となるだろう。本章は、日露戦後の新文学を扱った一連の日本文学研究と対をなす、五四新文化運動後における文学空間の再編成をめぐる、比較文学研究の一部である。

2　創造社の中の『沈淪』

郁達夫の文壇デビューは、一九二一年結成の創造社の一員としてであり、メンバーたちも『沈淪』に「革命」（成仿吾）的な力を認めた。『沈淪』がいかなる文学的コンセプトのもと生まれたのか、まずこの創造社周辺から探ってみよう。

創造社同人の中でも、現代中国最初の本格的批評家を自任していた成仿吾は、最初に『沈淪』を認めた一人である。まず「通信」（『創造』季刊、第一巻第三号、一九二二年十月）の中で『沈淪』に触れ、多くの読者の「霊と肉の衝突を描いた」という読みは皮相にすぎぬと否定し、「沈淪」から、「知識もいらない、名誉もいらない。私を慰め、私を理解してくれる「心」さえあればいい」〔二〕（以下、各章はこの記号を用いて表す）という一文を引いて、『沈淪』が描いたのは「愛を求める心」である、との読みを展開する。実際「沈淪」は、冒頭からして、「彼は最近哀れなほど孤独を感じている」〔一〕と始まる。主人公は、学校でも妓楼でも、つねに「孤独」だという疎外感を抱く。成仿吾がいうには、この「孤独の悲哀」から、「愛を求める心」が発する。つまり『沈淪』とは、主人公の孤独な魂が、他者の理解を求めて異国の街を彷徨《さまよ》う小説である、という。

成仿吾の読みは、「沈淪」を分析すれば裏づけられる。「沈淪」の主人公は、煩悶にとらわれ、感傷にふけるのが好きな、詩人きどりの青年である。「自分は孤高で傲然と俗世間に対する賢人で、超然と独立した隠者だと思う」〔二〕。だが、自然に見とれる瞬間、背後に農夫が現れると、「彼は自分の笑顔を憂鬱な面持ちへと改めた」〔一〕。主人公は、「まるで笑顔を人に見られるのを恐れるかのように」とのコメントが加えられているように、見られることを拒絶しているのではない。「笑顔」を見られることを拒絶しているのであり、逆に「憂鬱な面持ち」は見られることを予期している。

主人公はつねに見られているという意識から完全に逃れられない。「たくさん人が集まっている中で感じる孤独は、一人静かなところにいるときに感じる孤独よりももっと耐えがたかった」〔二〕というのは、視線を意識して初めて

「孤独」という強い感情を感じるということである。「早熟な性格ゆえに、彼は世間の人々と相容れないところへと追いやられた」（一）というときの「早熟な性格」とは、このような孤独の中で感じる自意識だと考えていいだろう。「沈淪」は、読み進めるごとに、主人公の自意識があぶり出される構成をとっている。成仿吾は、「沈淪」がこのような自意識の小説であること、「沈淪」では物語全体を浸す「心」を描くことに最大の達成があることを、明確に捉えている。

しかも成仿吾の批評は、このような「心」を読み込むこと自体を意識して行っている。『沈淪』評が掲載された『創造』の同号には、成仿吾の文学観を吐露した断章的な文学論が掲載されており、その（3）で、芸術家の心情とは「欠落」から来る「悲哀」であり、芸術の創造とはこの「悲哀」から生じた「渇望の表現」である、その結果生み出された「真の芸術作品から、われわれは芸術家の悲哀を感じることができる。同時に、芸術家の肯定の熱と力を感じることができる」とする。成仿吾は『沈淪』に対し、「悲哀」の程度が深刻を欠く、という不満を表明してはいるものの（「書信」）、「理解してくれる「心」」、「愛を求める心」が『沈淪』のテーマだと見た成仿吾は、「孤独の悲哀」を感じとり批評を書くことで、『沈淪』の呼びかけに応える役割を、自ら買って出ている。成仿吾の批評は、『沈淪』を通して作者と「心」を通わせる対話となっているのである。

このような成仿吾の批評はどこからもたらされたものだろうか。創造社メンバーの傾向は多様だが、文学とは創造的営為だと主張することでは、一致した作家批評家集団だった[8]。なかでも文学の歩むべき道が、西洋文学の翻訳や模倣ではなく、オリジナリティをそなえた創作でなければならぬと主張したのは、創造社の領袖と呼ぶべき、郭沫若《かくまつじゃく》（一八九二－一九七八年）である。

文学革命の始まった一九一七年以降、旧文学の鴛鴦蝴蝶《えんおうこちょう》派を除けば、小説の出版は寥々たるもので、多くは翻訳だった[9]。そんな状況を、郭沫若は、翻訳は一種の付属事業にすぎず、所詮は「仲人」にすぎないのに、ひどく重視され、逆に「処女」たる新しい創作は軽んじられている、と苦々しく見ていた（「給李石岑的信」『時事新報』副刊『学灯』一九二一年一月十五日）[10]。だが郭沫若の論に対しては、創造社と対抗関係にあった文学団体、文学研究会を代表する批評家の一人だった鄭振鐸《ていしんたく》（一八九八－一九五六年）から、「翻訳は一個の文学作品であり、それは文学作品を創造するのと同じである」（署名は西諦、「雑譚十一　処女与媒婆」『文学旬刊』第四号、一九二一年六月十日）という反論もあり、当時の文学価値観からして翻訳の地位は極めて高く、創作に冷淡な出版状況も仕方なかった。しかし郭沫若は、自身多くの翻訳をものしながら、翻訳など所詮は創作のための種蒔きにすぎぬとその価値を否定する。のちに一文学青年からの手紙に答えて、中国の翻訳界はまだ萌芽期だから、「翻訳ものなどできるだけ読まない方がいい」とアドバイスするほどである（「反響之反響」『創造』季刊、第一巻第三号、一九二二年十月）。

　ではいかなるものが創作と呼ぶに値するのだろうか。郭沫若は「生命底文学」（『時事新報』副刊『学灯』一九二〇年二月二十三日）で、「生命は文学の本質である。文学は生命の反映である」と定義する。「生命の文学を創造する人が、最初の創造者となる」と宣言を下すように、創造社の目指す文学とはまずこの「生命の文学」だった。ではその「生命の文学」とは何なのかというと、「個性的」「普遍的」な文学である、という。

　この「生命の文学」を中心的な価値に据えた文学観は、成仿吾にも共有されている。成仿吾は小説「一個流浪人的新年」（『創造』季刊、第一巻第一号、一九二二年三月）の篇末に「自語」を付し、郭沫若の「生命の文学」論に影響を受けてか、「一切の芸術は――小説だけではない――私たちがそれを鑑賞するとき、私たちにあの最も深い「生命」の衝動を感じさせ、私たちの生活が、この瞬間とても充実したものに感じさせてこそ、内容や形式を問わず、本当の「芸術」である」と定義する。この抽象的な「生命」なる概念は、つづけて、「私のこの短編は、生命の流れに達したとはいえないまでも、一つの personality とその生活を表現した」とあることから、作家の個性とその生活の表現を指していると分かる。成仿吾にいわせれば芸術の価値は、作品に表現されたこの「生命」の深さによって上下する、

「一切の芸術は、生命の芸術でなければならないと考える」。

　このような「生命」＝個性を宿した文学を、中国人自身の手で作り出すこと。翻訳や翻案などでなく、自らの手で西洋に匹敵する個性を発揮した創作を生み出さねば満足できない時代が来ていた。そこに登場したのが、『沈淪』だった。作品に作者のセンチメンタルな「心」を読み込むこと。その理解への訴えに耳を傾けること。これは『沈淪』というテクスト自体の促した読書であったと同時に、成仿吾たち読者が求めていた文学テクストのあるべき姿を『沈淪』が体現していたともいえる。

3　〈自己表現〉の時代の中の『沈淪』

　次に『沈淪』の登場について、当時の文壇全体へと目を広げて論じてみよう。新文学勃興期の文壇を風靡する『沈淪』だが、実はのちの評判に比べれば、出版当初雑誌や新聞紙上で論じられた数はさほど多くない[11]。その理由には、当時『東方雑誌』を編集、多くの文学論を書いて活躍していた胡愈之《こゆし》（一八九六－一九八六年）が、同時代の批評について、「多くの価値のある作品が、出版後半年一年を経過しても、誰も取り上げようとしない、これが「処女」を尊重する態度といえるか?」と嘆いた（署名は蠢才、「雑談九　処女的尊重」『文学旬刊』第三号、一九二一年五月二十九日）ように、いまだジャンルとしての文学批評が成立しておらず、いわんや時評など出現していなかったことがある。しかし、公には批評が現れない背後で、私的に浴びせられた罵声は相当なものだったようで、郁達夫自身のちに、「『沈淪』が一冊の単行本となって世に出てから、社会ではこの畸形的な新刊に見慣れぬものを感じたせいか、受けたところの批評や嘲罵は、何十何百回と知れぬほどだった」と回想する（「『鶏肋集』題辞」[12]）。

　そんな中、『沈淪』をして時代を画する作品たらしめるのに大きく寄与した批評が、郁達夫の慫慂《しょうよう》のもと書かれた。

魯迅の弟で、五四新文化運動の指導者の一人、創造社と並ぶ文学団体である文学研究会の中心人物、周作人の「自己的園地九　「沈淪」」である。郁自身がのちに、周作人の批評のおかげで、「私を淫猥だ、故意に事をなす文壇の壮士だなどと罵っていた連中は、徐々に高らかな罵声を引っ込めるようになった」と感謝を込めて回想するように（『鶏肋集』題辞」）、周作人は不道徳だと攻撃された『沈淪』を弁護、「青年の現代の苦悶」を描いた厳粛な作品だと論じた。しかも周作人にいわせれば、その「青年」とは単なる一典型ではない。この小説集の「価値は、意識せずに自己を展覧し、昇華された色情を芸術的に描出したことにあり、またここに真面目さと普遍性もある」という。つまり、作者が自分自身の「青年の現代の苦悶」を、厳粛に真面目に表現したのが『沈淪』だ、ということになる。周作人の『沈淪』論は、作品に作者の「自己」を、それも「意識せずに」というように、作品に直接書き込まれた作者ではなく、作品全体に作者自身も意図せず書き込まれた〈自己〉を読み込んでいる。

実は『沈淪』が発表されてすぐ、当時『小説月報』を編集し、存分に批評の腕を振っていた茅盾《ぼうじゅん》（一八九六－八一年）は「通信」（署名は沈雁冰、『小説月報』第十三巻第二号、一九二二年二月）で、主人公の死をもって終わる「銀灰色的死」以外の二編は、「いずれも作者の自伝であるらしい」と断じていた。だが、『沈淪』は自分をモデルとするゆえのやや下種な好奇心から売れたわけではない。なぜ郁達夫があれほど歓迎されたのかについて、伊藤虎丸は、『沈淪』が知識青年たちに対し、「彼らと同じ苦悩の中にあった自分自身の姿をモデルに、その実感をありのままに告白してみせることによって、血肉をそなえた、また作者と内面の真実を分けあった生きた人間像として、はじめて彼らの前に示すことができた」からだと論じている[13]。実際郁達夫は、当時の文学青年たちから熱狂的に愛された作家だった。それは、当時文学青年だった陳翔鶴《ちんしょうかく》（一九〇一－六九年）が、「民国十一年から十四、五年の間に、文学青年なら誰でもいい、もし「好きな中国の作家は誰ですか?」と訊ねれば、疑問の余地なく郁達夫と郭沫若の二人の名が口にされただろう」と回顧するほどである[14]。『沈淪』こそ、単に作者自身がモデルとなっている以上に、作者の存在抜きにしては読めないテクスト、作者と作品が有機的に結びついた、読者が作品を通して作者に対するセンチメンタルな共感を覚えることができる最初のテクストだった、それゆえの大歓迎だった。

しかもその共感は、作者に対するものだけにとどまらない。陳翔鶴と同世代の沈従文《しんじゅうぶん》（一九〇二―八八年）は、去りし日々を回顧して、郁達夫の名は「すべての青年のもっともよく知るところとなっていた。人々は郁達夫がかわいそうな人であり、友達だと思っていた。なぜならみんなは彼の作品の中に自己の姿を見出したからだ」と語る。[15]面識もない作家を「友達」とまで呼ぶのは、沈従文ら読者たちが、作品に描かれた作者の自画像を通してその人柄に親近感を持っていただけでなく、作品の主人公に読者自身の〈自己〉をも見出していたからこそである。作品を通して作者の〈自己〉が読み込まれ、さらにそこに読者の〈自己〉をも重ね合わせていたわけである。

ここで、新文学勃興以前に文学作品を読む行為がいかなる位相にあったのか、簡単に確認したい。伝統中国では、科挙に合格し、官吏あるいは地方の郷紳となることが、富裕な家庭や知識人階級に生まれた者の使命だった。幼少から私塾に通い、四書五経を正典とした文言による漢字使用法や、古典句の組み合わせなどの言語規範を学び、漢字の記号体系へ参入することで、読書人となっていく。[16]この際の読書とは、テクストを構成する諸要素のなかでも、表記法の習得に重点を置いたものだった。また近代以前の読書行為では、文字を朗誦することそのものが、愉悦を誘う一つの身体行為だった。例えば幼時に、私塾と学校の両方の教育を経験した郁達夫は、音声リズムによる伝統的な暗誦中心の教育法にのっとり、三字経だけでなく英語の教科書まで、「身体をゆらゆら動か」しながら朗読した愉快な記憶を記している。[17]読書行為によって身体に刻み込まれたのは音とリズムだった。

伝統中国における読書は、もちろん、記号表現だけでなく、意味内容を読みとる行為でもあった。明末の読書を論じた青木隆は、明末の聖典を読む行為の根底には、「文字・言語の障碍を突破する心のはたらき」があり、それは「万物一体の仁の根源である心の本体に同一化する」という志向があった、とする。「読者がテキストの意味内容を対象としてこれと一体化する」、もしくは「テキストから直接心の本体に同一化する」ことによって、「聖人の心や道や理を読者の心で悟る」ことが目指されていた。読者が読むのは文字そのものではなく、「万物一体の仁」なる聖賢たちの真理を、作者と共有することが目的だった。これは近代的個人主義にもとづく文学観と峻別されねばならず、真理は作者の専売特許ではなく、読書行為は真理への到達という意味で創作行為に限りなく近い位相にあって、改作や捏造はさほどとがめられることではなかった、という。(18)作者と読者は、読みとるべきテクストの眼目である真理の共有においては、分化していなかったのである。

これらに対し『沈淪』の読書では、その意義は表記法の習得や、音・リズムにたゆたうこと、聖賢の真理を共有することではなく、テクストの作成者への共感にあり、テクストの一構成要素にすぎなかった作者に、特権的な意味統合作用の役割が割り振られる。テクストの意味統合の中心的な軸となるのが、作者の〈自己〉がいかに表現されているか、である。テクストの意味はもはや作者を抜きにしては語れず、細部は作者へと収斂《しゅうれん》されていく。

ただし、このように文学作品に作者の〈自己〉を読み込むという読書のスタイルは、必ずしも『沈淪』からのみ始まったことではない。一九二〇年代前半の創造社の旗印といえば、自我の大胆な解放とされるが、これは創造社の専売特許ではない。『沈淪』の一年前に出た『小説』第一集（晨報社出版部、一九二〇年十一月）は、九人の作家による短編二十六篇を収めた小説集で、新文学最初期の小説集である。その執筆者には、翌一九二一年一月に成立する文学研究会と関わる人々が含まれる。

この小説集についての批評である、静観「読晨報小説第一集」（『文学旬刊』第二号、一九二一年五月二十日）は、文学作品に作者の〈自己〉の〈表現〉を読み込んだ新文学最初期の作品論である。静観は、特に謝冰心《しゃひょうしん》に注目、その作品は「ほとんどが自己を表現したもので、どの小説中にも「我」が存在している」、「冰心女士の作品の特色は、自己を表現することにある」と称讃した。さらに静観は文学を定義して、「個性を表現するのは、本当の文学作品の特質だ」、「文芸家の所謂自己表現とは、まず自分の個性を精密に、厳正に分析し、客観的な立場から自分の個性を表現することである」とする。このような意味からいって、トルストイの小説も自己を描いている、ただ形式が伝記でないだけだ、ということになり、また同書所収の魯迅「一件小事」も、「車夫の個性と「我」の個性をとても生き生きと表現できている」と、「個性」の角度から称讃される。

ここで論じられた謝冰心（一九〇〇－九九年）は、実はこの評論が書かれる直前に「文芸叢談二」（署名は冰心女士、『小説月報』第十二巻第四号、一九二一年四月）で、「真似をした文章は自己を表現していない。無理に作り出した文章も自己を表現していない」と、自己を表現した文学を推賞していた。

長編であれ短編であれ、数千語であれ数十字であれ、頭からしまいまで読めば、会ったこともない作者が、読者の前に全身をあらわす。作者の才能や性格、人生観がありありと推察される。また読者の頭の中に作者の幻像が浮かび上がり、この作者とあの作者が絶対に同一でないことが分かる。そんな作品であってはじめて文学作品と称することができる。このような作者であってはじめて文学者と称することができる。「自己を表現できる」文学こそ、創造的で、個性的で、自然で、特別な感情や趣味に満ちあふれた、心霊のうちの笑いと涙である。このような作品の中では、作者自身の遺伝や環境、自己の地位や経験、自己の事物に対する感情や態度は、わずかばかりも転用や借り物であってはならない、要するに、作品の中には「真」という一文字があるのみである。だから自己を表現した文学が、「真」の文学である。〔傍線引用者、以下同じ〕

謝冰心の主張は次の最後の一句にしぼられている、「文学者よ、「真」の文学を創造したくば、個性を発揮し、自己を表現するよう努力せよ」。

このような文学観がどこから獲得されたものか詳らかでないが、文学は個性的でなければならぬ、作家は作品において自己を表現せねばならぬ、という信念にもとづく文学観は、一九二一年前後に急激に現れ始めていた。例えば謝と同じく新進の女性作家だった廬隠《ろいん》（一八九八－一九三四年）は、「創作的我見」（『小説月報』第十二巻第七号、一九二一年七月）で、「創作と呼ぶに足る作品が、唯一欠くことができないのは、個性である、——芸術の結晶は、主観である」と述べ、また世農「文学的特質」（『文学旬刊』第三号、一九二一年五月二十九日）も、「人類の思想や感情を文学者自身の生活や経験を用いて反映し表現する」のが文学であり、「体裁やスタイルは作者自身の人格の表現である」と主張する。当時日本留学中だった謝六逸《しゃろくいつ》（一八九八－一九四五年）の「小説作法」（『文学旬刊』第十六号、一九二一年十月十一日）も、小説は人生の諸相を描写する一方で、「自己表現」でもある、「できるだけ作者の個性を発揮せねばならない」という。

もちろん、鄭振鐸「文学的使命」（署名は西諦、『文学旬刊』第五号、一九二一年六月二十日）のように、文学の目的を「自己表白」とするのでは、「私的な色彩が強すぎる、文学を個人化しすぎる」と警告を発する向きもあったが、その文学の「使命」にしても、「個人の環境に対する感情や感覚を表現し、作者の喜びや憂悶をもって、読者に同様の感覚を引き起こす」というのだから、文学が個人の思想や感情の表現であることを否定するのではない。このように、一九二一年、『沈淪』が登場する直前には、〈自己表現〉であるか否かが、新文学であるか否かの、最大の試金石である、という認識が、創造社のみならず、文学研究会を含む新文学の中において、広まりつつあった。極端な例を引けば、瞿世英《くえいせい》（一九〇一－七六年）のいうように、「およそ自分自身を描写した作品は、他の作品よりもよい。なぜなら彼ら自身の哲学を描いているから、ことのほか真実なのである」（「創作与哲学」『小説月報』第十二巻第七号、一九二一年七月）と、作家が自分自身を直接描くことが推奨されるようになってさえいた。

だが、五四新文化運動後の新文学を代表する作家として新風を送った、謝冰心や葉紹鈞《ようしょうきん》（一八九四－一九八八年）

らの作品は、必ずしも新しい文学の〈場〉を形成するほどの波及力を持たなかったと思われる。胡愈之は「雑談七創作壇的新傾向」（署名は蠢才、『文学旬刊』第三号、一九二一年五月二十九日）で、新作の数々は「現実を超えた作品」にすぎず、「時代の民族の要求に応えているだろうか」と疑問を呈する。胡愈之はつづく「雑譚十四　独創的精神」（『文学旬刊』第四号、一九二一年六月十日）でも、「芸術の生命はオリジナリティにある」と宣言し、遺憾なことにこのような独創力を持った天才は、「現在の中国では、極めて欠乏している」と嘆く。新進作家は、「ごく少数の例外を除いて、思想や作風は、たいてい平板で、模倣であり、独創するだけの勇気がまったくない」。

実際当時の批評の多くは、新文学は同じ鋳型から作られたように千篇一律である、と現状を嘆いていた。茅盾「新文学研究者的責任与努力」（署名は郎損、『小説月報』第十二巻第二号、一九二一年二月）は、新文学に価値あるものが少ないことに苛立ちを隠せず、その理由として「活気と個性」の欠乏を指摘する。人物たちは杓子定規で、題材も変化なく、構成も一律。作家たちはいまだ模倣に終始し、独立した創作はまれだが、「独立の精神があってはじめて、作品に作者の個性が表れる」。この嘆きは一年後になっても同様で、「創作壇雑評：一般的傾向」（署名は玄珠、『文学旬刊』第三十三号、一九二二年四月一日）でも、創作者たちの良心や創作態度の真摯さは買うものの、「作品が多い割に、変化が少ない」、「描写方法は、たいてい似たり寄ったりで、思想ないしは用語も、たいてい同じである」。また胡愈之も「新文学与創作」（『小説月報』第十二巻第二号、一九二一年二月）で、「模倣を事とし独創の精神がない一切は、文学作品とはいえない」、「この数年来鳴り物入りで提唱された新文学において、本当の文学創作は、依然として多くない」とオリジナリティの乏しさを嘆く。他にも鄭振鐸「平凡与繊巧」（『小説月報』第十二巻第七号、一九二一年七月）が、「現代の中国文学界には一点の成績もない！　創作をする人は少なくないのに成功した人はいかほどもいない」、「個性の欠乏と思想の単調が実に現在の作者の通弊だ」と大げさに慨嘆するなど、枚挙にいとまない。

作者のオリジナリティ、それも〈自己表現〉を価値判断の軸として、文学作品を批評し創作する趨勢が、この一九二一年から二二年にかけていっせいに現れる。中国の新文学は、文学の規則をこの〈自己表現〉へと絞っていく。だが、いまだ期待を満たすだけの作家は乏しい。不在を埋めるような作品が、彼らの打ち立てようとする価値を体現してみせるような作品の登場が待ち望まれていた。――そこに颯爽と登場したのが、郁達夫の『沈淪』だった。

実は周作人も、文学とは〈自己表現〉に他ならない、と主張した文学者の一人だった。「芸術は自己表現を主体とし、他者への感染を作用とする。それは個人のものであると同時に人類のためのものでもある」（署名は仲密、「自己的園地二　文芸上的寛容」『晨報副鐫』一九二二年二月五日）、「文芸とは自己の表現にすぎない」（「序」『自己的園地』晨報社、一九二三年）などとくり返し主張していた。銭理群は、周作人の文芸批評における旗幟には「自由―寛容」「個性―表現自己」の二行が大書されており、「これが彼を五四時期の最も影響力のある批評家の一人とした」と述べている[19]。その周作人が『沈淪』に、作者の〈自己〉を読みとる。自身の考える文学価値を体現する小説として、周作人のお眼《め》鏡《がね》にかなったのが、『沈淪』だった。いわば『沈淪』は、迎えられるべくして大歓迎を受けたわけである。

4　文芸批評の成立と読者の〈自己表現〉

だが『沈淪』は、郁達夫という作者の〈自己表現〉であるという理由でのみ、時代を画する作品となったのではない。文学の〈場〉形成を問題とするからには、文学作品の生産だけでなく、消費のありようについても視野に入れる必要がある。次に、『沈淪』を読む行為について論じてみよう。『沈淪』は、作者が自己を表現したという以上に、『沈淪』を読むことにおいて読者たちが自己を見出し表現した、という意味において、真に画期的な作品となる。

郁達夫は、自作がどう読まれるのか、非常に気にした作家だった。周作人に批評を乞うただけでなく、周囲に感想を求め、自作への評論が書かれるよう切望した。創造社の仲間だった鄭伯奇《ていはくき》（一八九五－一九七九年）は、郁達夫から

『沈論』論を書くようたびたび促されたというし、郁達夫が自著の批評を聞きたがったことは陳翔鶴の回想からも分かる。[20] 郁達夫「芸文私見」（『創造』季刊、第一巻第一号、一九二二年三月）は、天才気取りの文学宣言と見られやすいが、実際の内容は、文芸が作者の個性や自我の表現であること、そして作家の真正の才能を理解できる批評家の待望論、というべきものである。郁達夫によれば、天才のすばらしさは凡人には見抜けず、批評があって初めてその価値に気づく。「私たちが現在の中国に望むのは、一人の本当に識見ある批評家である」。

実は一九二一年当時、文芸批評はようやく形成期にさしかかっていた。『小説月報』や『文学旬刊』などの文芸雑誌は積極的に批評を掲載、ことに『小説月報』の編集者茅盾は、先に開設された創作欄とともに「国内新作彙観」欄を設けて他の人の創作を批評する必要がある」（「通信　討論創作致鄭振鐸先生信中的一段」『小説月報』第十二巻第二号、一九二一年二月）と述べ、欄こそ設けられなかったものの、毎号のように作品論作家論を掲載した。だが批評はジャンルとして確立したとはいいがたい有様だった。胡愈之は嘆く、「我が国の批評文学は、絶対的に発達してない、雑誌や新聞紙面では、まれにいくつか評論を目にするだけだ」（署名は蠢才、「雑談九　処女的尊重」『文学旬刊』第三号、一九二一年五月二十九日）。

批評待望論は、同時代の批評家への飽き足らなさとも結びついている。郭沫若は「海外帰鴻　第二信」（『創造』季刊、第一巻第一号、一九二二年三月）で、文壇の幼稚を罵り、新文学の勃興や精神への呼び声も疑問に付したあと、筆を同時代の批評家に向け、「わが国の批評家も――もしくはそんなものは存在しないといってもいいのだが――退屈極まりない奴等だ。党同伐異の劣等精神は、卑屈な政治屋どもと大差ない。身内の作や訳、出版物となると、極力持ち上げて、まるで文芸批評を広告と心得ている」と痛罵する。そのような批評家たちは、自然主義だとか人道主義だとか、主義を持ってきて事足れりとしているが、「ある主義を持って人を縛り、作家の個性を軽蔑するべきではない」。

こうして、作家の個性を読みとるような批評を期待する論が出てくるわけだが、創作者からの批評家待望論は、いわば読者の発見だった。廬隠「創作的我見」（『小説月報』第十二巻第七号、一九二一年七月）は、「ある種の強烈な連想や感情が働いて、文芸を形作る。このような文芸は、読む人に、共感と刺激を呼び起こす。これが本当の創作である」と、読者への働きかけを強調している。王世瑛「怎様去創作」（同前）も同様に、「多くの事実を叙述し、一篇の小説となすには、読者にある種の感情を起こさせねばならない」といい、また謝六逸「小説作法」（『文学旬刊』第十六号、一九二一年十月十一日）も、「小説は自己の感情に始まり、結果他人の感情を動かさなければならない」ものであり、「読者の感情と自己の感情を融和させてこそ、上等の作品だといえる」とする。一九二一年当時、文学作品の創作・生産が、文芸雑誌と新聞副刊の隆盛で一気に充実した時代に、読書・消費についても、そのあり方が見直されるようになっていた。

しかもそのような読書は、作者と直接触れ合ったものでなければならない。郭沫若は、一文学青年の、「国内の批評家に、文芸の真諦を探り当てるよう一般人を導く能力がなく、どころか一般人を道に迷わせてしまうのなら、どうすれば彼らに引きずられないですみますか？」という質問に答えて、当の作品を読む前に批評など読まぬがいい、なぜなら「文芸の鑑賞とは、一種の創造の享受であり、先に他の人の成見を聞くとよく分からなくなってしまう」からだと答える（「反響之反響」『創造』季刊、第一巻第三号、一九二二年十月）。中国の伝統的な文学作品の鑑賞では、「評点」や「眉批《びひ》」に導かれて読んでしかるべきだった。例えば村田和弘は、明末の白話小説に付された「評点」について、「本文と同じく、署名入りの二拍（＝『拍案驚奇』及び『二刻拍案驚奇』、引用者注）テクストの構成要素」だったことを論じている。評語に「予示、疑問、解釈、不適切さの指摘」などの働きを持たせることで、「読者に理想的な二拍読解法を提示し、そうした読解を慫慂」していたのである(21)。だが今や文学鑑賞は、作者の創造を享受する行為である以上、挟雑物となり純粋な享受を妨げる批評や導読は拒否される。作品を間にはさんで作者と読者が共感をともにするという、作者による創作－作品－読者による享受というコミュニケーションの構図が出現しているのである。

実は『沈淪』を擁護した周作人こそ、このような新しいスタイルの読書・批評の体現者だった。周作人は先の論で、『沈淪』は「一篇の芸術作品である、しかしそれは戒律を授けられた者のみに許された文学であり、一般人の読み物ではない」とする。また、「すでに人生の隠れた戒律を授けられた、光と影のある性生活を持つ者のみが、この書から自ずから類いまれな力を手にすることができる」とも述べる。『沈淪』が「芸術作品」として特権化され、また『沈淪』の読者が「芸術作品」の選ばれた読者として限定されていることが分かろう。称揚されるのは、『沈淪』という作品だけでなく、この『沈淪』を読んでその「力」を理解できる読者自身でもある。

この批評スタイルについては、周作人が約一年後に書いた「文芸批評雑話」（執筆は一九二三年二月、初出は『自己的園地』晨報社、一九二三年九月）を参照すれば、明確に理解できる。文芸批評の欠乏した現状を嘆き、あるべき真の批評を論じる周作人は、「超絶した客観的真理」を判断基準として遵守し作品の可否を判定するような批評のスタイルを退け、「真の文芸批評は一篇の文芸作品であるべきだ、そこで表現されるのは対象の真相というよりは、自己の反応なのだ」と、文芸批評の存在価値を批評する「自己」に求める。もちろん、文学とは〈自己表現〉だという周作人にとって、作品は批評家のものである前に作者のものであり、対象の表現も必須である。周作人の『沈淪』批評は、まず、『沈淪』に込められた作者の「魂の冒険」の遍歴を探る試みだった。

だが、批評自体の作品としての価値を追求する周作人にとって、批評は単に作者の「心」の軌跡を描き出すだけでなく、同時に、批評家として〈自己表現〉することでもある。

私たちが文芸作品を批評するときには、一方で誠実に自己の印象を表白し、自己表現に努めるべきであると思う。また一方で、自己の意見が偶然の趣味の集合ではなく、人を強引に説き伏せうるような権威などなにもありはしないのだということを明らかにすべきである。批評は自分がいいたいことをいうのであって、他人を審判することで

はない。〔中略〕
　自己を表現しようとして批評するのには、特別な意味はない、よって障害もない。またうまく書ければ一篇の美文となって別種の価値がある。他の創作においてもそうだ、なぜならいってしまえば批評とは、本来創作の一種なのだから。

創作とは〈自己表現〉なのだ、という周作人にとって、文芸批評も創作の一分野である以上、当然〈自己表現〉であるべきだ。よって、絶対的な判断基準に照らして作品の価値を云々するのではなく、いかに批評の文章に批評家としての「自己」を込めていくのかが、文芸批評の王道ということになる。周作人の『沈淪』論は、このような〈自己表現〉としての文芸批評の典型である。『沈淪』を読むことで、批評家である周作人も、特権化された読み手として〈自己表現〉している。

　周作人だけではない、成仿吾も、文芸批評待望論を声高に唱え、また自ら体現しようとした批評家だった。成仿吾は先に見た「一個流浪人的新年」の「自語」（前掲）で、「本当の「芸術」」を定義するに際し、「深い「生命」の衝動」を読者に感じさせるものこそ「本当の「芸術」だ」と、「鑑賞」なる読書行為に注目していた。成仿吾は「批評的建設」（『創造』季刊、第二巻第二号、一九二四年十一月）や「建設的批評論」（『創造週報』第四十三号、一九二四年三月九日）などで批評の原理を説いたのち、「批評与批評家」（『創造週報』第五十二号、一九二四年五月十九日）で、「真の文芸批評」がいかにあるべきかを説く。
　成仿吾にいわせれば、批評の本質を「媒介的性質」と見なすのは誤解である。文芸批評とは「批評の精神が「文芸活動」において姿を見せた部分」であり、批評家は「全部の生命をつぎ込んで自己の文芸活動に従事しているのだ」という。そして「真の文芸批評」の働きについて次のように述べる。

真の文芸批評家は、文学の活動をするに際し、自己を表現してこそ、完全に信用できる文芸批評となる――これすなわち彼の文芸作品である。真の文芸作品では必ず作者の人格が作品を背後から支えている。同じように、真の文芸批評においても批評家の人格が必ず背後にある。彼は自分の対象に対して、創作者一切の現象に対するごとく、公平で冷静である。彼は自己の文芸活動によって自己を建設し、自己を完成する。これをおいては、他に何の目的もない。

成仿吾も、批評は〈自己表現〉行為だと考えているわけだが、さらに一歩進んで、批評家は批評行為において「自己を建設し、自己を完成する」とまで論じる。作品を読む過程で作者を論じ、作者なる主体を鮮明にするとともに、作品のこちら側では読み手が自らを読者・批評家として主体化していく。

だがそれは何も高度な技術ではない。ここで沈従文の郁達夫論を想起すれば、当時の文学青年たちは郁達夫の「作品の中に自己の姿を見出した」（「論中国創作小説」前掲）。批評を書くとまでいかなくてもよい、『沈淪』を読むことは、つまり「自己の姿」を読むことであり、自己を見出すことだった。もはやそこでは、作者郁達夫ですら作品の背景に沈む。浮かび上がるのは、読者としての〈自己〉である。文学作品を〈自己表現〉として読むことは、作品の向こうに作者の輪郭を確かめる行為であるとともに、作品のこちら側に読者としての自己の輪郭を確かめる行為でもある。『沈淪』をめぐる文学空間の再編成は、文学の射程にのみとどまる現象ではなく、五四新文化運動を経て実現しつつあった近代的な主体の形成とも関連していく。

以上のように論じてくると、『沈淪』は作品としてのみ突出していたのではなく、それを作品として突出させるような力の〈場〉が形成されつつあったことが理解できるだろう。これには、一九二〇年代前半における、出版メディアの成熟、流通や書店などの整備、職業作家の登場、また教育・学校制度の普及、あるいは住居における個室の問題など、さまざまな制度的要因を挙げることができる。これらの要因を背景としつつ、新しい文学空間が一九二二年前後、急速に強力に形作られる。これを裏づけるように、当時、作品論や作家論という批評の形式が生まれる。批評の形式として最初に登場するのは、抽象的に文学概念を論じる評論だったが、やがて創作の数が出そろうにつれて、茅盾「春季創作壇漫評」（署名は郎損、『小説月報』第十二巻第四号、一九二一年四月）などを筆頭に、同時代の創作傾向を論じる文芸時評が登場する。これがやがて作家論・作品論へと発展していく。

一九二〇年代前半は文学作品の価値が大々的に塗りかえられる時期だった。かつて文章の冴えや構成の妙など、技術的な高下から判定された文学の価値は、この一九二二年前後、〈自己表現〉性を中心としたオリジナリティへと変更されていく。それは単に価値が変わったというだけでなく、文学の意味の体系そのものが再編成されたということであり、いったん変更されるともはや遡及不可能な〈場〉が形成されたということなのである。

5 「文学作品とは、すべて作家の自叙伝である」

『沈淪』を発表して六年後に郁達夫は、「「文学作品とは、すべて作家の自叙伝である」という言葉は、まったく正しいと思う」と述懐する。[22] この一文は郁の創作態度を論じる際にたびたび引用されてきた。だがこれは必ずしも、文学作品はすべからく作者の現実生活をありのままに再現すべきだ、という主張ではない。もちろん郁達夫は現実の経験を重視する。だが客観的な態度や描写といっても、もし純客観的な描写が可能なら、芸術家の才気や存在理由はなくなる。「作家の個性は、たとえどうあれ、その作品に刻まれてなければならない」とするように、それは文字通りの意味で「自叙伝」なのではなく、作品とは作家にとって自己の個性の痕跡を刻み込んだ軌跡である、という意味で「自叙伝」である。

そして郁達夫のこの言葉は、実は周作人の評論「文芸批評雑話」(前掲)に引用された、アナトール・フランスの言葉を引用したものであり、また茅盾「文学与人生」(署名は沈雁冰、『松江・学術講演録』第一期、一九二三年)や朱自清《しゅじせい》(一八九八－一九四八年)の「文学的真実性」(署名は佩弦、『小説月報』第十五巻第一号、一九二四年一月)によっても引用された台詞だった。[23] 一九二三年前後、文学作品の意味は作者の精神へと還元されるという価値観が、すでに共有されていた。

郁達夫は一九二七年、数えで三十二歳の年から、個人全集を出版する。[24] 当時鄭伯奇が、長く名声を保つ作家に乏しい「中国では破天荒な試みだ」と驚嘆したように、[25] 同時代の作家の中では異例のことである。それだけではない、郁については、作家論集としては最初期に当たる、『郁達夫評伝』(素雅編、現代書局、一九三一年)、『郁達夫論』(賀玉波編、光華書局、一九三二年)、『郁達夫論』(鄒嘯編、北新書局、一九三三年)が出版される。いずれも、それまで発表された作家論や作品論、印象記をまとめたもので、現代作家でこれほど作家の個人名が突出している例は珍しい。[26] そこで描かれる郁の作風とは、現代中国を代表する読書家の一人と呼ぶべき趙景深《ちょうけいしん》(一九〇二－八五年)が、『郁達夫論』(北新書局)の「序」で、「彼は他の作家の影響を受けたし、また他の作家に影響を与えもした、しかし彼にはやはり独特の作風がある。彼の作品を見て、たとえ彼の名が隠してあっても、それが彼の作品であって、他の人のものではないと分かるだろう」と論じたように、[27] 模倣追随を許さない、郁達夫独自のスタイルを称讃するものだった。

これには、郁達夫が自己をモデルにしたと思われる作品を書いたという原因もある。[28] だが郁は、必ずしも告白体の自叙的小説ばかりを多く書いたわけではない。自己を題材とはしても、それが作品となる過程で変化していたり、あるいは告白小説以外の、いわゆる客観小説が多くあるばかりでなく、作風の変遷も大きいことが、くり返し論じられている。[29] その作品に、これほどまで作者郁達夫という固有名の刻印が読みとられることになったのは、植之「郁達夫素描」が、こまごました身辺の瑣事に材を取った郁の作品は、「その平凡な叙述のうちに、濃厚鮮烈な感情が隠れており、これが郁達夫の貴いゆえん」なのであり、郁を模倣した凡庸な作家が遠く及ばないのは、この「一種の生命」においてである、というように、(30)作品を通して、郁達夫という作者の「感情」「生命」、つまり作者の精神を読み込むことができるからである。

伊藤虎丸は、「「沈淪」にはじまる彼のいわゆる「浪漫主義」が、少なくとも中国新文学の主流となり得なかった事は事実である」としている。(31)その後プロレタリア文学が怒濤の勢いで文壇を席捲する近代文学史を眺めると、これは首肯すべき見方かもしれない。だが『沈淪』は、「浪漫主義」といった、いずれは取って代わられる文芸思潮の流行に還元されるような意味において、評判作たりえたのではない。『沈淪』が当時の文壇を席捲することになったのは、作品の斬新さとともに、『沈淪』に至って初めて、文学作品と作者が切り放ち難く、密接に、有機的に結びついたからである。『沈淪』が登場する前後、中国文学は〈自己表現〉を軸に新たな自己同一化を遂げつつあり、『沈淪』においてはじめて、作家が自己を表現した作品を手に入れたのである。

しかもそれは、近代化する中国文学という〈場〉において発生した現象でもある。『沈淪』自体が画期的だったと同時に、この作品の読者たちこそ、『沈淪』を画期的ならしめた。郁達夫という固有名が突出するその背後には、『沈淪』に作者を読み込むことで、自らをも発見し表現していった、批評家や無数の文学青年たちの存在がある。読書はもはや暇潰しでも啓蒙の手段でもない、『沈淪』を通して作者の〈自己〉を読み込むことで、読者たちもまた読む主体である〈自己〉を手に入れた。彼らは、いわば自らの存在を賭けるようにして、『沈淪』を読んだ。『沈淪』は、〈自己表現〉の時代の到来を高らかに告げ、文学空間のあり方を一新したのである。

ただしこのような〈自己表現〉の時代は、決して中国に孤立した現象ではない。この一九二二年前後をさかのぼること十五年の日露戦後の時代、郁達夫が時代の寵児となるのと相似の円を描くようにして、日本では国木田独歩（一八七一－一九〇八年）が、自身摩訶不思議な魔法にかけられたようだとつぶやいたように、突然文壇の中心的な作家として祭り上げられた。その独歩を読む行為において、作品の向こうに作者の自己が読み込まれ、そして作品のこちら側に読者の自己を発生させるというプロセスが、明快に見てとれる。日露戦後の明治四十年前後、文学表現の意味を統合する中心としての作者が登場し、新しい文学の規則、作品というメッセージの送り手と受け手として作者と読者が向かい合い対話し、それぞれが自己の輪郭を浮かび上がらせる、という文学の生産と消費の〈場〉が成立した(32)。〈自己表現〉の時代は、日本文学固有の問題でも中国文学だけの問題でもない、それは文学というものが近代化する中で新しく意味をまとうプロセスの、一つの姿なのである(33)。

そして、併せて考慮に入れねばならないのが、郁達夫が、一九一三年、つまり大正二年から日本へと留学、一九二二年までの約九年間を、日本で文学に耽溺しながら過ごした経験を持つ、という点である。郁が日本へ留学したのは、すでに日露戦後に日本の文学が大きな変化を経験したのちのことで、日本文学を大量に読み、文壇の消息にもよく通じていた郁が、島崎藤村・国木田独歩・田山花袋らの成功の物語を承知していた可能性は高い。つまり、郁の中国文壇における成功の背後には、恐らく、郁の日本文学経験がある。

つづく第二章では、郁達夫が一九二一年、中国の文壇に満を持して登場する以前の、日本における読書体験について概観する。大正日本で日本の教育を受け文学に浸りながら自身の文学を形成した郁の場合、単に日本の文学を読み影響を受けたといったレベルに収まらない。郁達夫は大正日本の典型的な、文学を愛好し成功を夢見る、文学青年の一人だった。

第2章 日本留学時代の読書体験——学校体験・留学生活・日本語・外国文学

1 読書家郁達夫

序章で述べたように、郁達夫が日本へと留学したのは一九一三年、つまり大正二年で、一時帰国をはさみながら最終的に帰国したのは一九二二年、大正十一年である。大正の日本に約九年間滞在した郁は、膨大な量の日本及び海外の文学を読んだ。第三章以降、郁の創作に日本での読書がどのような作用を及ぼし痕跡を残したのかを、個別的具体的に見ていくが、本章では、実際にどのような本をいかに読み、自身の創作に生かしたのかを探る前提として、郁の学校体験、留学生活、日本語の習得と、日本・外国文学の吸収について、概観しておきたい。

郁達夫は終生読書家だった。その生活は書物とともにあった。酒を嗜《たしな》み、煙草を愛し、女性との恋愛にも熱中した郁だが、生活の中心はつねに文学の読書と創作であった。前半生は主に職業や経済的な理由から、後半生は日中戦争ゆえに、転々と居住地を換えた。主だった場所のみ記しても、故郷の浙江省富陽に始まり、中学時代送った嘉興・杭州（一九一一－一三年）、留学先の東京・名古屋（一九一三－二二年）、帰国後、主に教員や編集生活を送った安徽省安慶・上海・北京・武漢・広州（一九二一－二六年、一時帰国を含む）、第二夫人の王映霞と比較的安穏な日々をすごした上海・杭州（一九二六－三六年）、役人暮らしをした福州（一九三六－三八年）、そして日中戦争勃発後は武漢・シンガポール・スマトラ（一九三八－四五年）と、足跡は中国沿岸部から日本・東南アジアに及ぶ。しかも、一箇所に腰を落ち着けることが少なく、始終各地を往来した。

そんな郁達夫だが、手元にはつねに書物があり、読書にふけった。抗日戦争開始後の一九三八年末、シンガポールに至った郁のもとで暮らした息子の郁飛（一九二九年生）は、当時の父の姿を次のように描く。現地誌『星洲日報』副刊の編集を担当し、激しい抗日宣伝運動に従事する郁は、明日をも知れぬ生活にあっても、本を買うことはやめなかった。

> 父の愛する煙草、酒、書物は、この天の南の一角〔＝シンガポール、引用者注〕では手に入りやすく、種類も豊富だった。欧米の有名な煙草や酒は数多くて値段も安く〔中略〕、書籍は古今東西何でも買えた。二万冊余の蔵書は杭州で敵の手に落ちたが〔杭州は一九三七年中に陥落〕、父はどこに行ってもすぐ、調べている、もしくは愛読している中国や外国の書物を購入し始めるのである。シンガポール到着の翌日、女性記者の李葆真が来訪したときには、父が外国の書籍を一包み抱えて宿泊所に戻り、安くいい本が買えたと顔をほころばせているのを目にしたという。このあと数年間で部屋いっぱいに本を積み上げることとなったが、戦火の中を慌しく逃れ出たときには〔一九四二年二月、シンガポール陥落の直前に脱出〕、もちろん一冊も持ち出せなかった。(1)

本章では、希代の読書家だった郁達夫の読書体験を、日本留学時代を中心に、幼少期や帰国後にも触れつつ概観してみたい。留学時代の郁については複数の先行研究がある。稲葉昭二『郁達夫　その青春と詩』は、主に郁の漢詩投稿、及び漢詩人との交流を描いた、先駆的かつ基礎的な研究である。(2) 伝記の基本文献である郁雲『郁達夫伝』は、留学時代についても一次資料を利用しつつ素描している。(3) 李麗君「「大正日本」の留学生郁達夫」は、特に制度面や心情面を、『第一高等学校六十年史』（第一高等学校、一九三九年）・『名古屋大学五十年史』全四冊（名古屋大学史編集委員会編、名古屋大学、一九八九／九五年）・『東京大学百年史』全十冊（東京大学百年史編集委員会編、東京大学出版会、一九八四－八七年）などの学校史、及び自伝や自伝的小説に依拠して描き、留学の全体像を提示する。(4) 厳安生『陶晶孫　その数奇な生涯』の第三章「文学運動に合流していく郁達夫たち」は、文学団体創造社（一九二一年六月－三〇年）を結成する仲間の、陶晶孫（一八九七－一九五二年）や郭沫若らと並べて、留学と文学活動の全般を描く。(5) 本章では、留学の経緯や制度はこれら先行研究に譲り、読書体験に絞って郁の留学生活を描いてみたい。

残念なのは、郁が転々と居を移し、特に晩年は戦禍に遭ったため、蔵書は散逸し、まとまった蔵書目録が存在しないことである。本章では、郁自身の自伝や日記・随筆・文学論・小説はもとより、諸家の回想録を利用し、また同じ時代を生きた文学者たちの自伝と照らし合わせることで、その文学を形成する土台となった読書体験の輪郭を描く。ただし、読書体験がその創作にいかに生かされたのかの具体的な内実については、第三章以下で明らかにするので、ここでは郁が何を読んだかではなく、どのような環境の下でいかに読んだのかに重点を置くこととする。

2　幼少年時代の学校体験――書塾と中学

本章の主な目的は、郁達夫の日本留学時代の読書体験を解明することにあるので、幼少年時代については、同世代の文学者たちの体験と対比しつつ、簡単に触れる。

郁達夫の読書体験は、書塾で学んだときにさかのぼる。書塾は科挙の一定段階まで合格した知識人の教師が、幼少年を対象に、経典の朗読を中心とした伝統的な教育を施す機関である。郁が書塾へ通い始めるのはわずか五歳のときで、最初は「三字経《さんじきょう》」を習った。「三字経」は、書塾や家庭で初学者に文字や儒学の初歩を教えるための教科書で、作成年代は不明だが元代から広く用いられた。[6] 現在でもしばしば音声媒体を付した児童書の形で刊行されるなど、中国語圏では極めてポピュラーな伝統的教科書である。郁は自伝「書塾与学堂」で、書塾では愉快に過ごしたといい、朝から晩まで座りきりだったので、朗読の際には、「消化を助け、身体を健康にするための運動として、身体を思い切り揺らし、のどを張り上げ大声で叫んだ」と回想する。[7]

一族の子弟の教育機関である家塾、もしくは城内（中国語で「城」とは都市のこと）の私塾で学ぶことは、郁達夫より前の世代、及び同世代の、都市や近郊の田舎町に生まれた文学者にとって、共通の経験である。例えば郁と同じ浙江省北部の、紹興で生まれ育った魯迅（一八八一－一九三六年）は、『朝花夕拾』所収の回想記「従百草園到三昧書屋」（＝百草園から三昧書屋へ）で、「城内でももっとも厳格だとされている書塾」である「三昧《さんまい》書屋」で、『論語』や『易経』・『書経』を「のどを開いてひとしきり朗読する」かたわら、蟬を捕まえたり絵を描いたりした懐かしい思い出を記している。[8] 郁と同い年で、同じく浙江省北部の烏鎮《うちん》に生まれた茅盾（一八九六－一九八一年）の場合は、大家族だったため、伝統的な教育を墨守する祖父が教える家塾があった。父が代わって教えるようになってから茅盾も入塾したものの、父が病に倒れ、親戚の開く私塾に移った。父は新しい書物を教材にしたが、祖父や親戚は「三字経」や「千家詩」に始まる旧来のものを使ったという（自伝『我走過的道路』（＝私の歩んだ道）[9]）。また、郁より少し年下で、浙江省杭州郊外の村で生まれた夏衍（一九〇〇－九五年）は、村の外れにあった、店の一室を借りただけの小さな私塾で、やはり「三字経」から学び始めた（自伝『懶尋旧夢録』[10]）。

このような書塾体験は、他の省でも同様である。四川省の楽山に近い田舎町で生まれた、創造社の盟友郭沫若（一八九二－一九七八年）の場合、一族が多かったゆえ郭家内に開かれた家塾で学んだ。詩の好きな母と、しばしば耳にした「善書」(＝伝統的な語り物の一種)の影響で、早くに読書への好奇心を抱いたが、本格的な読書の開始は五歳のとき、家塾で学び始めてからである。「三字経」を手始めに、昼は『易経』などの経書、夜は『唐詩三百首』を用いて漢詩を学んだという(自伝『我的童年』)[11]。書塾に通う習慣は、一回り下の世代の蕭乾《しょうけん》(一九一〇‐九九年)のころも残っていた。北京の漢化した蒙古族の家に生まれた蕭乾は、六歳のとき尼寺にあった私塾に入れられ、「憂さ晴らしでもするかのように、朝から晩までのどを振り絞り経文を「唱えた」」という(自伝『未帯地図的旅人』[12](＝地図を持たない旅人))。

書塾での伝統的な教育の次に、彼らを待っていたのは、新式の学校、小学堂であった。一九〇六年、郁達夫は九歳のとき、富陽県立の高等小学堂に入学した。郁によれば、「書塾から学校へ！　この転変は、当時の私の心中では、天から地上へ飛び降りるよりもっと大きな珍しいことだった」。新式学校はでき始めたばかりでもの珍しく、田舎の人々は群れを成し、弁当雨傘持参で見物に来たという[13]。

清末以来整備が進められつつあった小学堂のうち、初等課程では、一九〇四年の章程によると、伝統的な読経・講経を中心に、修身・中国文学・算術・歴史・地理・体操などが必修科目として、図画や音楽などが随意科目として教えられた[14]。郁と同い年の茅盾の場合、入学は一九〇三年、烏鎮にできた初等小学堂の第一期生だった。過渡期ゆえ、茅盾が学んだのは国語・歴史・修身・算数などの科目のみで、体操・図画・音楽はまだ開講されず、高等小学堂進学後、それらの科目や英語・物理・化学などを習った[15]。郁の場合は、初等を飛ばして高等に入学、算数や地理など洋式の学問以外に、英語にも初めて触れた。先に見たように、書塾では中国の古典を朗誦したわけだが、小学堂では英語のテキストまで、「背を丸め、肩をそびやかし、身体を揺すりながら、『古文辞類纂《こぶんじるいさん》』(＝清代に編まれた模範的古文の文体別選集)を読む調子で」朗読したという[16]。

以上を見る限り、小学校までの段階の読書体験においては、郁達夫と同世代の文学者たちとの間にさほど大きな差はない。読書体験がやや分岐し始めるのは、中学に入学してからである。郁は一九一一年、杭州で中学の入試を受けた後、経済的な理由から、浙江省北部、嘉興の浙江第二中学堂に入学、夏休みを経て杭州の第一中学堂に転校した。ところが、折悪しく辛亥革命で休校となったため、翌年にはミッションスクールの之江大学予科、さらに翌年には同じく蕙蘭中学に学んだ。

清末から民初にかけての中等教育は、伝統的な書塾での教育が持ち込まれた初等教育と異なり、洋式の学問を提供するものであった。しかし過渡期ゆえの、教員の力量不足・教育体制の不備・経営基盤の不安定などから、学生の不満を惹起、運営に支障をきたすことも多かった[17]。同時代を過ごした文学者の多くが回想で不満を書きたてている。例えば郭沫若は、一九〇七年四川省楽山《らくさん》の中学に入学したものの、教員の水準に非常な不満で、「学生たちは授業に満足できず、校内ではしょっちゅう騒ぎを起こし、校外でもよく争いを起こした」。そこで教えられる学問、例えば英語や日本語はお粗末なものだった。この我慢ならない生活を脱出して、「あこがれの土地」だった日本へ、「日本へ行けないのなら北京や上海へ行きたい。それもかなわぬならせめて省都〔＝四川省成都〕へ行きたい」と切望した[18]。結局郭は、軍との騒動がもとで退学処分となり、一九〇九年、「長年憧れていた成都の学校」へ移るが、そこの教育水準も期待を裏切り、「失望・焦燥・憤懣・煩悶」を味わう[19]。この不満は郁も共有しており、特に、信仰を強制され規律もうるさいミッションスクールにはうんざりしたようで、「私の失望は、省立の中学でつまらない勉強をしていたときよりもさらに大きかった」という[20]。

ただし、郭にしても郁にしても、学校そのものには失望させられても、進学と同時に賑やかな都会へ出ることの興奮は大きかった。楽山から徒歩で四日かけて、郭は成都に到着した。「それでも成都はやはり四川の政治の中心ないし文化の中心で、すべての旧時代の勢力と新時代の影響がここに集中していた」ことに目を見張った。郭はここで、勧業場や改良川劇〔四川の地方劇〕に触れ、初めて政治運動にも関わるのである[21]。郁にとっても少年時代の杭州は、遠い都会だった。かつて江南では遠方へ赴く際に水路を利用した。富陽の人は杭州を、「罪を犯し流刑にならないかぎり、行けそうにない辺境」だと思っており、行かねばならぬと決まると、祖先を祀って加護を祈り、出発に際しては、隣家や縁戚がわざわざ見送りに集まって、「ご無事で」と口々に叫んだ。たどり着いた杭州は「古来麗しの名所」で、名所旧跡を見物し、名物を食べて回った(22)。

中学に通った三年間に、のちの郁達夫文学を形作る読書体験が開始される。中学時代の郁の読書経験で見逃せないのは、まず中国古典への親炙である。郁は「五六年来創作生活的回顧」で、杭州で学んだころ、古書店で『西湖佳話』（清中期の文言による西湖伝説集）や『花月痕』（清後期の花街の色恋を扱った章回小説）を購入、またミッションスクールに入ってからは、『桃花扇』（清初の戯曲）や『燕子箋《えんしせん》』（明末の戯曲）などを愛読したと記す(23)。郁は生涯を通じて中国の古典に親しみつづけ、その中には『西青散記』受容など、明治日本の中国古典受容と関連した問題があり、今後研究のいっそうの展開が待たれる(24)。

またこの時期の経験として見逃せないのは、新聞社への投稿である。詩や詞（曲調を伴った韻文の一種）を作ることをおぼえると、発表意欲がつのり、匿名で投稿を試みる。初投稿の夜は興奮で眠れず、食事は味がせず講義でも気はそぞろで、新聞閲覧室へ何度も出向いては、新しい新聞が届いてないか確認する。初めて掲載されたときには、心臓は高鳴り顔は火照り、耳鳴りがして頭は揺れ、何度も読み返しては自分のものかどうか疑い、運動場へ出て一走りし心を落ち着け、もう一度確認してようやく安心、「叫びだしたいほど嬉しく」なった(25)。新聞や雑誌への投稿は、当時の文学青年にとって珍しいことではない。やや下の世代になるが、杭州出身で、蘇州・松江で育った施蟄存《しちっそん》（一九〇五－二〇〇三年）は、一九一八年、十三歳のころから詩や詞、小説を作り、上海の鴛鴦蝴蝶派の新聞副刊や雑誌に投稿、掲載されたことを懐かしく回想している(26)。活字となった自らの作品を読み返す喜びが、その後の作家の道へとつながるのである。郁の投稿は日本留学後もつづいた。八高の『校友会雑誌』や『新愛知新聞』、『太陽』への投稿については、稲葉昭二「郁達夫の投稿詩」に詳しい(27)。

この時期の読書と関連した体験としては、書店通いにも注意しておきたい。自伝によれば、一九一一年、嘉興の中学に入学した年の夏休み、帰省の途中杭州に寄り、古本屋で本を一山購入、休暇中読みふけった。休みが明けて杭州の中学に移った郁は、小遣いを節約して古本漁りに精を出す。杭州には古本屋の集中する一角があった。休日の朝、床の中で、手持ちの金でどんな本が買えるか考えるだけでわくわくし、いざ本屋に出かけると、店頭を行きつ戻りつで昼飯に間に合わなくなる。しかたなく大通りの麺屋で、無駄遣いを後悔しつつ、一方で「麺をすすりながら本をめくるあの刹那の恍惚」、それは「コロンブスが新大陸を発見したときと同じ」だと懐かしむ(28)。

この杭州での古本屋めぐり以降、郁達夫が無上の愉悦とするのは、本を手に入れた足で料理店に向かい、買った本をめくる習慣である。創造社のメンバーとして、一九二一年から上海で親しくつきあった鄭伯奇(一八九五―一九七九年)は、郁が「茶楼」(＝二階建ての茶館)に上ること、古本を買うことを好み、よく一緒に出歩いては、城隍廟《じょうこうびょう》の辺りで「何軒かの古本屋で外国語の本を何冊か買い、茶楼に上がって、本をめくりながら無駄話をした」ことを回想している(29)。

3 日本での留学生活――旧制高校

一九一三年、大正二年の日本留学以降、郁達夫の読書体験は新たな局面に入る。新たな経験とは、旧制高校を温床とする教養主義を中心とした思想や文化の洗礼、第一次大戦後を画期とする大正の新しい文学と文学青年イメージの受容、さらに大正半ばに流行した外国文学の受容である。

一九一三年九月に来日した郁達夫は、十一月神田正則学校に入学し、中学の正課の補習を受けつつ、夜は日本語を学習、中国政府から官費を支給される学校（第一高等学校や高等師範学校など計五校）への合格を目指して、猛烈な受験勉強を開始した。[30] この来日初期の勉学は、自伝「海上」で回想されている。[31] また、同時期に同じ目的を抱いて留学してきた郭沫若の、家族宛の手紙が残されており、留学生が短期間での合格を目指し、刻苦精励する姿をうかがうことができる。[32] 受験勉強が実を結び、翌一九一四年七月、第一高等学校特設予科に合格。一年間の予科を経て、一五年九月、第八高等学校第三部（医科）に入学、翌年第一部（文科）へ転部。計四年間を経て、一九年十月、東京帝国大学経済学部に入学。途中、安慶で教職に就くための一時帰国をはさみつつ、二二年三月卒業。いったん文学部に学士入学するものの、七月最終的に帰国した。東京で日本語学校約一年、予科一年、名古屋で高校四年、再び東京で大学二年半を過ごした郁は、日本のエリート教育史を描いた竹内洋の言葉を借りれば、「旧制高校を経由した帝国大学卒業生」という、日本の「正系学歴貴族」の道を歩んだ。[33]

この留学時代における、郁達夫の人生にとって最大の収穫は、何といっても読書体験である。日本留学生たちにとって、本屋巡りが最高の楽しみかつ人生の収穫の一つだったことは、厳安生『日本留学精神史』に指摘がある。[34] 郁の前の世代の留学生、周作人（一八八五－一九六七年）は、北京ほど気候がすぐれず、地震や火事の恐ろしい東京での、懐具合が悪く物見遊山や娯楽に乏しい生活における楽しみは、「日本の旧式の衣食住」だったという。「その他に、新書や古書を買う楽しみがあった。日本橋や神田、本郷一帯の、洋書や和書を売る新本屋や古本屋、雑誌を売る露店、夜店などを日夜めぐり、疲れを知らなかった。これは多くの人が好むところで、私がさらに説明するまでもない。故郷〔＝浙江省紹興〕に帰ると、こうした楽しみはなく、北京では市場に古本屋があるが、情趣はぜんぜん異なる」（「懐東京」）。[35] また郁と同世代の郭沫若も、「日本に留学していたころは、「本屋漁り」が学生の間でのとても愉快な習慣であった。授業が終わると用事がなければ新刊書店や古本屋へ行ってぶらつく。何かの本を買わねばならないわけではない、女性たちが公園を散歩し、上海人が遊技場に行くようなもので、まったくの暇潰しである。書店では書籍を眺め歩き、目次を見たり、いい本に出くわしたときには、お金があれば買い、なければ半分ほど立ち読みしたり薄い本なら丸ごと読んでしまったりした」と懐かしく思い出す（「百合与番茄」『水平線下』）[36]。

中国現代文学の作家の中でも、稀に見る読書家だった郁の、文学の根幹を作り上げたのは、留学中の膨大な読書であり、その痕跡はのちの文学活動の随所にうかがうことができる。郁の自伝的回想のうちよく引用される一節に次のものがある（「五六年来創作生活的回顧」）。

高等学校に四年間いて、読んだところのロシア・ドイツ・イギリス・日本・フランスの小説を数え上げると、ぜんぶで一千部ほどある。のち東京の帝大に入ってからも、この小説を読む癖は、とうとう治らなかった。現在でも、食事と用事の外は、座って本を読むばかりで、やはり小説を読むことが多い。これは私が西洋の小説と縁を生じて以来の大体の様子で、もしかすると、高等学校の神経病時代、ロシアの小説を読みすぎたあまり、悪い影響をこうむったのかもしれない[37]。

一高予科時代に知り合った郭沫若は、「達夫はとても聡明で、彼の英語、ドイツ語はすばらしかった。中国文学の素養も深く、予備門の時代すでに上手な漢詩を作ることができた。〔中略〕欧米の文学書、特に小説も好んで読んだ。友人のうちで彼ほど豊かに読書した者はいない」と回想する[38]。浙江省上虞出身で、郭や郁と同年に一高予科に合格した范寿康（一八九四－一九八三年）は、郁は「普段の授業外の時間は、外国小説の読書を嗜み、いつも身辺やポケットに入れて携帯し、暇さえあれば読みふけっていた」と述べる[39]。

このような読書を可能にしたのは、「大日本帝国のぜいたく品」という呼称がふさわしい[40]、旧制高校特有の、教養教育を中心とした勉学の場である。永嶺重敏は東大生の読書史の中で、読書生活における、旧制高校と大学とは好対照で、大学では無味乾燥な専門知識の習得に追われたのに対し、「高等学校において明治後期以降、もっぱら内外の古典的文献を中心とする教養主義的読書が盛んに行われ、豊かな読書生活が展開されていた」という。東大卒業生の回想においても、読書の思い出は高校時代に集中するとして、大内兵衛（一八八八－一九八〇年）の例などを挙げる[41]。郁もこのような環境にあって読書に耽り、旧制高校を中心に流行した大正教養主義やその影響を受けた文学に接する。

倉田百三『出家とその弟子』（岩波書店、一九一七年）など、郁達夫における大正教養主義の受容については第五章で触れるとして、処女小説集『沈淪』（泰東図書局、一九二一年十月）に記されたほど、郁が日本の学校生活で、つねに疎外感や屈辱感を抱き、憂国の情に溢れていたとは思われず、日本人の学友たちとも、文学を通じて胸襟《きょうきん》を開いた交友のあった点については、確認しておきたい。八高時代の経験に取材した「沈淪」の主人公は、日本人の学友の悪意の目にさらされていると感じ、「多くの人がいる中で感じる孤独は、一人もの寂しいところで感じる孤独よりも、もっと耐え難いものだ」と感じる。また、街角ですれ違った日本人の女学生たちは「支那人」たる自分など相手にしてくれないと嘆き、「もし一人の女性が、美しい人であろうとなかろうと、心から私を愛してくれるなら、私は彼女のために死んでもいい」と叫ぶ[42]。

郁達夫は実際、八高入学の当座、「沈淪」の主人公同様、神経衰弱にかかり、厭世的になったことがあるという。来日以来感じていた、弱国中国の出身であるという屈辱感、また日本女性に対し強い執着を感じながら、「支那」という言葉の前に侮辱されたと感じる絶望、この「性的苦悶」がもたらした当時の憂鬱症は、自伝「雪夜」にも描かれている[43]。郁が日本人から差別的な言動に遭った件については、証言がある。八高在学中、『新愛知新聞』への漢詩投稿をきっかけに、郁は愛知の漢詩人服部担風《たんぷう》（一八六七－一九六四年）を訪問、作詩の会に参加した。また、服部の弟子だった同世代の冨長蝶如（一八九五－一九八八年）と、帝大進学後親しく交際した。この冨長は、本郷のカフェで大学生を交えた若者たちから、郁が侮蔑的な言葉を投げかけられた経緯を記し、郁の、「ああしたことは、常のことだ

――」という「静かな声」を書き留めている（「郁達夫の思い出」[44]）。

しかし、冨長氏の回想に記された、郁と服部担風・冨長氏との交流自体は、心温まるものである。八高及び東京帝大の同級生で、「相当懇意に交際し」たという福田武雄（一八九四―一九七五年）は、「文学好きの点で気が合ひ」、「文学談を交はす事が主で、いつも打とけて居ましたが、大体傾向が似て居たので論争する様な事はありませんでした」といい、「異国人としてのひけめを感じさせぬ様に小生はいつも気をつけて居ました」ともいう。帰国の多い郁のため、試験の際にはプリントを買って提供、八高ではよく池のほとりを散歩し、帝大では郁がたびたび福田氏の下宿を訪れた。季節の衣服の荷が遅れた郁に、福田氏が新しい綿入れの和服を貸したという、微笑ましいエピソードもある。郁はいつか故郷に招待したいと語っていた（稲葉『郁達夫』所収の福田氏書簡[45]）。また、帝大時代の知り合いで、正門前の喫茶店でよく顔を合わせたという東洋史学者の石田幹之助《みきのすけ》（一八九一―一九七四年）は、聞き書きの中で、郁とは「よく会い、おおいに語り合」ったと語る。「印象は明るく、豁達《かったつ》で、人との間に隔てを設けないで付き合えるフランクな青年でした。私の見ていた限りでは、（作品にあらわれているような）暗さや陰鬱さはなく、おおらかないい人でした[46]」。石田は一高出身、芥川龍之介と同期である。

帰国後のことだが、一九二八年上海で郁と知り合った、同世代の金子光晴（一八九五―一九七五年）は、「印象はまるで中国人らしくなく、むしろ日本人に近いという感じ」で、「性格は、話していて抵抗感がなくて親しみ易く、一見してすぐその人が解るという感じの人」だったと回想する[47]。年齢の上下関係なく、如才なく交際する親しみやすさは、中国の友人たちも口をそろえて証言するところで、作風から連想される、世紀末文学を愛する頽唐《たいとう》派のイメージは、外面に出た人となりに限っては裏切られることになる。例えば、留学時代に面識がなく、先にその作品に接したのち顔を合わせた鄭伯奇は、「達夫が私に与えた印象は、非常に聡明で活発で、割に楽観的な人というものだ。彼自身には、彼の作品に表現された憂鬱に富む色彩はなく、私は軽い失望を覚えた」と語るほどである[48]。

また、「沈淪」の主人公と重ね合わせ、郁達夫が日本女性との交際で挫折を覚えたかのイメージがあるが、これは八高時代の初期の経験の一つに取材したにすぎない。八高時代の漢詩には、そのモデルとなった下宿屋の娘、後藤隆子を詠み込んだものがあるが[49]、郁の女性経験はそれだけとは思われない。郁と同い年で杭州生まれ、一高予科・八高で同級生だった銭潮（一八九六－一九九四年）は、夏休みを帰国して過ごし名古屋に帰ると、郁が若い日本人女性と同棲しているのを知り、「大いに驚いた」ことを回想している。この女性とはまもなく別れたが、「達夫が名古屋にいたときの生活はロマンチックで、よく妓楼に行き、ときにはその見聞を私に話してくれたものだった」という[50]。郁自身、東京帝大時代は、「学校の勉強はゆるやかで、毎日小説を読む暇には、多くはカフェで女の子相手に酒を飲んでいた」と回想する（「五六年来創作生活的回顧」[51]）。

以上のように見たとき、青年時代の大半を過ごした日本に対し、郁達夫はプラスマイナスを含む、強い感情を抱いていたと考えるべきではなかろうか。一九二二年七月の、最終的な帰国の途上で記された、郁の「中途」（七月二十六日執筆）には、日本への愛憎半ばする感情が、いささか気取ったスタイルで描かれている。「十年もの長きにわたり住んだ海東の島国、バラに置いた露にも似た私の青春を送ったこの異郷の天地、私はこの地から少なくない屈辱を受けた。この地をして私の足に接吻せしめることはもう二度とないだろう。しかしこの嫌悪の感情があまりに深いために、まさに離れようとするとき、私はかえって決別に忍びない思いを生ずるのだ」。日本は、一方で屈辱的な思いをさせながら、否応なしに郁に多くを刻み込んだ。結末でも再び、「日本よ、私は去る。死んでも二度とお前のもとに戻ってはこないだろう。しかし、しかし私が故国の社会に圧迫されて、自殺せざるをえなくなったとき、最後に私の頭に浮かんでくるのは、恐らくはこの島国だろう！」と愛惜の情を語る[52]。大正日本は、郁達夫の人間と文学を形成する場となったのである。

4　日本語と日本文学――大正文学との共鳴

郁達夫の日本に対する深い感情を裏打ちするのが、身に沁み込んだ日本語である。[53] その日本語は、会話したことのある日本人から、しばしば称讃の的となっている。冨長蝶如は回想して、「彼は日本語も、極めて自由自在に操った。多少アクセントと、発音の違いはあったが、まず正確な日本語をしゃべったし、日本の文学書は、何の渋滞もなくすらすらと読んだ」と、会話、読書ともに堪能だったと証言する。郁の誇張癖に言及しながらも、服部担風との初対面で『源氏物語』を読んだと話したことを、冨長は書きとめている。[54] 石田幹之助も、郁の日本語は「大変流暢」だったと記す。[55] 一九二八年末に中国を訪問、数多くの中国人作家、中でも郁と親しく交流したプロレタリア作家の前田河廣一郎《まえだこうひろいちろう》（一八八八‐一九五七年）は、帰国後『讀賣新聞』に報告「支那の文学者」を書き、「彼れの日本語の上手なことに感心した」と述べる（一九二九年二月十三日）。一九三五年に杭州の郁を訪問した、中国史学者の増井経夫《つねお》（一九〇七‐一九九五年）は、「彼の日本語は江戸弁をまねた捲き舌を使うなど、それは上手だった」とする。[56] 一九三六年来日の際に会った井伏鱒二（一八九八‐一九九三年）も、「日本語は非常に上手だった」と回想する。[57]

中国現代文学の研究者で、魯迅に弟子入りもした増田渉《わたる》（一九〇三‐七七年）は、「郁氏の日本語は非常に上手」で、『大魯迅全集』の宣伝パンフレットに推薦文を書いてもらったとき（「魯迅の偉大」『改造』一九三七年三月）、その日本文が「平仮名まじりの文章で、ちょっと驚いた」という。「日本文の書ける中国人でも、例えば魯迅などでも、その日本文は片仮名交りで、平仮名を書くのは余程日本で生活し、日本文に慣れた人でないとできない」とするが、[58] 郁には一九二六年六月、ノートに日本語で記した小説の習作がある（「円明園の一夜」）。[59] 断片的で作品としてはまったくの未完成だが、走り書きの日本語は驚くべき熟達を示す。初期の公表された日本文には、一九二一年八月の「塩原十日記」があり（『雅声』第三‐五集、一九二一年十‐十二月）、[60] 当然のことながら流麗な文体でつづられている。

このような暢達は、郁達夫が熱心に日本語を習得した、という次元のものではないと思われる。四年間を過ごした八高で、郁は日本語やドイツ語・英語を通して文学に耽溺した。その耽溺の結果として郁の外国語が培《つちか》われた、というべきではないだろうか。

単に勉学の道具ではないことは、郁達夫がどの留学仲間にも増して日本文学を数多く読んでいたことからも分かる。八高・東京帝大時代の友人福田武雄は、郁との文学談で「芥川・菊池、谷崎等の日本の作家の批評をよくし合ひました。佐藤春夫の『田園のユーウツ』が雑誌に出た時は、互に興奮して賞め合った記憶があります」とする。佐藤春夫（一八九二－一九六四年）の『田園の憂鬱』の一部が「病める薔薇」の題で発表されたのは一九一七年六月（『黒潮』）、「田園の憂鬱」の題で続編が発表されたのは一九一八年九月（『中外』）で、郁の東大進学は一九一九年十月だから、八高在学中に読んだと思われる。また「東大では郁君は経済、小生は政治科でしたが、共に相変らず文学好きで、話題はその方面ばかりでした」[61]とも語る。

このような日本文学耽溺の痕跡は、郁達夫の残した小説・随筆・文学論・日記・書簡の至るところに残されている。郁における日本文学受容は、伊藤虎丸「郁達夫と大正文学　日本文学との関係より見たる郁達夫の思想＝方法について」を先駆とする先行研究がある[62]。本書でも、第三章以降、田山花袋『蒲団』の受容に始まり、郁の深く敬愛した作家たち、志賀直哉や有島武郎・佐藤春夫らの受容、さらに江馬修『受難者』や島崎藤村『新生』などの大正の自伝的恋愛小説の受容に触れていく。

大正文学の受容は、作品の中で、当時の文学青年の形象がそのままに描き出されていることにも顕著である。初期の小説の主人公は、大正の文学青年の姿を彷彿させる。「銀灰色的死」（『時事新報』副刊『学灯』一九二一年七月七－九日、十一－十三日）の、行き倒れて死ぬ主人公の懐には、英国世紀末のマイナー・ポエット、アーネスト・ダウスンErnest Dowson（一八六七－一九〇〇年）の*Poems and Prose*が入っており、また「沈淪」の、田園を散策する主人公の手には、ワーズワスWordsworth（一七七〇－一八五〇年）の詩集がある。郁より三歳下で、早稲田大学高等予科で学んだ浅見淵《ふかし》（一八九九－一九七三年）は、予科入学の一九一九年当時を回想して、「おりから短歌が頽勢に向っていて、萩原朔太郎の「月に吠える」などが出、詩の黄金時代が招来しつつあったからだ。そして、文科生の多くは丸善に出かけて、流行のように英詩集などを抱えていた時代だった」とする。(63) 萩原朔太郎（一八八六－一九四二年）の『月に吠える』（感情詩社、白日社）が出たのは、一九一七年二月である。

また郁達夫の、東京を舞台とする初期の小説には、「沈淪」「南遷」が典型的なように、下宿屋が重要な素材として登場する。「沈淪」の主人公は、下宿の家主の娘に懸想し、風呂場をのぞいて興奮する。「南遷」の主人公は、下宿先の娘とねんごろな仲になるものの、他の男に奪われて傷心する。浅見の回想によれば、「大正末期までは、下宿屋というものが天下を風靡していた」といい、「下宿屋文学」の代表格として、藤沢清造（一八八九－一九三二年）の『根津権現裏』（日本図書出版、一九二二年）を挙げる。(64) 当時学生生活を送った者の多くは、下宿屋の世話になり、そこで大いに議論を戦わせ、怪気炎を上げ、下宿屋の女将や娘や女中と恋をしたり関係を持って、青春を謳歌したのである。

そもそも、自意識過剰で意志薄弱な留学生が、神経衰弱を病み、性欲の煩悶や恋愛の絶望に打ちひしがれて、入水を匂わせる場面で終わる「沈淪」の物語自体が、大正半ばの小説にありがちな設定を使用している。例えば、芥川や菊池を読んでいた郁なら目にしていた可能性の高い、久米正雄（一八九一－一九五二年）の初期代表作「受験生の手記」（『黒潮』一九一八年三月）は、地方から上京してきた初心で意志の弱い受験生が、一高合格を目指し勉学に励むも、失敗、入水する物語である。主人公は、一年前の受験で失敗し、周囲から軽蔑の目で見られたことによる自信の喪失や焦り、寄宿先に遊びに来る親戚の都会風の少女への恋とうまく行かない懊悩、同じく受験のため上京してきた優秀な弟が少女と親しくなることへの対抗心や嫉妬などから、神経衰弱にかかり、結局二度目の受験にも失敗して、故郷の湖へと身投げに向かう。この物語を構成する、都会での自信喪失、恋愛への渇望や恐れ、自意識過剰や神経衰弱、その果ての投身といった素材は、地方出身の受験生ではなく中国からの留学生、という点を除けば、「沈淪」と完全に共有されている。

作品の中身だけではなく、新しい作家のイメージ、あるいは作品に対する作家の姿勢においても、郁達夫は大正文学と多くを共有する。永井荷風（一八七九－一九五九年）は『腕くらべ』（『文明』一九一六年八月－一七年十月）で、小器用さとはったりのおかげで一廉《ひとかど》の文学者らしく押し出したものの、家庭を持たず下宿屋を踏み倒し、原稿料の前借や原稿の二重売り、他人の原稿を勝手に売るなどは朝飯前の、三十一歳の「所謂新しい芸術家」を、次のごとく揶揄《やゆ》して描く。

山井は芝居や宴会の帰りは無論の事。極く真面目な用件で人を訪問した帰りにも、すこし夜が深けたかと見れば、もういかな事にも真直《まぐ》に下宿屋へは帰られないで、ふら〳〵と当もなく其処此処《そここ》の色町をぶらつく。然《しか》し待合《まちあい》は前々からの借金で体《てい》よく断られ、吉原洲崎《すさき》へは懐中を逆さに振つても車代にさへ足りないと云ふやうな場合になると、陰惨な魔窟も一向お構ひなく酔つたまぎれに一夜を明すのである。目が覚めてからは流石に慚愧後悔する事もあるが、多年放蕩無頼を尽した身の、今は全く病的となつたその肉慾はなか〳〵意志の力に制御されるものではない。山井はこの弱点に対する種々なる感情をば「肉の悲しみ」だとかあるいは「接吻の苦味」だとかいろ〳〵新しい言葉で綴出した短歌に咏じて、憚《はばか》る処なく彼の所謂「真実なる生命の告白」なるものを発表するのであるが、幸にこの告白はいつも新奇を追ふ文壇に歓迎され、麁々《そそ》ツかしい批評家から新時代の真に新しい詩人は山井要である。彼こそは正しく日本のウヱルレヱヌであると称され、自分ながらも酔払つて気の少し大きくなつた時には、どうやら其れらしい心持にもなつて、山井は遂にかゝる芸術的功名心の為めに強ひてさういふ廃頽《はいたい》した感情の中に其の身を沈淪《ちんりん》させやうと勉めるのであつた。(65)〔振り仮名（現代仮名遣い）・傍線は引用者による、以下同じ〕

郁達夫が現実にそのような人物だったかどうかはともかく、妓楼通いと「肉の悲しみ」、「真実なる生命の告白」の、演出に満ちた、「廃頽」的ともいえる作品といえば、まさに郁の「沈淪」や「茫茫夜」（『創造』季刊、第一巻第一号、一九二二年三月）である。作品から連想される不道徳、デカダン作家としての郁のイメージを、思い切り戯画的に描けば、『腕くらべ』の山井の通りになるだろう。荷風が切り取って見せた、大正半ばの「新しい芸術家」のイメージに、意図的かどうかはともかく、郁も重なるわけである。

もう一つ共通点として、山井が、「所謂新しい芸術家なので、戯号も雅号もなにもない、唯本名の山井要で知られてゐる」ことが指摘できる。『沈淪』で文壇に登場して二年後、郁達夫は次のような文章を書いた（「郁達夫啓事」『創造』季刊、第一巻第四号、一九二三年二月）。

私がふだん書くものはとても少ない、このとても少ない作品は『創造』においてのみ発表される、しかも発表するときにはすべて私の本名で署名する。最近多くの友人が手紙で訊ねてきた、ある新聞に掲載された二篇の小説は私が書いたのではないかと。私はここで一言声明せざるをえない。「私はその二篇の小説を書いたのではない」。私はさらに友人たちに注意を促したい、私はかつて雅号を用いたことはない、勘違いをしないでいただきたい。(66)

名と字以外に、雅号もしくは別号をつける慣習は、中国では古く戦国時代から連綿としてあり、一九二〇年代の中国でも、文人肌の作家、例えば周作人が「啓明」と号し、さらに「仲密」「苦雨」「知堂」などの筆名を持つなど、しばしば見られる。この慣習は当然日本にも伝わって、明治の作家たちも、鷗外森林太郎、漱石夏目金之助、そして荷風永井壮吉など、号を持たぬ作家はいなかった。

それほど一般的な慣習だったのが、日本では一九一〇年代後半から急速に雅号が消えていく。岩佐荘四郎は『腕くらべ』を引きつつ、雅号に代えて本名を署名する慣習が、明治末年の『白樺』や第二次『新思潮』の創刊以降成立し、「小説家が、雅号ではなく本名で作品を世に問うという、すくなくとも一九〇〇年代の後半までは考えられなかった事態は、一九一〇年代の半ばを過ぎると、ありふれた風景になっていた」ことを明らかにしている(67)。むろん、文人意識の濃厚な作家の場合、芥川龍之介（一八九二－一九二七年）が澄江堂主人などと称したり、石川淳（一八九九－一九八七年）が夷斎の別号を持つようなケースはある。しかし多くの作家は、本名を用いない場合も号でなく、筆名を採用するようになった。

岩佐によれば、雅号から本名への推移には、当然「芸術をめぐる観念の変容が反映」されている。しかし転換の原因は、「近代的な芸術観念の確立」や「芸術家意識の成立」にのみに帰されるのではない。「それは近代的な個人としての主体＝「私」の自覚とわかち難く結びついた事態」だという。「「作品」とは、なによりも「私」を刻印した、つまりその「独創性」を示すものでなければならなかった」、「作品とは、作者の名前という固有名によって喚起される、単独性としての「私」によって創造された、あるいは「私」の単独性を出現させる表現世界なのである」。

このような作家意識の転換は、郁達夫にも見てとることができる。郁は先の引用でも分かるように、「郁達夫」という固有名にこだわりを持った作家だった。郁達夫は、名は文、達夫は字である。旧詩を発表する際には「春江釣徒」「海外流人蔭生」「江南一布衣」などを用い、処女作「銀灰色的死」の署名は頭文字「T．D．Y．」を用いたが、「文」「郁」などのごく少数の使用を除けば、号や筆名などを持たなかった(68)。日本でも中国でも、号が廃れる一方で、本名に代わり筆名が広く用いられるようになったが、郁はそのいずれも使用しない。そこには、一貫した、他の何物にも換えがたい自己の同一性、単独性に文学の価値を見出した作家の姿勢を見ることができる。

最後に郁達夫の実際の文学活動も見ておこう。先ほどの福田氏は、郁と同人雑誌の発刊を計画したことを回想している。同人は日本人四名と郁で、誌名も『寂光』と決まっていた。一九一九年の東京帝大進学後のことで、「新思潮の様なものをねらったのですが、結局は原稿が揃はず、先の見込みが立たないので実現しませんでしたが、若しも成功して居たら郁君を日本の文壇に押し出せたのではないかと一寸《ちよつと》残念です」[69]。ここでの『新思潮』は時期からして、少し前の、芥川・菊池・久米の活躍した第四次（一九一六年二月－）を指すと思われる。

郁達夫より二歳上の木村毅《き》（一八九四－一九七九年）が、自らを「最後の投書家あがり文士」と称したように、明治から大正初めまで、全国の若い文学志望者たちは、『文庫』（一八九五－一九一〇年）や『文章世界』（一九〇六－二〇年）をはじめとする投書雑誌を目指した。しかし大正半ばになると、印刷費の低下や、文学志望者の集まる教育機関の充実により、同人雑誌が彼らの修業の場となりつつあった[70]。高見順（一九〇七－六五年）のいう「同人雑誌全盛時代」は、関東大震災後の一九二四、五年頃のことだが[71]、それ以前の大正十年前後にも、「昭和文学の源流」となる数多くの同人雑誌が出た[72]。例えば、郁より一歳下で、三高を経て、郁と同じ一九一九年東京帝大に入学した、十一谷《じゆういちや》義三郎（一八九七－一九三七年）は、同人雑誌『行路』を大学入学と同年に創刊、文学修業に励み、のち『文藝時代』（一九二四－二七年）で中心作家の一人として活躍する。郁より三歳下の尾崎一雄（一八九九－一九八三年）も、自身の作品が初めて活字になったのは『文章世界』だが、早稲田の高等学院の『学友会雑誌』を経て、早大進学後の一九二五年に同人雑誌『主潮』を発刊する[73]。郁も同じ時代の空気を吸いつつ、同様に文学への野心を燃やしていたのである。

さらに昭和に入ると、植民地で日本語教育を受け、中央文壇を目指す作家たち、朝鮮の張赫宙や金史良、台湾の楊逵や龍瑛宗などが登場する。中でも張赫宙（一九〇五－一九九七年）は中央の文壇で活躍するが[74]、大正半ばという時代を考えると郁の日本語による創作は異例である。福田氏の回想には「郁君の作品構想は聞きませんでした」とあるが、先述のごとく日本語による試作が残されている。

郁達夫はやがて一九二一年六月、郭沫若・成仿吾・張資平らと創造社を結成、同年七月中国語の処女作「銀灰色的死」を上海で発表し、十月最初の小説集『沈淪』を刊行、中国の文壇に登場する。上海でのデビューにわずかに先立って、日本人の文学仲間と日本語で同人誌を発行する計画を立てていたことになる。当然中国語の創作にも、日本の文壇を目指し日本語で小説を書いた経験が、大きく働いていたと思われる。

5　外国文学の吸収――ツルゲーネフの受容

前述のように、郁達夫の日本語は、日本文学を貪欲に吸収する中で獲得された。しかし郁が文学を吸収したのは、中国語、日本語を通してだけではない。

長期の日本留学経験をもつ中国人作家には、ドイツ語や英語を得意とするものが多く、例えば魯迅は、仙台医学専門学校を中退後、東京の独逸語専修学校でドイツ語を三年以上学んだ。この学習を検証した北岡正子は、「魯迅のドイツ語能力の基礎は、独逸語専修学校での学習によって培われ、〈文芸運動〉推進の力となった。かくて、以後魯迅の生涯を通じて、ドイツ語は、日本語とともに、外国文化受容の必須の道具としてその文学活動を支えるものの一つとなった」と結論している。[75]

郁達夫の独・英語も、魯迅の場合と同様な働きをした。郁が四年間を過ごした旧制高校の教育では、語学の占める割合が非常に高く、授業時間の約三分の一以上を占めていた。竹内洋によれば、これはドイツのギムナジウムやイギリスのパブリックスクールで、ラテン語やギリシャ語が教えられたことに対応する。また教科書にはしばしばゲーテなどの名作が使われ、「教養主義が正規のカリキュラムに組み込まれていた」。[76] 郁より上の世代だが、一高から東大を出た安倍能成《よししげ》（一八八三－一九六六年）や和辻哲郎（一八八九－一九六〇年）の、一高時代の回想が、ドイツ語の授業や教師、級友たちのドイツ語力に関する話題に満ちているのもうなずける。[77]

郁達夫の外国語力について、八高・帝大時代の友人福田氏は、「外国語が出来るので外国のものも色々読んで居ました」、「英独語がよく出来、抜群でした」と証言する。[78] このような称讃は、若き日の郁を知る人々から口をそろえてなされたもので、一高予科・八高でともに学んだ銭潮は、「日本語とドイツ語に精通し、英語もなかなかよくできた」、八高では「よくドイツ語教師のもとへいっておしゃべりしていた、流暢にドイツ語で会話した」と回想する。[79] 日・独語は来日後習得したとして、英語については、中国古典に自信のあった中学時代、あとは「英語ができれば、すべてうまく行く」と考えてミッションスクールに進み[80]、これは結局失敗したものの、故郷での独学生活でも習得に励んだ。[81]

鄭伯奇は『沈淪』出版当時の郁達夫について、次のように述べる。

> 達夫は外国文学の知識も相当に深く広いものがあった。〔中略〕彼の読書の範囲は非常に広汎で、一人の作家をもっぱら読むのでも、一国の文学をもっぱら読むのでもなく、およそ名著傑作は、あらかた読んでいた。頭角をあらわし始めた作家、あるいはさほど有名でない作品でも、気に入りさえすれば、その作家について非常に楽しげに語った。彼の好みはロマンの香り濃厚な、抒情味に富んだ、芸術性の割に高い作家にあった。例えば帝政ロシア時代の何人かの巨匠のうち、彼はツルゲーネフとチェーホフを好んだようである。〔中略〕非常にワイルドを好み、またダウスン、トムソンなどの人の詩も好んで読んだが、ワイルドの芸術の彼に対する影響がかなり大きい。[82]

また、一九二四年に北京大学で学生として郁達夫に親しく接した馮《ふう》至《い》（一九〇五－一九九三年）は、郁に求めて作ってもらった愛好する外国文学のリストに、ワイルドの『ドリアン・グレイの肖像』などと並んで、ツルゲーネフの小説があったとする。[83]

郁がなぜワイルドを偏愛したのかについては、明治末から大正にかけての、佐藤春夫をはじめとするいわゆるワイルド熱と関連させて、第六章で論じる。ここではツルゲーネフ（一八一八－八三年）について簡単に見てみよう。郁がツルゲーネフについて記した複数の文章のうち、その前半生を紹介した「屠格涅夫（＝ツルゲーネフ）的『羅亭』（＝ルージン）問世以前」（『文学』第一巻第二号、一九三三年八月）の冒頭に、次のように記す。

数多くの古今の大小の作家のうちで、私が最も好ましく思い、最もよく知っていて、その作品と最も長く親しみながらも、いやにならない作家といえば、ツルゲーネフである。これは私にとって、人と異なる特別な好みかもしれない、なぜなら私が小説を読み始め、小説を書きたいと思い始めてから、まったくのところ、この柔和な顔だちで、少し憂鬱な眼をした、頬髯を豊かに生やした北国の巨人の影響を受けたのである。(84)

郁達夫は「人と異なる特別な好み」とするが、明治末から大正にかけての日本におけるツルゲーネフ流行を考えれば、この偏愛はさほど特別ではない。郁が初めてツルゲーネフに触れたのは、一九一四年に入学した一高予科時代のことで、授業の合間に英訳の『初恋』と『春潮』を読んだ。これが西洋文学との接触の始まりで、以降トルストイ・ドストエフスキー・ゴーリキー・チェーホフと読み進めたという（「五六年来創作生活的回顧」(85)）。また一九一七年十月八日の日記に、帰国して開墾に従事する友人と語るうち、「ツルゲーネフの『新土』（＝『処女地』）の最初の頁の、引用された言葉が、黄金色に輝くように思われた」との記述がある（「丁巳日記」(86)）。帰国後のことだが一九二八年には、ツルゲーネフの有名な講演「ハムレットとドン・キホーテ」（一八六〇年）をドイツ語から訳し(87)、また『ルージン』を訳する腹案もあったようである（「村居日記」一九二七年一月十日(88)）。

ツルゲーネフは中国では、一九一〇年代半ばから翻訳され始め、一定の影響を及ぼした作家である(89)。しかし郁の受容を考える場合、それが日本留学中に始まる以上、日本における受容も考慮に入れねばならない。これまで日本での受容については、二葉亭四迷による『猟人日記』の一編の訳「あひゞき」（『国民之友』一八八八年七／九月）や、『ルーヂン』の訳『うき草』（『太陽』一八九七年五−十二月）があまりに著名で、また明治文壇、特に自然主義作家に与えた影響が巨大なため、二葉亭の訳業や国木田独歩らの受容を中心に検討されてきた。しかし安田保雄は、明治中期の受容を詳述しつつも、「明治四十年代は正に日本におけるツルゲーネフ熱が最高潮に達した時代」だとする。(90)

明治末年のツルゲーネフ流行は大正時代にもつづいた。ある作家の影響力を判断する基準を設定するのは困難だが、一つの指標として、大正二年から大正十五年（昭和元年）までに書かれた文芸時評の集大成、『文藝時評大系 大正篇』別巻の索引を利用してみる。(91) 本書の人名索引に外国人名として取り上げられているのは、計五百四十九名で、その大半は一回から三回程度の言及の頻度にすぎない。十回以上言及された人物は計五十二名で、歴史上の有名人や古代の哲学者・芸術家を除外して、頻度の順に並べると、百回以上はトルストイ（百七十七）、チェーホフ（百六）、ドストエフスキー（百六）の三人、次に五十回以上は、ストリンドベリ（八十五）、モーパッサン（七十七）、イプセン（七十六）、ツルゲーネフ（六十三）の四人である。三十回以上には、ゴーリキーやメーテルランク、ワイルドなど十二人がいる。この数字からも、ツルゲーネフが実は大正の文壇でも論じられることの多かった作家だと分かる。以上の作家たちは郁達夫の文学論のあちこちに顔を出す。

明治末年から大正の流行を支えたのは、ツルゲーネフの英訳及び邦訳である。郁達夫が最初に読んだ英訳がどの訳者によるどの版なのか判然としないが、日本で広く受け入れられたのは著名なコンスタンス・ガーネット Constance Garnett（一八六二−一九四六年）による英訳で、明治三十年代田山花袋や島崎藤村がこれを愛読したことはよく知られている。安田によれば「明治末年から大正初期にかけて活躍した日本の作家で、ガーネット女史の英訳「ツルゲーネフ小説集」の恩恵を蒙らなかった者はほとんど無い」というほどの流行だったとして、特に有島武郎と志賀直哉ら、郁も愛読した大正作家における受容を論じている。(92)

また明治末年から大正にかけて、ツルゲーネフの邦訳が続々と出た。その集大成は、一九一八年から二二年にかけて英・独語から訳出された『ツルゲエネフ全集』全十巻（新潮社）[93]で、のちに郁の訳した「ハムレットとドン・キホーテ」も同時期に訳された（ツウルゲニエフ『講演論文及び書翰』宮原晃一郎訳、杜翁全集刊行会、一九二〇年）。これに先駆けて明治四十年代、精力的な紹介を行ったのは相馬御風（一八八三―一九五〇年）である。主要な長編、『その前夜』（内外出版協会、一九〇八年）、『父と子』（新潮社、一九〇九年）、『貴族の巣』（新潮社、一九一〇年）、『処女地』（博文館、一九一四年）を訳出、また伝記「ツルゲーニェフ、態度、人」（『黎明期の文学』新潮社、一九一二年所収）などの紹介もあり、大正期に書かれた評論集ではツルゲーネフにたびたび言及した。柳富子は、「近代文体の創出を目指してツルゲーネフのわが国への移植に尽力した」二葉亭に対し、御風は「明治四十年代中心に、広く浸透させるに与って力あった」とする。[94]第六章で述べるように、『自我生活と文学』（新潮社、一九一四年六月）などでワイルドやツルゲーネフを論じつつ個人主義を鼓吹する御風の文学論から、郁達夫は影響を受けた形跡があり、ツルゲーネフ読書についても御風の論から示唆を受けたことが考えられる。郁がツルゲーネフを初めて読んだ一九一四年は、『自我生活と文学』や昇曙夢《のぼりしょむ》（一八七八―一九五八年）の『ツルゲーニェフ』（実業之日本社）が出た年で、トルストイ流行に押されてツルゲーネフ人気が陰りを見せ始めた時期である。[95]郁は、ツルゲーネフがまだ外国作家の代表格の一人だった大正初期、これに触れたのである。

　このように見ていけば、郁達夫の読書体験が大正日本の文学を、日本だけでなく外国文学の受容の面でも体現することが分かろう。郁の文学を仔細に検討していくと、そこには多読家だった郁の読書体験に凝縮された形で、大正日本の文学が姿を表すのである。

6　帰国後の読書体験

郁達夫は、冒頭の子息郁飛の回想にあるように、どこにいても本を買い、読む生活をつづけた。帰国後の郁は、教員として中国各地に赴任した。一九二四年、郁が北京大学で教鞭をとった時期に、寄寓先である兄郁曼陀の家にあった郁の部屋を訪れた馮至は、一面の壁いっぱいに英・独・日・中文の書籍が並んでいたのを目にしている[96]。この北京での蔵書については、姪の郁風も回想の中で触れており、郁が兄宅を出るとき、大きな本棚を六も作ったという。「郁は日本から帰国するとき多くの本を送った、帰国後上海や北京の至るところで本を買い、ほぼ毎日、外から帰ってくると何冊かの本を抱えているのを見た[97]」。北京から上海に戻って来たばかりの郁を、創造社第二期のメンバー葉霊鳳（一九〇四－七五年）が訪ねると、椅子と机とベッド以外何もなくがらんとした部屋にあって、本だけがうず高く積まれていたという[98]。上海時代を経て、郁が一九三三年杭州に居を構えてから、同じく杭州にあって郁を訪問した民俗学者の鍾敬文《しょうけいぶん》（一九〇三－二〇〇二年）は、何部屋かの壁を埋め尽くした膨大な書籍を目にした。郁はそれらの本の内容や版本やどこで購入したかなどを語って倦《う》まず、興に乗ればその本を客に贈ることもあったという[99]。

郁達夫は帰国後も日本の文壇に深い関心を抱きつづけた。帰国後の郁の読書については、その文学活動の端々からうかがうことができる。詳細な記録としては、一九二六年十二月一日から二七年七月三十一日までの『日記九種』（北新書局、一九二七年）があり[100]、第二夫人となる王映霞との出会いと恋愛を記した日記であるとともに、詳細な購書と読書の記録ともなっている。郁の読書体験を明らかにする上での基礎資料で、創造社の業務や王との恋愛のかたわら、連日本漁りに出かけ日・英・独語の文学書を購入、読みふける毎日がつづられる。

一九二七年から三三年にかけての上海時代、郁達夫が日本語の書籍を購入したのは、内山書店においてである。内山が本格的な書店となるのは一九二四年で、一九二七年以降郁が常連客だったことについては、内山で働いていた王宝良の回想がある。郁はほぼ毎日午後に書店に来て、同じく常連の魯迅と語り合っていた。内山完造（一八八五－一九五九年）や鄭伯奇が加わることもあり、「彼らはよく日本語を用いて会話していた、話し出すと一、二時間に及び、話が盛り上がると、会心の笑い声を上げていた」。郁は気前よく本を、大きな包みごとに買った。同じ創造社のメンバーでも、店員への態度が横柄でよく支払いをためた張資平（一八九三－一九五九年）と比べ、郁は威張ったところがなく、店員とも親しく語り、勘定もきっちり払う上客だったという(101)。また、金子光晴も一九二八年当時のこととして、郁と魯迅の二人はよく連れ立って歩き、議論していた、内山書店で「奥のサロンの椅子に腰掛けていたり、書棚の前に並んで貼りついていたりした」と回想する（『どくろ杯(102)』）。郁は他にも、上海で洋書を扱う書店にも通った。帰国したばかりのころ、泰東図書局で働いていた沈松泉に案内されて、英文原書を扱う代表的な書店、別発書店を訪れたり(103)、鄭伯奇と虹口にあった洋書の古書店へ、フランス人女性の店員を冷やかしに訪れたりしたという(104)。郁達夫の購書による浪費は家計を圧迫したが、一九二八年からは一緒に暮らし始めた、家計管理のしっかりした王映霞が支えていた(105)。

日本文学への関心はその後も一貫してつづいた。福州時代の一九三六年十一月、郁達夫が十数年ぶりに再来日した折には、作家の小田嶽夫《たけお》（一九〇〇－七九年）に電報を打ち、出迎えを求めた。両者は初対面だったが、これより前に小田は、郁の小説の翻訳をした縁で文通があり、小田が「城外」（『文学生活』一九三六年六月）で第三回芥川賞を受賞した際には、思いがけず郁から祝いの手紙が届いた。芥川賞の選考は来日より少し前の同年八月十日のことである。

郁は初対面でもすぐに打ち解ける人物で、「日本の文壇のことにくわしいので、話題には事欠かなかった」、「話はもっぱら日本の文壇、作家のこと」だったといい、名前の出た作家には、龍胆寺雄《ゆう》・葛西善蔵・嘉村磯多《いそた》・志賀直哉がある。龍胆寺雄（一九〇一－九二年）は一九三〇年結成の新興芸術派倶楽部の中心人物で、「M・子への遺書」（『文藝』一九三四年七月）までは文壇の花形の一人だったし、郁と同世代の嘉村磯多（一八九七－一九三三年）は、郁の好む志賀・葛西の衣鉢《いはつ》を継ぐ、いわゆる私小説作家だったが、郁再来日の三年前に死んでいる。両者の間では最初、小田が受賞した第三回芥川賞をめぐり、太宰治（一九〇九－四八年）が運動をしたことを題材にした、佐藤春夫の「芥川賞憤怒こそ愛の極点」（『改造』一九三六年十一月）が話題に上った。郁が来日する月の号で、佐藤は郁にとって親炙する作家の一人であり、まだ太宰との競争の末に受賞した小田が目の前にいる以上、話題にせずにはいられなかっただろう。いかに郁が同時代の日本の文壇に注意を払っていたかの証左である。小田は「私はだんだん外国人を相手にしているような気がしなく、何か長年の外国生活から帰って来た日本人とでも話しているような気分になった」という。[106]この来日の際に郁と会った井伏鱒二も、「日本の文壇のゴシップにも、驚くほどよく通じていた」と証言する。[107]抗日戦争が始まり、シンガポールに至ってからは、「日本的侵略戦争与作家」（『星洲日報半月刊』第十六期、一九三九年二月十五日）で、戦争が始まって以来の日本文壇の、「指揮刀の下で一歩一歩十八世紀や、十五、六世紀の道へと退行しつつある」趨勢に、痛烈な批判を浴びせた。[108]郁の日本に関する読書体験は、愛憎をともないつつ、その後もつづいた。

郁達夫の日本文学受容は、これまで中国文学研究の一つとして進められてきたが、郁の読書体験を見てくると、日中比較文学にとっても好個の題材であるだけでなく、郁というレンズを通して大正文学を見直すという方法において、日本文学研究にも大きな刺激を与えうる研究テーマであることが分かるだろう。それを可能にするのは、約九年間という滞日の長さ、社会から隔離して読書に耽ることを可能とした旧制高校という特殊な空間、日本語をはじめとする外国語の堪能さ、そして何より、文学を偏愛する一方で、広く偏ることなく日本及び海外の文学に親しんだ、驚くべき読書量である。郁に凝縮して残された大正文学の痕跡を丹念にたどることで、現在では見えにくくなった大正文学のさまざまな側面が、浮かび上がってくるのである。

ただし、日本留学を経験した中国人作家は、郁達夫だけではない。創造社のメンバーのうち、郭沫若や田漢（一八九八－一九六八年）は、多くの文学論や翻訳、自伝や日記を残しており、その全貌をうかがうに必要な資料も整備され、[109]

また留学時代の体験について研究が進められている。[110]同じく大正日本に留学した彼らの体験も、郁の体験の独自性と共通性を明らかにする上で、検討する必要がある。同じメンバーの中でも、張資平や成仿吾（一八九七－一九八四年）、徐祖正（一八九五－一九七八年）は、整備された全集・著作集がないため、全貌はもちろん留学時代の体験を明らかにするのは困難だが、特に張については当時の日本で流行していた文学に相当に注意を払っていた形跡があり、注目に値する。また、対比という点からは、上の世代の魯迅や周作人、[111]下の世代の第三期創造社のメンバーや、[112]夏衍（一九〇〇－一九五年）、[113]さらに下の世代の東京左連（左翼作家連盟東京支部、一九三一－三五年）に集った人々[114]なども、視野に入れる必要がある。

ただしながら、郁達夫がその読書の広さ、また日本文学の理解において、恐らくは周作人を除いて、他の作家たちを圧倒していることも事実である。本章で述べた経験をもとに、郁は一九二一年、本国の文壇に成功への野心を抱いて登場する。次章では、日露戦後の文壇で大きな成功をおさめた田山花袋『蒲団』の影響の下、処女作「沈淪」を生み出したことを、テーマや作品の構造から論じる。

第II部

日露戦後から第一次大戦後へ

第3章 田山花袋の受容——『蒲団』と「沈淪」

1 田山花袋と郁達夫

日露戦後の新文学が勃興する一九〇七年に発表された、田山花袋（一八七一－一九三〇年）の『蒲団』（『新小説』第十二年第九巻、一九〇七年九月）は、自然主義の代表作、私小説の濫觴《らんしょう》と目されてきた。例えば正宗白鳥（一八七九－一九六二年）は、『蒲団』が「明治文学史上の画期的の小説」であって、「賛成者でも反対者でも、盛んに自分々々の「蒲団」を書きだし、自分の恋愛沙汰色慾煩悩を蔽ふところなく直写するのが、文学の本道である如く思はれてゐた」と、その影響力を回顧した。白鳥はさらに、明治末から大正の文壇で自伝・告白小説が流行した理由を、花袋の創作や文学論に求める。(1)

『蒲団』が発表されて十四年後の、一九二一年十月、中国は上海で、郁達夫の最初の小説集『沈淪』（創造社叢書第三種、泰東図書局）が出版された。五四新文化運動の機運が新文学として結実する中登場した『沈淪』は、『蒲団』同様、賛否ともども文壇の大きな反響を招き、破格の売れ行きを見せた。この『沈淪』も、その性欲の描写が不道徳だと非難され、また自己の私生活に取材したらしい大胆な表現が告白小説ブームを巻き起こした、とされている(2)。郭沫若（一八九二－一九七八年）の回顧によれば、郁達夫の「清新な筆致」は「またたく間に当時の無数の青年の心を覚醒させ」、その「大胆な自己暴露」は「暴風雨のごとき衝撃であった」(3)。『沈淪』は『蒲団』同様、その性欲描写と自己の内面生活の赤裸々な暴露において、新文学に大きな影響を及ぼしたのである。

このように、日中の新文学が勃興する文壇で、性欲を題材とする告白小説によって時代を画した両作家には、直接の影響関係がある。郁達夫は一九三六年の日記で、「田山花袋の『縁』を読んだ。これは『蒲団』の続編で、数年前に一度読んだことがあり、今回は二度目だが、不満に思う箇所がたくさんある。『蒲団』に遠く及ばない」と記した（「避暑地日記」一九三四年七月二十四日の記述(4)）。

郁達夫は、一九一三年から一九二二年まで、青春時代の大半を日本留学に費やし、第八高等学校や東京帝国大学などに学びつつ、文学に耽溺した。中国古典に造詣が深いだけでなく、日・英・独語にも通じた郁は、各国語の文学を読み漁った。そんな郁の小説集『沈淪』所収の、「銀灰色的死」「沈淪」「南遷」の三篇（以下、小説集を指す場合には『沈淪』、表題作のみを指す場合には「沈淪」と表記）は、自身の留学生活に取材している。また、自己の内面生活を、猥雑な面を含めて告白するスタイルから、大正半ばの、いわゆる私小説を中心とした日本の小説から大きな影響を受けつつ書かれたと指摘されている。例えば、佐藤春夫・葛西善蔵・近松秋江との関係など(5)。花袋『蒲団』との関係についても、その文学史的な位置が相似の関係にあることは、戦前に竹内好が、「社会的反響はあたかも花袋の「蒲団」に似た位置にある」と記したように（「郁達夫覚書」(6)）、早くから指摘されている。

実際、周作人（一八八五－一九六七年）を始めとする、文学近代化のモデルとしての日本文学紹介では、『蒲団』は文学史上の画期たる自然主義の代表作と喧伝され(7)、広く読まれていた。日露戦争前後の留学生たち、のちに『蒲団』を翻訳する夏丏尊《かべんそん》（一八八六－一九四六年）はもちろん(8)、自然主義に興味を示さなかった魯迅（一八八一－一九三六年）

でさえ、『蒲団』だけは読んでいた(9)。また彼らより下の世代の、大正期の若い留学生たちも、これを明治文学の到達点として遇するだけでなく、大きな触発を受けた。一九一八年から留日した、郁・周・夏と同じく浙江省出身で、郁達夫と同じ創造社のメンバーだった方光燾《ほうこうとう》（一八九八－一九六四年）は、当時留学生仲間が『蒲団』に心酔し、お互いの恋愛哲学を語り合っていた、と記している(10)。郁達夫が『蒲団』を読んだ際に、『蒲団』の文学的成功を承知していたのは間違いない。

日露戦後の日本で新文学が勃興した一九〇七年から約十五年後の、一九二一年、中国にも五四新文化運動を経て新文学が勃興しつつあった。発表されるや喧々囂々の評判を巻き起こした『蒲団』同様、郁達夫は『沈淪』出版により一躍文壇の注目の的となる。こうして、両者ともにセンセーションを巻き起こし、一方は私小説の源流、もう一方は告白小説の濫觴とされ、よかれあしかれのちの作家たちの範となるような文学作品の書き手となった。新文学が勃興する文壇で、なにゆえに『蒲団』と『沈淪』がそれほど大きな存在となり、小説のスタイルを変革するような大きな影響力を及ぼしえたのか。本章では、『蒲団』と『沈淪』の構造的な類似を浮き上がらせることで、両作品が日中の新文学勃興期の文学空間において切り拓いたものが何だったのか、明らかにする。

2　「少女病」と「銀灰色的死」

『蒲団』と「沈淪」の分析の前に、両作品の直前に発表された「少女病」と「銀灰色的死」について触れておきたい。この二作には、『蒲団』と「沈淪」へとつながる創作過程をたどる上で、重なる軌跡を見出せるからである。

『蒲団』の四ヶ月前に発表された「少女病」（『太陽』第十三巻第六号、一九〇七年五月）は、杉田古城なる中年の文学者を主人公とする。かつては少女礼讃の小説で青年たちを魅了したものだが、現在は雑誌社員として口に糊《のり》する毎日で、煩悶と寂寞にとらわれている。そんな杉田の唯一の楽しみは、通勤電車の中でお気に入りの少女を眺めることだった。だがある日、少女鑑賞に打ち込んでいた主人公は、車両から転げ落ちて轢死《れきし》する……。

実は花袋自身、かつて少女小説の書き手として令名をうたわれ、また当時博文館で雑誌の編集に従事していた。作中の経歴や容貌の描写などから、読者が作家その人を連想したことは想像にかたくない。作中、雑誌社の編集長が、杉田の近作が少女趣味たっぷりなのを持ち出し、「実際君を好男子と思ふのは無理は無いよ。何とか謂ふ記者は、君の大きな体格を見て、其の予想外なのに驚いたと言ふからね」〔五〕（以下、各章はこの記号を用いて表す）とからかうシーンには、作家についてのイメージの落差が、作家自身の手で書き込まれている。実際、当時のある探訪記事は、訪問前に作品のみを通してイメージされた花袋の風貌を、「色の白い否寧ろ蒼い痩せた小格」な身体つき、「金縁」眼鏡を掛け、「素直な美しい髪の毛を波打たせて」いるという風に、蒼白き文学青年として思い描いていた。それが案に相違して、実物の花袋は、「色飽くまで黒く肥つた逞《たくま》しい骨格」〔振り仮名（現代仮名遣い）は引用者による、以下同じ〕で、「鉄縁」眼鏡、「荒い毛の五分刈」なる風貌だった失望を隠せない。(11) そして花袋自身、このイメージの落差を自覚していた。

「少女病」にはさらに、杉田の友人が、恋愛神聖論者の杉田は、実は「自から傷けて快を取る」、つまり自慰行為にふけり、それが習慣化し病的になって、「本能の充分の働を為《す》ることが出来なくな」った結果、生理的欠陥を生じ、「少女病」にかかったのだ、と辛辣な指摘をし、杉田を「不健全も不健全、デカダンの標本」〔三〕だと罵るシーンがある。少女礼讃を「少女病」と題するごとく、この作品では、少女小説の作家としてのイメージは作家自身の手によって完膚なきまでに嘲弄の的とされ、少女への恋着から性欲に煩悶する「デカダン」作家のイメージが選択されている。こうして自らを徹底的に嘲笑する自画像を書き、やがて『蒲団』を書いた花袋は、「デカダン」の大将、破廉恥作家としてイメージされるようになる。

一方、郁達夫が『沈淪』を出版する三ヶ月前に発表した処女作「銀灰色的死」[12]も、主人公の身分や作中の地名から、作家自身の留学生活を背景とすることが推察できるよう書かれている。故郷に残して来た妻の死を知った留学生「彼」は、憂鬱を晴らすため毎晩酒場に通う。酒場には心の通じる娘がいたが、娘が婚約したと聞いて、よけい寂しさをつのらせる。娘を祝福した夜、泥酔した彼は、女子医学専門学校の辺りで、ふと数日前の同郷会で見とれた少女を思い出す。その少女が着ていたのは、この学校の制服だった。今眼前にその幻が現れ、後を追おうとした彼は倒れる。翌日、行き倒れて死んだ主人公が発見された……。

同じく日本に留学しながら、上海で初めて顔を合わせた鄭伯奇（一八九五－一九七九年）は、郁達夫について、「彼は、その作品が表現しているような、憂鬱に富んだ色彩などは持たず、それで私は軽い失望を覚えた」と回想している。初対面の印象は、案に相違して、「とても頭がよくて活発で、比較的楽観的な人物」というものだった[13]。二人の対面は『沈淪』出版直前の九月だから、鄭伯奇に憂鬱な人物を予想させたのは、この「銀灰色的死」だろう。作品に書き込まれた作家の自画像は、『蒲団』同様、作家自身の志向するイメージなのである。

このように、「少女病」と「銀灰色的死」は、煩悶と憂鬱にとらわれた主人公の造形、少女趣味、物語の結末で少女への恋着ゆえに突然訪れる死など、多くの類似点を持つ。しかもそこには構造的な類似もある。すでに見たように、「少女病」では主人公は、つねに皮肉な視線にさらされていた。だが、物語の内部にある杉田は、嘲弄の声に耳を貸すことなく、少女趣味にのめり込む。そんな杉田の自閉的様態が決定的に相対化されるのは、主人公が轢死するラストシーンである。電車の中でお気に入りの令嬢を見つけた杉田は、その美しい姿に「魂を打込んで」いる。と突然、バランスを失った乗客が恍惚としている主人公にぶつかる。線路に落ちた彼は、反対車線に来た電車に轢かれて死ぬ。これまで中年作家の内面遍歴を皮肉るように書いてきた物語は、突然襲う死について、「忽《たちま》ち其の黒い大きい一塊物は、あなやと言ふ間に、三四間ずるずると引摺《ひきず》られて、紅い血が一線長くレールを染めた」〔五〕と、極めて物質的な描写を施すことで、「少女病」を葬り去る。

『蒲団』発表当時、正宗白鳥は、「昔頻りに可憐な失恋小説」を書いていた花袋が面目を一新しつつある作として、「少女病」と『蒲団』を挙げ、「甘い所」から脱し「思切つて突込んで書いてある」、「読者の同情を惹くやうに潔白拵《こしら》へてないのがよい」と評した（「『蒲団』合評」『早稲田文学』一九〇七年一〇月）。「少女病」は、作家が自らを自虐的な描写の対象とし、ついには死滅させることで、自らを相対化する作品となった。「少女病」は、『蒲団』へと至る踏み台となったのである。(14)

一方、「銀灰色的死」では、妻の死の痛手を癒すためとはいえ、酒場の娘と心を通わせ、娘が婚約したと知って、今度は失恋の痛手を受ける主人公の心理などの物語内容に対し、物語行為のレベルから皮肉に描写する志向は見られない。しかし「銀灰色的死」にも、「少女病」と共通して、主人公に対し批判的に距離を取る箇所がある。それは主人公が突然の死を、少女への恋着という無様な形で迎える場面である。「少女病」の場合、物語内容と物語行為の分離は同一章内で起こるので、物語言説そのものに大きな変動は感じさせないが、「銀灰色的死」の場合、主人公が死を迎えてからの物語言説は、様相を一変する。それまで〔上〕〔中〕の二章で主人公によりそっていた物語行為は、突然の変化を遂げ、〔下〕では、市役所が路傍に立てた行き倒れの掲示板の引用、という形をとる。そこでは、あれほど憂悶の淵にある主人公に寄り添い、切実に描いていたのが、行路病者の外貌や所持品、死因などの、客観的な死の記述のレベルへと、一気に移行する。これまで主人公の内面を描くことで獲得された、煩悶する人物としての重みは一掃され、突然の客観化にさらされるのである。

かつて夢見がちな文学青年だった花袋と郁達夫は、同一の軌跡を描くように、「少女病」と「銀灰色的死」なる、作中人物である文学者や文学青年と一体化して陶酔する自己に対する、いわば決別の辞を書く。このような、きわめて主観的な内容を扱う物語内容を、物語行為が辛辣に相対化する、という物語言説のありようは、花袋と郁達夫が次に書く『蒲団』と「沈淪」では、〈自意識〉の肖像として、その相貌を現す。

3　『蒲団』における〈自意識〉

『蒲団』はかつて、中村光夫「田山花袋論」(15)を先駆として、主人公＝作者の、「告白」を目的とした典型的な私小説、として読まれた。だがこの私小説としての読みは、近年の研究で、意図的な主人公の造型を指摘する形で否定され、テクスト自体の内在的な構造が分析されている。(16)ここでは、『蒲団』の人物造型から作品の構造を明らかにし、同時代の文学空間において『蒲団』が何ゆえそれほど画期的だったのか、再検討してみたい。

正宗白鳥の回想する『蒲団』は、自己に取材し恋愛や性欲を描く小説の先駆だった。実際『蒲団』には、師である竹中時雄の、女弟子横山芳子に対する恋着が描かれており、また芳子に男がいると知ったとき、「自分も大胆に手を出して、生欲の満足を買えば好かつた」〔九〕とぼやくように、時雄のあからさまな性欲も描かれてはいる。だが、その恋愛は時雄の頭の外へ漏れ出ることはなく、また性欲にしても、実際に時雄が芳子に迫ることは毛頭なく、秘められた欲望として時雄の脳中に終始する。平凡な日常から抜け出すため、「新しい恋を為たいと痛切に思つた」〔二〕時雄の恋物語は、しかし、「時機は過ぎ去つた」、「けれどもう駄目だ」という嘆きから始まる〔一〕。時雄はもはや恋愛の渦中にはいない、『蒲団』は、事件が終了した時点から過去の恋物語を、時雄の頭の中で再整理する過程を描く。しかも、ハウプトマン『寂しき人々』の、アンナとの恋で悲劇に陥る「ヨハンネスにさへなれぬ身だと思つて長嘆」する時雄は、芳子との恋を、はじめから禁じ手にされており、そこに性欲の暴走はない。

何故に、遂げられることのない、禁じられた恋愛や性欲を描いた小説が、恋愛や性欲を描く小説の先駆となりうるのだろうか。このパラドックスを解く鍵は、恋愛や性欲といった欲望に対抗して、欲望を抑制する力が浮上してくる、

『蒲団』の構造にある。

まず〔一〕では、時雄の猛烈な恋愛感情は、妻子も世間も道徳も吹き飛ばすような荒々しい暴風に喩えて表現されている。だがこの感情は表に出されることはなく、その理由は、「けれど文学者だけに、此男は自から自分の心理を客観するだけの余裕を有《も》つて居た」からだとされる。このような自己省察は、〔四〕で、「渠《かれ》〔＝時雄、引用者注〕は性として惑溺することが出来ぬ或る一種の力を有つて居る」というように、「力」と呼ばれる。「この力の為めに支配されるのを常に口惜しく思つて居るのではあるが、それでも何時か負けて了ふ。征服されて了ふ。此れが為め渠はいつも運命の圏外に立つて苦しい味を嘗めさせられるが、世間からは正しい人、信頼するに足る人と信じられて居る」。さらに〔九〕で、芳子が他の男性と交渉があった事実を知った時雄は、自らも芳子に迫っていればよかったとほぞを噛み、妄想は芳子に愛を語るシーンへと広がる。だが、やはりここでも、「此の暗い想像に抵抗する力が他の一方から出て、盛んにそれと争つた」と、抑制の力が働く。時雄は芳子との恋によって、「運命の圏外」から運命の渦中へ、恋物語へと入りたがっているが、同時にその欲望は常に、このような力によって抑圧されていることが分かるだろう。

『蒲団』の中では唯一、〔二〕にある「自然の力」が、恋愛の情熱を指しているが、これは例外で、引用箇所以外の「力」を見ても、いずれもが情熱を抑える力となっている。〔四〕にも、「自然の底に蟠《わだかま》れる抵抗すべからざる力」とあるが、これは直前の「人生の最奥に秘んで居るある大きな悲哀」の言い換えで、さらにこの「悲哀」は、「奔放な情と悲哀の快感」と並列して使われているように、情熱の対になる抑制力の表現である。芳子とその恋人田中の恋の行方について語る、「自然の最奥に秘める暗黒なる力」〔七〕が指すのも、この「悲哀」であり、二人がやがて倦怠、疲労、冷酷の行方をたどるだろうと考えて、この「力」に対する「厭世の情」が胸を襲う。時雄の性欲の発露として捉えられてきた、芳子の残した布団に入って匂いを嗅ぐラストシーン〔十一〕にしても、「性欲と悲哀と絶望とが忽ち時雄の胸を襲つた」と、性欲だけでなく、性欲を抑える「悲哀」と、そこから沸き起こる「絶望」が、ここにも作用している。『蒲団』を突き動かしている「力」は、本能や性欲の力だけではない、どころか、それは性欲を打ち消すような力なのである。実際の花袋は、当時の作家の通例として芸者遊びをしたし、のちには芸者の愛人も持ったというが(17)、時雄はあくまで生真面目である。

そしてこの抑圧する力は、「文学者だけに、此男は自から自分の心理を客観するだけの余裕を有つて居た」(二)、「盲目に其運命に従ふと謂ふよりは、寧ろ冷かに其運命を批判した」(四)というように、文学者として自己の心理を客観視することから獲得される力である。しかもそんな時雄の内面は、「昂奮した心の状態、奔放な情と悲哀の快感とは、極端まで其の力を発展して、一方痛切に嫉妬の念に駆られながら、一方冷淡に自己の状態を客観視した」、「熱い主観の情と冷めたい客観の批判とが絡《よ》り合せた糸のやうに固く結着けられて、一種異様の心の状態を呈した」(ともに四)というように、欲望とそれを抑えようとする力とのせめぎあいの状態にある。

『蒲団』以前に書かれ、中年作家と若い女性の恋と別れというテーマ・人物造型で『蒲団』と共通する、「女教師」(『文藝倶楽部』第九巻第八号、一九〇三年六月)では、主人公の作家は男女の不倫な交友に積極的だった。そこでは作家には、恋愛の渦中から外れた寂寞はないかわりに、自らを客観視するだけの力もない。恋愛を禁じられた『蒲団』に至ってようやく、作家は文学者として自己を相対化する力を獲得したのである(18)。

このような『蒲団』の構造は、同時代の批評によって、明確に認識されていた。『蒲団』が発表された当時、自然主義の代表的な批評家、島村抱月(一八七一－一九一八年)は、「醜とはいふ條、已みがたい人間の野性の声である。それに理性の反面を照らし合はせて自意識の現代性格の見本を、正視するに堪えぬまで赤裸にして公衆に示した。之が此の作の生命でまた価値である」と論じた(「『蒲団』合評」(署名は星月夜、『早稲田文学』前掲)。「野性の声」の一方に、「理性の反面」があり、両者があいまって「文学者」としての時雄の性格を形作ると、抱月は『蒲団』の葛藤を明晰に捉えている。しかも抱月は、「醜なる事を書いて心を書かなかつた」これまでの作品に対し、花袋は『蒲団』

において、「醜なる心を書いて事を書かなかつた」という。抱月が『蒲団』を推奨するのは、『蒲団』が直接の行為に至らず、「熱い主観の情と冷めたい客観の批判」の葛藤する「心の状態」〔四〕、つまり抱月のいう「自意識」にまで昇華されているからである。

若手の批評家片上天弦（一八八四‐一九二八年）は「文壇最近の趨勢」（『ホト、ギス』一九〇八年一月）の中で、日露戦後の明治四十年に自然主義の議論が盛んになされた理由について、作家が自己の創作という事業を意識するようになってきた、「つまり作家の自覚、自意識が発達して来たのだ」と論じた。「早かれ晩かれ一切の生存は、強烈な自意識に到達せねばやまぬ時勢である。その時勢の力が文芸の上にも及んで来たのだ。そもそも自然主義そのものがやはりこの自意識の発展から生れてゐる」。同じく若手の相馬御風（一八八三‐一九五〇年）が、『蒲団』を傑作と呼ぶ理由は、『蒲団』には「自然と我とが渾融《こんゆう》して、更にそれに向つて加へた苦しい自意識の捺印《なついん》が見える」からである（「『蒲団』合評」『早稲田文学』前掲）。松原至文（一八八四‐一九四五年）も『蒲団』に、「自意識の発達した今の人の、切実に感ずる自省的嘆息」を聞く（「『蒲団』合評」『早稲田文学』前掲）。つづいて天弦も『蒲団』について、「作者はこの作に於いて、初めて自己をすら客観し、批評せんとする自意識の境に達した」とする（「田山花袋氏の自然主義」『早稲田文学』一九〇八年四月）。しかも、「明治に小説あつて以来、早く二葉亭風葉藤村等の諸家に端緒を見んとしたものを、此の作に至つて最も明白に且《かつ》意識的に露呈した趣がある」（抱月）というように、『浮雲』以来の先蹤《せんしょう》があるとはいえ、〈自意識〉はこの日露戦後にいたってようやくその輪郭を鮮明にする。この鮮明さゆえに、『蒲団』は作者をめぐる思考の磁場を作り出す決定的な作品となった(19)。

『蒲団』が少女趣味の恋愛小説でもポルノ小説でもなく、恋愛や性欲を「書く」小説となるためには、恋愛や性欲が文学者たるがゆえの「力」によって抑圧され、両者の葛藤する、〈自意識〉の状態にまで高められねばならなかった。これは逆に次のようにいうこともできよう、恋愛や性欲を抑圧する文学者の「力」を認識することで、〈自意識〉が獲得されるのだ、と。そこでは物語の展開に意外性はない、もはや「少女病」における轢死のごとき突発的事件は許されず、主人公の〈自意識〉によって物語は支配される。こうして花袋は、「自意識」を強烈に自覚した新時代の「芸術家」としての地位を手に入れる。

4

「沈淪」における〈自意識〉

これまでのところ最も詳細な「沈淪」論である、伊藤虎丸「郁達夫と大正文学」は、『蒲団』と「沈淪」の相同性を分析し、中村光夫の『蒲団』論は「沈淪」にも当てはまる、「沈淪」は日本自然主義＝私小説の中国における発現であって、「沈淪」でも「作者の性格の発展の上にその分身としての一個の人物（つまりは他者）を客観的に造型しようとする試みははじめから放棄されている」と論じた。[20] 最近の研究でも、桑島道夫は、「沈淪」の主人公は「自己憐憫する作者の影を背負った、あまりにセンチメンタルな「芸術家」」であって、「作者に主人公を批判する余裕はなかった」としている。[21] だが、『風俗小説論』以来の『蒲団』論の前提が帳消しにされる以上、「沈淪」についても、果たして作者が自己をそのまま投影した主観的自画像なのか、疑問に付される。

『沈淪』の「自序」で郁達夫は、「「沈淪」は、一人の病的な青年の心理を描写したものであり、青年の憂鬱症Hypochondria の解剖である」としている。まずこの「病的な青年の心理」、「憂鬱症」とは何なのか、それがいかにして「描写」「解剖」されるのかから検討してみたい。

「沈淪」の主人公も、『蒲団』の竹中時雄同様、文学を志しており、また煩悶にとらわれている。だが「沈淪」でも、詩人きどりで感傷に浸《ひた》る主人公は、必ずしも肯定的に描かれていない。エマーソンを数頁読んで大いに感動する主人公だが、「頭の中ではそう思っているが、実はもう嫌気がさしている。こうなると、その本をわきに仕舞って、二度と読もうとしない。何日かあるいは何時間かたつと、再び満腔《まんこう》の情熱をもって、先に読んだとき同様、他の本を読む。だが何日かあるいは何時間か前にあれほど彼を感動させたその本は、すぐまた彼に忘れ去られることになるのだ」。また、夕陽に見とれ笑顔を浮かべていた背後に、農夫が現れるシーンでは、「振り向いて、彼は自分の笑顔を憂鬱な面持ちへと改めた、笑顔を人に見られるのを恐れるかのように」と、主人公の自己陶酔が明確に捉えられている。

〔二〕でも同様に、厭人癖と称する主人公は、学校に出席しても不機嫌な顔で黙りこくり、日本人に復讐を誓うが、実は日本人の級友が話しかけてくれると、「心の中で大いに感激し、心を開いて話したいと思う」。級友が談笑しているだけで笑われていると感じて顔を赤くほてらせ、女学生とすれ違っただけで「支那人」が相手にされるはずもないと悲観しては、「熱くほてった頬を、冷たい涙がこぼれ落ち」、「傷心の極に達する」主人公の自意識過剰さは、作品の中で客観的に描写され、嘲笑の対象とさえなっている。「支那人」ゆえに迫害される、と感じるのを否定して、級友たちが彼から遠ざかる理由として、「彼を孤独好きの人間だと思ったから、誰もあえて近づこうとはしなくなった」と説明が施されているように、中国人としての自負心さえ過剰な思い込みだとされている。

〔三〕では、主人公の過剰な自意識の形成過程が語られる。その文学の目覚めは現実の挫折によるもので、学校と衝突し、郷里の部屋にこもって文学にふける彼は、小説の中で「多感な勇士」へと変身する。「彼の幻想はどんどん膨れ上がった、彼の憂鬱症の病根も、たぶんこのときに育ったものであろう」と解説されているように、挫折つづきの現実を昇華する手段として文学が求められ、文学の幻想の果てに「憂鬱症」が産み出される。つまり「憂鬱症」は、文学から生じた病であることが自覚されており、「沈淪」はこの「憂鬱症」がいかに形成されているのかを、客観的な描写にさらしていく、「憂鬱症」の解剖である。伊藤氏が、郁達夫にとって「小説を書くことは、自らの中にある抒情乃至感傷を乗り越える自己批評の仕事としては意識されなかった(22)」というのはちょうど逆で、「沈淪」とは作家の「自己批評の仕事」だった。これまでの分析から、「憂鬱症」の内実を、幻想と現実との齟齬に生じた内面の葛藤を描く〈自意識〉と呼ぶことができるだろう。

では主人公の〈自意識〉は、いかにして獲得されるのだろうか。『蒲団』と「沈淪」は、恋愛や性欲が全篇を通じたテーマであることにおいて共通する。しかも両者ともに、この恋愛や性欲は決して満足されない。「沈淪」の主人公は、一人の異性の理解者が得られたら死んでもいい、と恋愛への飢えを日記に記すが、この心の叫びは実践されず、性欲は抑圧されていく。実は、郊外で田園趣味を養う主人公の生活の内実とは、「先祖伝来の苦悶も日一日とつのっていく、毎朝彼が布団の中で犯す罪悪も、日ましに多くなっていった」というものだった〔四〕。いくら田園詩人をきどろうと、ひとたび邪念が首をもたげると、知力など何の役にも立たない。「罪を犯しては、いつも深い後悔に襲われ、切歯扼腕して、次はもうしないぞと誓っても、翌日の早朝になると、種々の幻想が、再び彼の眼の前に生き生きと現れる。いつも見て居るイヴの後裔が、全裸で彼を誘惑する」。頭脳や記憶力の衰えを心配するあまり、医学書をのぞいて戦々兢々とし、生卵と牛乳をすすり、ときにいい詩をものすると頭脳が衰えてない証拠だと欣喜雀躍し、にもかかわらずフランス自然主義文学と中国のポルノ小説を読みふけり、毎度やめようと決心しては元の木阿弥に終わるさまが、克明に描かれる(23)。

現実の郁達夫は、「毎日小説を読む暇には、大方カフェで女を追いまわし酒を飲んでいた」という(24)。女遊びに行ったことを隠そうともせず、「性的な事柄に対し彼はとてもおおっぴらだった。まるで飲食について語るのと同じように随意に語った(25)」。だが「沈淪」の主人公の性欲は容赦なく幽閉され、しまいに「神経衰弱」だと決めつけられた主人公は、『蒲団』の時雄が自家に下宿させた女弟子に恋したように、下宿先の家主の娘に懸想する〔五〕。ある日娘の入浴姿をのぞき見した主人公は、興奮で顔の筋肉までが痙攣し、思わず窓ガラスに額をぶつけてしまう。部屋に駆け戻り、布団にもぐり込んだ主人公は、娘が風呂場を出て二階の自室の外へと来る音を聞く。このときの心理は、「彼は全身の血液が頭に向かって注ぎ込むように感じた。内心ひどく恐かった、ひどく恥ずかしかった。でもとてもうれしくもあった。しかしたとえ誰か聞く人があっても、このときうれしかったとは、何が何でも認めはしないだろう」と、恐怖と羞恥、自虐的な愉悦の葛藤するさまが鮮明に捉えられている。「沈淪」においても、『蒲団』同様、実現されることのない恋愛や性欲の抑圧において、〈自意識〉が検出されてくるのである。

さらにここで布団にもぐりこむとあるのは、〔四〕の「布団の中で犯す罪悪」という表現から、いわゆる手淫を暗示していると分かる。同様のシーンは〔六〕にもあり、早朝野外で逢引する男女の声を盗み聞きして「上あごと下あごがガタガタ音をたてて触れあう」ような衝撃を受けた主人公は、飛んで帰り布団を出して寝る。布団のモチーフはくり返し使われ、〔八〕の、『蒲団』のラストを連想させる、遊び女を置く料理屋で酔いつぶれた主人公が目を醒ます、仲居の「赤い絹の布団」の「一種異様な匂い」において、対象が不在の性欲は極限に達する。「沈淪」の直後に書かれた「風鈴」（『創造』季刊、第一巻第二号、一九二二年九月）にも、去っていった少女の布団に横たわり、残されたぬくみと香りを確かめるという、『蒲団』のラストをそのまま模したようなシーンがあり、よほどお気に入りのモチーフだったらしい。コケティッシュな少女への禁じられた欲望や、他の男に少女が奪われるなど、「風鈴」は極めて『蒲団』に近い。

このように、主人公の内面遍歴は肯定されず、内面を吐露させつつその熱を冷ますかのような描写を施すのが、「沈淪」の物語言説である。最終章で主人公は、「どういうわけだか、彼は突然海に飛び込んで死にたくな」る。これまで「沈淪」は、主人公が物語終了後に入水《じゅすい》自殺する、と解釈されている（伊藤・桑島氏の論考など）。だがこれまでの読みを延長すれば、主人公の感傷が必ずしも実行に移されると受けとめる必要はない。

ことに直前には、仲居から住まいを尋ねられた主人公が、「支那人」は日本人にさげすまれているのだ、「ああ中国よ、おまえはなぜ強くなってくれないのだ」と激昂し、さらに興奮した彼を落ち着かせようと隣の部屋に去った仲居に対し、「犬め、俗物どもめ、みんなでおれを侮辱するのだな。〔中略〕おれはもう二度と、二度と女なんて愛しはしない。おれはおれの祖国を愛するのだ、祖国を恋人にするのだ」と心の中で叫び、すぐさま駆け帰って発憤して勉学に打ち込もう、と決意するシーンがある。だがこのシーンにしても、「しかし心の中では、隣の俗物どもがうらやましいのだ。心の中のある部分では、あの女中が再び彼のところに戻って来るのを待ち望んでいたのだ」と辛辣に相対化されている。意志薄弱な主人公の自殺の決意が、何ほどの重みを持つのか疑われるように書かれるのが、「沈淪」の物語言説なのである。

主人公が自然や詩に触れて感傷的になり、異性の理解者を得られぬことに絶望し、異郷に異国人としてあることに憤慨するほど、主人公のこれら自意識過剰な行為や内面が客観的な描写にさらされる。主人公が周囲の世界に対して感じる主観的な受けとめ方を濃厚に描きつつ、それが実際に主人公を取り巻く世界の論理と食い違うことを描いてみせることで、主人公の主観的な表白レベルと周囲の世界の客観的な描写レベルとの二分法を描きこんでいくのが、「沈淪」の描写である。

同時代の批評もこの「沈淪」の構造を読み込んでいた。すでに第一章で見たように、成仿吾（一八九七－一九八四年）は、『沈淪』は「霊と肉の衝突を描いた」のではなく、主人公が孤独の中で「私を慰め、私を理解し赦してくれる、「心」さえあればいい」というように、他者の理解を求める小説であり、『沈淪』が描いたのは「愛を求める心」だとした(26)。『蒲団』同様、「沈淪」もやはり「心」の中の物語であり、それゆえに画期的な小説として迎えられたのである。また周作人は、『沈淪』を絶賛して、『沈淪』は「青年の現代の苦悶」を描いた厳粛なるものである、しかもその「青年」とはたんなる一典型ではない、この小説集の「価値は、無意識のうちに自己を展覧し、昇華された色情を芸術的に描出したことにあり、またここに真面目さと普遍性もある」とした。無意識かどうかはともかく、周作人は、作品に作者の「自己」、それも作品に直接書き込まれた作家ではなく、作品全体に書き込まれた「自己」があるゆえに称讃した(27)。

陳西瀅《ちんせいえい》（一八九六－一九七〇年）は一九二六年、新文学の収穫として魯迅『吶喊』とともに『沈淪』を挙げ、感情に富んだ堕落青年を主人公とする郁達夫の物語には始まりもなければ終わりもない、と論じた(28)。『蒲団』がそうであったように、「自己」の「心」、〈自意識〉に終始する『沈淪』からは、物語の展開は奪われ時間は静止する。『沈淪』は、恋愛を禁じる力を働かせたがゆえに獲得された、始まりも終わりもない文学青年の〈自意識〉の物語である。こうして郁達夫は、第一章で述べたように、中国文壇で形成されつつあった新文学を代表する作家としての地位を獲得する。

5　自意識の肖像

花袋と郁達夫は、『蒲団』「沈淪」において、文学者たる主人公の主観的な感情や感傷を客観的な描写にさらして相対化することで、〈自意識〉を描きうる存在として、作品に君臨する。しかもそれは、同時代の批評家たちが新文学に要請する、覚醒した〈自意識〉の表現にかなってもいた。こうして花袋・郁達夫は、〈自意識〉を強烈に自覚した新時代の「芸術家」としての地位を手に入れる。

日露戦後新文学の代表作とされた『蒲団』は、作者をめぐる思考の磁場をもたらした作品として特権化された。その影響は日本にとどまらず、のちに『蒲団』が中国語訳されたとき、三十年代にモダンな心理分析小説の傑作を陸続と発表する施蟄存《しちつそん》（一九〇五－二〇〇三年）が大きな触発を受けたように(29)、『蒲団』は本能や性欲・自然主義といった表面的なトレードマークにとどまらぬ影響を及ぼしつづける。『沈淪』についても、世紀末文学の影響下に開いた徒花《あだばな》のごとく理解するのは、『沈淪』が切り開いた何が画期的だったのかを見ないことになるだろう。またそこで描かれた「自我」を、伊藤氏のごとく「社会的梗塞《こうそく》によって、欲望を満たし得ぬ個人の悲痛感や没落感といった感覚的理解に止まった(30)」とするのでは、『沈淪』がなにゆえあれほどの影響圏を作り出したのか理解できなくなる。両作品の

〈自意識〉の内実が貧寒なものだと笑い去ることはできる。だが問題はそれが豊饒か不毛かではない、『蒲団』と『沈淪』が相似の軌道を描くのは、〈自意識〉の肖像こそが文学である、という啓示だからである。

そして郁達夫は、この『沈淪』以降、一九二〇年代に旺盛な創作活動を展開する。その創作には、「風鈴」のように『蒲団』の影響が見られるものもあるが、それ以上に、郁が同時代を共有した大正の作家たちの影響を色濃く見せるようになる。中でも、強い影響を受けたと思われるのが、郁が日本を去ろうとするころ文壇の王様《キング》であった、志賀直哉である。次章では、郁の一九二〇年代半ばまでの作品の創作スタイルを、志賀の作品と比較し、さらに以降の章で、郁が〈自己表現〉を目指す文学からさらに進んで、大正半ばの文学による自己の完成や発展、〈自己実現〉を目指す文学へと進んでいく過程を追う。

第4章 志賀直哉の受容——自伝的文学とシンセリティ

1 奈良詣で

一九三六年十二月十八日、約十五年ぶりに日本滞在中の郁達夫は、奈良に来遊、午後当時市内に住んでいた志賀直哉（一八八三－一九七一年）を訪ねた。新しき村から送られた梨を食べたり、志賀所蔵の中国絵画を見たりしながら、書斎で二時間歓談、雨後の東大寺を散策した。その感激を、妻の王映霞宛の手紙（のち「従鹿囿伝来的消息」〔「鹿囿」とは鹿の苑の意〕と題して、『宇宙風』第三十三期、一九三七年一月十六日に発表）で、次のように記す。

彼〔＝志賀、引用者注、以下同じ〕の作品はとても少ない、しかし文章はこの上なく精錬されている。日本の文壇で占める地位は、大体中国の魯迅に比べることができる。〔中略〕

薄闇の夜陰の中でバスに乗り込むとき、別れの挨拶をする瞬間、私は感激のあまり、ほとんど車を飛び降りて、彼を家まで送りそうになった。もし十数年前の青年時代、このような状況であれば、感傷の涙を流すのを禁じえなかっただろうと思う。志賀氏の人に対する真摯さ〔原文は「誠摯」〕は、人を感動させずにおかない。日本を去る前日に、この全人格をそなえた大芸術家〔原文は「具備着全人格的大芸術家」〕に会えようとは、思いもかけなかった。彼は日本でもっとも寡作な小説家であるが、その寡作ゆえに、一篇一篇はいずれも珠玉である。〔傍線は引用者による、以下同じ〕

この志賀訪問がいかなる機縁あってのものかは分からないが、来日時すでに期するところがあったのかもしれない。郁達夫が、恐らくは当時日本に滞在していた郭沫若に帰国を促すため渡日したのは、[1]奈良訪問の一ヶ月余り前である。長崎を経て東京着は十一月十三日、郁の小説を翻訳したことで親交のあった小田嶽夫（一九〇〇－七九年）が迎えに参じた。そのとき小田と交わした会話の中に、志賀の名が出ている。[2]そして神戸から台湾を経ての帰途、郁は志賀を訪問した。[3]

志賀の日記に前後の記述がないため、反応を知ることができないが、奈良の寓居には、『白樺』の盟友武者小路実篤（一八八五－一九七六年）から、瀧井孝作（一八九四－一九八四年）らの弟子はもちろん、文学青年だった小林秀雄（一九〇二－八三年）、現役の作家小林多喜二（一九〇三－三三年）まで、盛んに奈良詣でがなされ、志賀も歓迎した。[4]一九一六年、偶然古雑誌で「大津順吉」を読んで衝撃を受け、以来志賀に私淑していた尾崎一雄（一八九九－一九八三年）は、二三年、早稲田の第一高等学院生のころ、京都で初めて志賀に会い、「万感こも〴〵」、感激の涙を流した。[5]家族が病気で多忙にもかかわらず、志賀もこれを温かく迎えた。異国の礼讃者の来訪も、大いに歓迎したと想像される。

のちに郁達夫は、新居格《にいいたる》（一八八一－一九五一年）との公開往復書簡（「敵我之間」『星洲日報』副刊『晨星』一九四〇年六月三日）でも、四年前の志賀訪問を想起する。また、日中全面開戦後の「日本的娼婦与文士」（『抗戦文芸』第一巻第四期、一九三八年五月十四日）で、長年敬愛してきた佐藤春夫（一八九二－一九六四年）を、「アジアの子」（『日本評論』一九三八年三月）なる時局便乗の小説を書いて「醜態をさらした」ことから、痛烈に非難する。その一方で、「もちろん、日本の文士について、一概にいうことはできない。〔中略〕日本の老大家の中でも、秋田雨雀《うじゃく》、志賀直哉、島崎藤村らは、やはり良心に背かぬ人である」と、志賀に敬意を表した。さらに「日本的侵略戦争与作家」（『星洲日報半月刊』第十六期、一九三九年二月十五日）でも、戦争に対し沈黙を守る、良心ある作家として、谷崎潤一郎と並べて志賀の名を挙げている(6)。

志賀直哉への鑽仰《さんぎょう》は、郁達夫が大正年間に日本へ留学し、大正の文学から多くの滋養を得たことを考えれば、不思議ではない。一九一三年から二二年までの約九年間の留日時代に、郁は大正文学の勃興と最盛期を目の当たりにした。しかも後述するように、この大正半ばの文壇で、若手の作家として最も尊敬を集めたのが、志賀だった。

郁達夫はその作風から、日本のいわゆる私小説に影響を受けたと論じられてきた。例えば竹内好は早くに、「彼の作品はすべて自己の生活、感情の告白を出でない。新文学中たゞ一人の正しい私小説（むしろ日本的な）作家である」と指摘した(7)。しかし「私小説」なる概念は、作品が発表された当座からあったものではなく、後追いで命名されたにすぎない。石阪将幹によれば、「私小説」なる用語が使われ始めるのは大正九年以降で、文壇で定着するのは大正十三年以降の、第一次私小説論争以降を待たねばならない(8)。郁の留学中すでに、のちに「私小説」と呼ばれる実体があったにしても、明確な内実と定義を伴って存在したわけではない。郁達夫が日本文学から何がしか創作のスタイルを学んだとすれば、それは「私小説」なる一般的なものでなく、個別的具体的なものであったはずである。

本章では、五四新文化運動後の新文学勃興期に一方の旗手として活躍し、多くの読者を擁して一九二〇年代の中国文学を代表する作家の一人となった郁達夫の、多面的な文学活動のうち、その初期、一九二七年頃までの創作スタイルと文学観について、郁が留学していた大正日本の、志賀直哉を中心とした文学状況との関係から、考察する(9)。

2　志賀直哉の時代

郁達夫の一九三六年末の書簡に、「もし十数年前の青年時代、このような状況であれば、感傷の涙を流すのを禁じえなかっただろうと思う」とあることから考えると、郁の志賀直哉礼讃は、日本留学の末期及び帰国前後、つまり大正末年が最高潮だったと推定される。本多秋五は『座談会大正文学史』で、志賀が「小説の神様」になったのはいつごろからか、という疑問を呈している。(10) 志賀が大正の文壇で中心的な地位を占めるのは、大正六年「和解」を発表し、文壇こぞっての賛美を受けてからで、大正から昭和にかけて『暗夜行路』を書いて以降、その地位は不動となる。大正半ばに志賀がいかにして文壇の王様となったのか、概観してみよう。

志賀の大正半ばまでの足跡をたどると、まず一九一〇年、明治四十三年四月『白樺』創刊に参加し、創刊号に「網《あば》走《しり》まで」を発表する。翌四十四年四月には、「濁った頭」(『白樺』)、四十五年九月に「大津順吉」(『中央公論』)と発表するが、この年十一月から翌大正二年五月まで、尾道に滞在する。そして大正二年一月に第一創作集『留女《るめ》』(洛陽堂)刊行、三年四月に「児を盗む話」(『白樺』)を発表してからは、大正六年までの三年間、創作を発表しない。

沈黙を守る間の志賀は、下の世代の新進作家久米正雄(一八九一―一九五二年)が、「余りに「段違ひ」な作家です。今は沈黙してゐるが、きつと其中に大作を吾々の前に提供して呉れるに違ひないと、一日も早く其日の来るのを待つて居ります」(「新進十家の芸術」『新潮』一九一六年三月)と切望し、新進評論家広津和郎(一八九一―一九六八年)が、「白樺の志賀直哉君などはどうして書かないのだろう」との期待を記すなど(「舟木君に」『洪水以後』一九一六年三月)(11)、その再登場が鶴首《かくしゅ》される存在だった。すでに志賀を「発見」していた年少の尾崎一雄も、ひそかに「志賀直哉はなぜ書かないのか、と思つてゐた」(12)。

志賀が三年間の沈黙を破ったのは、一九一七年、大正六年五月に発表した「城の崎にて」(『白樺』)によってである。

生涯を通じ寡作だった志賀には珍しく、以後堰《せき》を切ったように旺盛に創作を発表する。すでに高まりつつあった名声を一気に頂点まで持ち上げたのが、十月発表の「和解」（『黒潮』）である。大野亮司は、「和解」発表の一九一七年以降に書かれた志賀論の、「身も蓋もないほどの讃仰の言葉」の数々を引きつつ、「大正六年後半にジャーナリズムの上で作家活動を再開した志賀直哉は、特に「和解」の発表以降、圧倒的なまでの尊敬を受けていく」と結論している(13)。

序章で見たように、折しも一九一七年前後、文壇では日露戦後の自然主義以来の、新しい機運の勃興が口にされるようになっていた。若手の批評家だった江口渙《かん》（一八八七－一九七五年）は、一九一七年の文壇を回顧した「創作壇に活動せる人々」（『新潮』一九一七年十二月）で、「文壇は大正六年に入ると、もに、何と云ふ事もなく色めき渡つて来た。それが春となり秋となるに及んで近年まれに見るほどの活動を呈した。恰《あたか》も往年自然主義勃興当時に於けるやうに、右を向いても左を向いても何処にも若い力と熱が漲《みなぎ》つてゐる」（振り仮名（現代仮名遣い）は引用者による、以下同じ）と論じる。そんな中活躍したのが、『白樺』に拠る武者小路実篤であり、有島武郎（一八七八－一九二三年）であり、志賀直哉だった。文壇の渦中から距離を取っていた正宗白鳥（一八七九－一九六二年）の目にも、「志賀氏はあの頃（＝一九一八年前後）の新進作家の仲間に畏敬されてゐた」と映った(14)。

「和解」発表の前に志賀は、沈黙以前の作品を収めた第二創作集『大津順吉』（新潮社、一九一七年六月）を刊行、「和解」発表後は『夜の光』（新潮社、一九一八年一月）、『或る朝』（春陽堂、同年四月）、『和解』（新潮社、一九一九年三月）、『荒絹』（春陽堂、一九二一年二月）と、老舗・新興の文芸出版社から、創作集を続々出版した。『大津順吉』は、新潮社による「新進作家叢書」全四十五編の一冊である。この叢書は、「大正文壇の中軸的な作家たち」を網羅したもので(15)、志賀は武者小路や里見弴らにつづき、第四巻に収録された。『或る朝』は、これに対抗した春陽堂による、「新興文芸叢書」全十八冊の一冊で、志賀は第七巻に収められた。『和解』は、日露戦後に確立された文学史観をもとに、明治半ばから大正までの代表的作家の作を収めた、新潮社の「代表的名作選集」全四十四編の一冊である。日露戦後、もしくは明治末年に名声を確立した作家につづき、大正の作家としては谷崎や武者小路などにつづいて、第三十三巻に収められた。この叢書は、巻によっては百版を超える増刷を重ねた、ベストセラーシリーズである。[16] さらに、郁達夫が一時的に帰国する直前の、一九二一年一月から八月にかけて、志賀は『暗夜行路』前篇を『改造』に連載、その名声は頂点の一つに達する。

昭和に入ってからも志賀は、文壇の主義流派を問わず、敬意の対象だった。関東大震災後、既成文壇に対抗して登場した『文藝時代』の中心作家川端康成（一八九九－一九七二年）は、「志賀さんを一番長く通して読んで来」たし、[17] 井伏鱒二（一八九八－一九九三年）と永井龍男（一九〇四－九〇年）は対談の中で志賀への憧《あこが》れを語り、丹羽文雄（一九〇四－二〇〇五年）をはじめ、「青年時代原稿用紙に志賀さんの短編を写した」同世代の作家が数多くいたこと、中には暗誦する人もあったこと、『改造』や『新潮』などの新年特大号の目次を開いて「志賀さんが書いてると胸が躍った」（永井）ことを懐かしむ。[18] 太平洋戦争中に沈黙する文壇で孤軍奮闘した太宰治（一九〇九－四八年）にとっても、自身の文学が乗り越えるべき最大の標的は、志賀だったと思われる。[19]

大正後半から昭和の文壇における志賀の影響力の絶大さは、のちの研究も論じるところで、中村光夫は、「大正期の作家のうち、志賀直哉ほど生きた影響を深く現代文学に与へてゐる人はゐません。鷗外、漱石といへどもこの点では到底彼に及ばないのです。〔中略〕或る作家の精神の多産性とは、その作品の数によるのではなく、その影響の範囲と深度によつて計られるとすれば、志賀直哉は大正期の生んだもつとも多産な文学精神であつたと云へませう」と述べる。[20] 志賀論を系譜的にたどることで、「志賀直哉論をタテ糸とする文学的インテリゲンツィアの時代的推移」を明らかにしようとした平野謙の言葉を借りれば、大正後半から昭和にかけては、「志賀直哉とその時代」があった。[21]

志賀が日本の文壇で有する地位は魯迅のそれに匹敵すると、郁達夫が表現するのは、あながち誇張とはいえない。郁が回想していう、志賀と面会して感激の涙を流したかもしれぬ青年とは、郁一人の感懐ではなかったのである。

3　志賀と郁の創作スタイルの分類

志賀直哉はこのように、一九一七年、大正六年以降、次代を担うべき有望な新進の一人から、文壇の中心作家へと成長を遂げた。この変化の原因を、大野亮司は、大正五年前後に起こった「読みのコードの配置そのものの変化という大規模な構造的変容」に求め、これを〈人格主義的コード〉と呼ぶ。ことに大正三年から三年間もつづいた〈沈黙〉が、志賀をめぐる〈神話〉を生成させる主要因になったという[22]。ただし、志賀が文壇の中心作家となるためには、沈黙の後に沈黙を埋めるべく作品が書かれねばならない。志賀は自身の生活を素材とした作品に、沈黙期間、いかなる生活を送り、内的な充実をはかっていたかを描く。

第二創作集『大津順吉』から第六創作集『荒絹』までの、計五冊の単行本に収められた作品を、その創作スタイルによって分類してみる[23]。この時期の志賀の作品は、雑誌初出が単行本に順に収録されたわけではなく、同時期に発表された作品が異なる創作集に、全く発表時期の異なる作品が一つの創作集に収められる。また、発表から数年後に単行本に収録されたり、単行本が初出であったり、あるいは長く蔵されていたものが旧稿として発表され、やがて単行本に収録された場合もある。同一の作品が複数の単行本に収められるケースも非常に多い。よってここでは、執筆や発表の時期にかかわらず、当時の読者が接した最も一般的な形と思われる、単行本刊行順に、収録作のみを分類する。

大正後半の単行本所収の志賀の作品は、大きく自身の経歴、あるいは現在の身辺に取材した作品と、それ以外の、何らかの見聞にもとづくものの大部分が自身と直接関係のない事件を扱った、もしくは主に想像による作品とに分かれる。志賀自身のちに、「私では創作と随筆との境界が甚だ曖昧だ」と認める（「続創作余談」『改造』一九三八年六月）[24]ように、小説と随筆の区別は明らかでない[25]。これと関連して、ある作品がどの程度自身の身辺に取材したものか、逆に想像によるのかも、確定しがたい。

例えば志賀は、「或る男と其姉の死」(『大阪毎日新聞』夕刊、一九二〇年一月六日－三月二十八日)について、「この書きつつある小説はかなり自身の経験に基づいて居るものですが、大体の構造は又かなり想像若しくは想像で作られてゐるものです。これを私の「和解」といふ小説が自伝的であるやうな意味で自伝的なものと若《も》し想はれると又誤聞を伝へないともかぎりません」と断っている(「私の祖父」『文章倶楽部』一九二九年一月一日)。たとえ「自伝的」ではあっても、それがどの程度かは、判定が困難である。ここではひとまず、作品、志賀自身の証言(「創作余談」『改造』一九二八年七月など)、伝記、一九九八年刊行開始の『志賀直哉全集』の宗像和重による「後記」を参照しつつ[26]、内容及び形式から分類を施すことにする。また、大正半ば当時では一般的でなく、定義の曖昧な、「私小説」なる呼称を避け、当時よく用いられた「自伝的」「身辺」「心境」小説という呼び方のうち、「自伝的」小説を採用する。志賀が「自伝的」小説を書き出すのは、一九一二年、明治四十五年一月一日『白樺』に発表した、「祖母の為に」からである[27]。

一、自伝的小説のうち、一人称「私」で書かれた作品には、「憶《おも》ひ出した事」(『大津順吉』『夜の光』所収、以下同じ)・「出来事」(『大津順吉』『夜の光』)・「児を盗む話」(『大津順吉』『荒絹』)・「祖母の為に」(『荒絹』)がある。次に、一人称「自分」で書かれた作品には、「母の死と足袋《たび》の記憶」(『大津順吉』『荒絹』)・「母の死と新しい母」(『夜の光』)・「城の崎にて」(『夜の光』)・「速夫の妹」(『或る朝』)・「十一月三日午後の事」(『和解』『荒絹』)・「流行感冒と石」(『和解』『荒絹』)・「山の生活にて」(のち「焚火」と改題、『荒絹』)・「雪の日」(『荒絹』)がある。さらに、「僕」で書かれた作品には、「夢」(『荒絹』)がある。以上計十三篇。

二、次に、自伝的小説のうち、二－一、三人称「彼」で書かれた作品には、「好人物の夫婦」(ただし「良人」も多く用いる、『夜の光』)・「ある一頁」(『或る朝』)・「真鶴《まなづる》」(『荒絹』)がある。二－二、作家の分身である「大津順吉」の名のもと書かれた作品のうち、順吉と命名されながら一人称「私」で書かれた作品には、「大津順吉」(『大津順吉』)、

「自分」で書かれた作品には、「和解」（『夜の光』『和解』）、三人称「順吉」の通りに書かれた作品には、「鵠沼《くげぬま》行」（『或る朝』『荒絹』）がある。同様に、二－三、作家の分身と思われる「信太郎」の名のもと、三人称で書かれた作品には、「或る朝」（『或る朝』『荒絹』）、二－四、「時任謙作」とされた作品には、「憐れな男」（『荒絹』）がある。以上計八篇。

三、さらに、「私」が人から話を聞く、あるいは聞いた話を語る形の作品には、「襖《ふすま》」（『夜の光』）・「佐々木の場合」（『夜の光』）・「濁つた頭」（『或る朝』）・「或る親子」（『或る朝』）がある。以上計四篇。

四、最後に、作家の経歴や実生活と直接関係のない作品で、一人称で書かれた作品には、「不幸なる恋の話」（『大津順吉』）・「網走まで」（『荒絹』）・「菜の花と小娘」（『荒絹』）、三人称で書かれた作品には、「清兵衛と瓢箪」（『大津順吉』『夜の光』）・「老人」（『夜の光』）・「クローディアスの日記」（『夜の光』）・「正義派」（『夜の光』）・「范の犯罪」（『夜の光』）・「赤西蠣太」（『夜の光』）・「荒絹」（『或る朝』）・「剃刀」（『或る朝』『荒絹』）・「小僧の神様」（『荒絹』）・「小品五つ」（『荒絹』）がある。以上計十三篇。

つづいて、郁達夫の初期の作品を分類してみる。一九二二年の最終的な帰国後の郁は、安慶、上海、北京、武昌、広州と、職を求めて居を転々と移す。一九二六年末以降は、上海と杭州に拠点を置く生活が、三六年二月に福建省参議として赴任するまでつづく。また、左翼作家連盟にも参加した郁が、通常考えられている以上に、マルキシズムや革命、左翼文学に理解を持っていたことは、鈴木正夫によって論じられている。(28) ここでは、広州から上海に戻って、一九二七年八月創造社を脱退する以前、『達夫全集』の刊行を始めてそれまでの創作を決算し（第一巻『寒灰集』創造社出版部、一九二七年六月。以降、第七巻まで刊行）、『日記九種』（北新書局、一九二七年九月）を刊行、初の長編『迷羊』（北新書局、一九二八年一月）を発表するなど、作風が多様化する以前の作品について論じる。

郁達夫も志賀同様、小説と随筆の区別は鮮明でない。ここではひとまず、一九九二年に刊行された『郁達夫全集』第一・二巻の区別に従い、ここに所収のものを小説と措定する。(29) 郁が一九二七年までに書いた小説は、計三十篇ある。これらを分類してみると、以下のようになる。ただし、「春潮」「人妖」「蜃楼」の三作は未完である。

一、主人公に作者が投影されていると思われる作品のうち、一人称「我」(=私)を使用したのは、「友情与胃病 Freundschaft und Magen-Katarrh」(『平民』第七十四-七十七期、一九二一年十月二十二/二十九日/十一月五日/十二日。のち『胃病』と改題)・「血涙」(『時事新報』副刊『学灯』一九二二年八月八/十二/十三日)・「蔦蘿《ちょうら》行」(『創造』季刊、第二巻第一号、一九二三年五月)・「青煙」(『創造週報』第八号、一九二三年六月三十日)・「還郷記」(『創造日』第二期、一九二三年七月二十三日-八月二日)・「還郷後記」(『創造日』第二十四-二十八期、一九二三年八月十七日-二十一日)・「十一月初三」(『現代評論』第一-四期、一九二四年十二月十三日-二五年一月三日)・「寒宵」(『創造月刊』第一巻第一期、一九二六年三月)・「街灯」(『創造月刊』第一巻第一期、一九二六年三月)である。大正半ばの小説で多く使われた一人称に、「自分」がある。郁もこれを試みた形跡が、「人妖」及び「十一月初三」の冒頭で使われる「自己」に見られる。しかし、中国語の文章では馴染まなかったのか、結局冒頭だけに終わっている。以上計九篇。

二、次に、主人公に作者が投影されていると思われる作品のうち、三人称を使用したものを見ていくと、使われた順に、二-一、「他」(=彼)を使用したのが、「銀灰色的死」(『時事新報』副刊『学灯』一九二一年七月七日-十三日)・「沈淪」(『沈淪』泰東図書局、一九二一年十月)、二-二、「伊人」を使用したのが、「南遷」(同前)、二-三、「于質夫」を使用したのが、「茫茫夜」(『創造』季刊、第一巻第一号、一九二二年三月)・「風鈴」(『創造』季刊、第一巻第二号、一九二二年八月。のち「空虚」と改題)・「秋柳」(『晨報副鐫』一九二四年十二月十四日/十六日・二十四日、ただし初稿は二二年七月)・「離散之前」(『東方雑誌』第二十三巻第一号、一九二六年一月十日。ただし執筆は二三年九月)・「懐郷病者」(『創造月刊』第一巻第二期、一九二六年四月。ただし執筆は二十二年四月)、二一－四、「Y」を使用したのが「落日」(『創造週報』第十九号、一九二三年九月十六日)、二一－五、「文朴」を使用したのが「煙影」(『東方雑誌』第二十三巻第八号、一九二六年四月二十五日)である。以上計十篇。

三、さらに、語り手「我」よりも他の登場人物を描くのを主眼とするものの、視点が作者を投影した「我」にあるのが、「春風沈酔的晩上」(『創造』季刊、第二巻第二号、一九二四年二月)・「薄奠」(『太平洋』第四巻第九期、一九二四年十二月五日)・「過去」(『創造月刊』第一巻第六期、一九二七年二月)である。以上計三篇。

四、最後に、これらと異なり、人称にかかわらず、作者と直接の関係がない、恐らくは架空と思われる人物を描いたのが、「春潮」(『創造』季刊、第一巻第三号、一九二二年十一月)・「秋河」(『創造週報』第十五号、一九二三年八月十九日)・「人妖」(『晨報副鐫』晨報五周年紀念増刊、一九二三年十二月一日)・「蜃楼」(『創造月刊』第一巻第四期、一九二六年六月、未完。のち『青年界』第一巻第一－三号、一九三一年三－五月に続編を併せて再掲)・「清冷的午後」(『洪水』第三巻第二十六期、一九二七年二月)・「考試」(『教育雑誌』第十九巻第七号、一九二七年七月。のち「微雪的早晨」と改題)・「祈願」(『良友図画雑誌』第十八期、一九二七年八月)、歴史上の人物を主人公としたのが、「采石磯」(『創造』季刊、第一巻第四号、一九二三年二月)である。以上計八篇。

前記の作品では、同じく自伝的といっても、作家自身の経歴や実生活に取材し、主人公に自身を投影したと思われる際の、その程度において異なる。例えば「銀灰色的死」の場合、最後に主人公が死ぬ以上、必ずしも作者自身と同一視できないが、留学生という境遇などの面では、作家自身の投影が認められる。ただ、『沈淪』所収の処女作三篇は、後の作品と比べて客観的な造型が強く、この点で別な分類を用意する必要があるかもしれない(30)。これとは逆に、「還郷記」・「還郷後記」は故郷へ帰還する紀行文に近く(31)、また「十一月初三」は北京での一日を記録する日記、「街灯」は冒頭で公開書簡「一封信」（『東方雑誌』第二十一巻第二号、一九二四年一月二十五日）に言及するごとく、身辺雑記に近い。随筆との境目が曖昧なのが、郁の小説の特徴であるが、これは前述したように志賀の場合も同様である。また、架空の人物を主人公としても、例えば高橋みつるが「蜃楼」について、「主人公陳逸群の人物形象自体が、彼の心情といい行動様式といい、まぎれもなく、郁達夫が倦むことなく描き続けてきた、作者自身を彷彿とさせる、神経質で病弱な多情多感の知識人である」と指摘するように、自身の分身である場合が多い(32)。

このように、作者の実生活にどの程度取材し、主人公にどの程度自己投影しているのか、慎重に扱わねばならないとはいえ、計三十篇のうち、現在の眼から見ても明らかに作者自身の経歴や実生活を下敷きにしたと思われる作品が十九篇、作者と直接の関係がないと思われるのが八篇、中間的なものが三篇である。非自伝的作品が一九二〇年代半ば以降に増えてくることを考えれば、郁達夫の一九二七年までの約七年間の創作に自伝的要素が濃いことは、認めざるをえない。

志賀直哉と郁達夫の小説の、以上の分類は、ごく大雑把な表層のもので、内容にもわたる詳細な検討を行えば、異なる分類が可能である。しかし、こんな簡単な分類を施しただけでも、郁の小説を読んだときの、新文学の先駆者であるにもかかわらず、語り口が極めて安定して感じられる理由、そして、まるで日本の小説を中国語で読んでいるような既視感の理由の一端が、理解できる。郁の小説を志賀のそれと重ねて分類できるのは、意識的な手法の獲得であったかどうかはともかく、上記のごとく分類可能な枠組みのもとで小説を書くことを、郁が当然と見なしていたからである。

このことは、郁同様新文学の先駆者であった魯迅（一八八一―一九三六年）の、『吶喊』（新潮社、一九二三年）・『彷徨』（北新書局、一九二六年）所収の諸短編を分類し、郁と比較してみれば分かる。それらは相互に異なる手法で書かれており、以上のような単純化した分類を受けつけない(33)。それだけでなく、執筆順に読み進めると、魯迅が己に相応しい手法を模索して新たな試みをくり返した形跡を、如実にうかがうことが可能である。[34] 魯迅が日本に留学したのは一九〇二年から九年、つまり明治三十年代後半から四十年代初頭にかけての、日露戦争後の自然主義勃興によって、文学が大きく変革を遂げた時期だが、弟の周作人によれば、留学当時は日本文学にさほどの関心を示さなかったという。[35] 一方、同じく文学が大きく変化した第一次大戦後の大正日本に留学、全身で文学を吸収した郁の場合、試行錯誤の跡はうかがえない。「銀灰色的死」の当時から、ほぼ一貫した手法で、思想的な模索はともかく手法の安定感においては、旧小説の手法を踏襲する鴛鴦蝴蝶派の張恨水（一八九五－一九六七年）などを除けば、同時代の作家の中でも突出すると思われる。

しかも、この創作スタイルが中国の読者たちに与える違和感について、郁達夫は承知していた。のちに『沈淪』の三篇を当時東京にいた友人に見せたところ、「こんなもの、将来印刷して刊行できるのだろうか？ 中国のどこにこんな体裁がある？」と陰で笑われたと回想する（「五六年来創作生活的回顧」『文学週報』第五巻第十一・十二期合刊、一九二七年十月二十三日）。[36] それでも郁が自身の作を中国で敢然と発表し、予期に近い反響を得たのは、大正文学の成功例に知悉していたからである。

もちろん大正文学と郁達夫の文学には、作家の持ち合わせた稟質や、中国伝統文学の素養、国民性や国情の相違などに由来する、根本的な相違もある。一九二〇年代後半に中国新文学を日本で同時代に読んでいた松枝茂夫（一九〇五－九五年）は、のちに、「郁達夫なんかは、葛西善蔵とか佐藤春夫とか、ああいう人の作品に惚れこんでいたから日本文学に近いようだけれどもね、やっぱりちがう。小説は郁達夫が断然うまいと思ったな」と回想する。しかし同時に、魯迅『吶喊』を日本で初めて読んだときのことを、「これはむずかしかったね。なかなか読めないんですよ。創造社の文学は半分日本語だから、日本語を読むような感じで読めたけれども」とする。相対的な距離としては、郁は魯迅よりはるかに日本文学との親近性を示す。[37] 松枝の感覚では、郁は「中国で新しい小説を書いた最初の人――最初の「作家」――であったような気が今でもする」[38]。『沈淪』以下の創作スタイルは、中国では未曾有《みぞう》の一方で、日本の大正文学の読者にはかなり馴染みのあるものだった。

実は、先に施した分類を許容するのは、郁達夫だけではない。一九一四年から二一年まで日本に留学、郁とは創造社結成時からの仲間だった郭沫若（一八九二－一九七八）においても、以上に近い分類が可能である。一九一八年から二六年までの郭の小説を分類した中島みどりは、「沫若自身、どれだけの作品を小説とするか、その範囲を必ずしも明確にしていない」ことから、「素材の上からも筆致などから見ても必ずしも相違のあきらかでない身辺雑記風の作品」の分類に困惑している。その上で、初期の二十三篇について、「身辺の生活に取材したとは言っても、その生活の現実との密着の度合はさまざま」、「一口に「身辺小説」とは言っても、それらの作品の間にはかなりの質の相違がある」と断りつつも、「作者自身の生活に取材したと思われるものが約十八篇で圧倒的多数」だとする[39]。この中島氏の分類を受け継ぎ、武継平は、「「猟奇的な素材の現代伝奇小説」から出発し、「自叙伝的小説」という郭沫若初期小説のパターンが定着」する過程を追っている[40]。

同じく留学組だった郭沫若が、必ずしも志賀直哉から直接影響を受けたと想定できないことからしても、郁達夫の創作スタイルの淵源を、志賀一人に求める必要はない。しかし、志賀が強力な磁場の中心にあったことは、郁が親炙した佐藤春夫の文芸批評からも理解できる。郁の「閑情日記」一九二七年四月二十九日（『日記九種』北新書局、一九二七年九月）には、「『公論』五月号を買った、中には佐藤春夫の文芸時評が掲載されていて、とてもいいと思う」との記述がある。これは、『中央公論』二十七年五月号に掲載された佐藤の「文芸時評」、「批評の勃興」「「心境小説」と「本格小説」」「壮年者の文学」の三篇を指すと思われる。佐藤は「心境小説」について、大正の後半にいくどか、志賀を引き合いに出しつつ論じている。

佐藤春夫は大正の批評家の中でも、志賀を礼讃することでは人後に落ちなかった。大正期の批評文の中でも代表作とされる「秋風一夕話」（『随筆』一九二四年十 - 十二月。『退屈読本』新潮社、一九二六年所収）で、「志賀氏の作風は谷崎氏のものに比べて随分一般に影響してゐる」と論じるが、その影響力ある作風とは、「清兵衛と瓢箪」のごとき技巧の冴えた小説、「赤西蠣太」などの歴史小説ではなく、「心境小説」である。「所謂心境小説なるものは志賀氏の作品などから期せずして出発してゐる（中略）志賀氏は我が国の小説界に一つの典型を作り、しかもそれは欧羅巴《ヨーロッパ》からの輸入ではなく、全く世界的独創である点は間違いない」、「今日の文壇全体は少くとも手法の上では暗々の裡に余程志賀氏から教へられたところがある[41]」。

ただし、「壮年者の文学」で佐藤は、「僕は鑑賞者としてではなく、若し一個の文芸批評家としての立場からの答案を要求されるならば、「心境小説」の賛成者ではない」と述べる。しかし、「「心境小説」と「本格小説」」では、「心境小説」が日本で特有の発達を遂げた原因をあれこれ探った上で、「われ〳〵は芸術家を主人公とし、また画室と書斎とカフェーとを取材にした小説にはもう倦《あ》き飽きしながらも外には世界をもう知らない」と嘆く。実際、佐藤の初期の代表作『田園の憂鬱　或は病める薔薇』（新潮社、一九一九年。ただし初出「病める薔薇」は『黒潮』一九一七年六月）は、デフォルメはあるにせよ、まさに芸術家をその書斎の中で描く。きらびやかな天賦の才を発揮して、鮮やかで多彩な短編を書いた佐藤にあっても、大正期を代表する中編は、『田園の憂鬱』はもちろん、『剪《き》られた花　或はその日暮らしをする人』（新潮社、一九二二年）にしても『都会の憂鬱』（新潮社、一九二三年）にしても、「心境小説」と呼ぶほかない。『田園の憂鬱』が志賀の「和解」と同時期に書かれたように、両者は大正の同じ空気のもとにあった。そして郁達夫も、確実にその空気を吸っていた。

しかし、以上のような創作スタイルの類似は、形式上に止まらない。そもそも、志賀直哉と郁達夫が、「自伝的」小説というスタイルを選んで書いたことには、この形式に即応した内容上の意図があるはずである。

4　「和解」論と郁達夫の文学論

郁達夫の創作談として、これまでくり返し引用され、やはり見逃せないのは、「創作に対して、いかなる考えを持っているか」を語った、「五六年来創作生活的回顧」（『文学週報』第五巻第十一・十二期合刊、一九二七年十月二十三日。のち『過去集』〔『達夫全集』第三巻〕、開明書店、一九二七年十一月に収録）である。そこで郁は、「私は、「文学作品とは、すべて作家の自叙伝である」という言葉は、まったく真実だと思う」といい、「私は言う、作家の個性は、どんなことがあっても、その作品に込められていなくてはならない」、「私は、作者の生活は、作者の芸術と緊密に結ばれてあるべきだと思う、作品の中の Individuality は決して失われてはならない」と述べる。

ただし、「文学作品とは、すべて作家の自叙伝である」と定義しても、郁達夫は必ずしも、自身の人生や生活をそのまま作品に描けと言っているのではない。郁は、すぐのちに「自序」（『達夫代表作』春野書店、一九二八年三月）で、『過去集』の序で「芸術品はすべて芸術家の自叙伝である」と言ったために、たくさんの誤解を引き起こした」として、弁明に努めている。郁は、自分が言いたかったのは、「作家は経験を重んじねばならない」ということで、到底天才などでない凡庸な作家は、「実地の経験を離れてはならない」というのが真意だとする。「皆は私が所謂……Ich-Roman……を主張したと受け取ったようだが、自叙的作品以外は、どんなにいい作品であろうと、取るに足りない、というのは、まことにお笑い種《ぐさ》な話である(42)」。

郁達夫はしばしば、日本の私小説に影響を受けて自身の生活をありのままに描いたとされる。だが、作品が作家自身の経験によって裏づけられてはいても、そこには数々の変更や創意が見られる。郁達夫は早くに「「茫茫夜」発表以後」（『時事新報』副刊『学灯』一九二二年六月二十二日）で、自身の作品に対する、同性愛を提唱しているといった道徳的見地からの非難に対し、「読者は「茫茫夜」の主人公を完全に私自身だと見なしているようだ」と不服を挿んでいた。郁によれば、「私がふだん小説を作るときには、架空で作るのを好まぬとはいえ、しかし私の事実 Wahrheit の中には、虚構 Dichtung も存在している、主人公の一挙手一投足が、完全に私自身の過去の生活というわけではない」。つまり、郁が、「作者の生活は、作者の芸術と緊密に結ばれてあるべきだ」と主張するのは、作者の個性を作品に塗り込めるための手段としてである。

これは、志賀直哉についても同様である。「十一月三日午後の事」のように、「事実そのままに書いた日記」だと認める作品もあれば、『暗夜行路』のように、「此小説の主人公を作者自身であると思ふ人があり、批評でもさういふ見方で批評したものもあるが、何処まで作者自身で、何処からがそれを出た人物かを説明するのは困難だ」と述べる作品もある（「創作余談」前掲）。問題は、描かれたのが事実か虚構かにあるのではない。

佐藤春夫と並んで大正の評論界を代表する広津和郎も、志賀礼讃では佐藤にひけをとらない。志賀の評価を決定づけた批評の一つ、「志賀直哉論」（『新潮』一九一九年四月）は、「氏は常に自己及び自己に直接に関係ある周囲のみを見つめてゐる作家である」とする。確かに、「志賀氏の比較的数の少い作品は、二、三の例外を除けば、殆んど氏自身が此人生に於いて、親しく見、聞き、触れ、感じたもの、みから材料を取つてゐる。（中略）自己を語ると云ふ言葉の文字通りの意味で、氏は常に自己を語つてゐる。此点で、氏は今の日本の作家中、最も多く自己の経験から材料を取る作家の一人であると云ふ事が出来る」。しかし、志賀が貴いのは、語られた事実によるのではない。「氏自身の見、聞き、触れ、感じたものを、見た通り、聞いた通り、触れた通り、感じた通りに」、「虚飾と誇張とを省いて」、「早急に解釈を施す事を出来るだけ避けて」語るその創作態度、つまり、「徹底した立派なリアリスト」である点による。[43]

広津についても佐藤同様、郁達夫の一九三〇年の日記の断片に言及があり（「断篇日記九」一九三〇年五月十六日）、しばしばその作品を読んでいたらしい。

一九一七年、大正六年に発表された志賀の作品の中でも、のちに作家自身が「自伝的」（「私の祖父」前掲）と認める「和解」が、発表当時圧倒的な支持を得たことは、すでに記した。「和解」に描かれるのは、「順吉」の名に託された作家の個人的生活の記録、中でも子の死と出産、父との「和解」の記録だが、一方では、小説の書けない作家が書けるようになる、作家としての再生の記録でもある。主人公は「夢想家」という小説を書こうとするが、「経験を正確に見て、公平に判断しようとすると自分の力はそれに充分でない事が解つた。自分は一度書いて失敗した。又書いたがそれも気に入らなかつた」〔二〕（以下、各章はこの記号を用いて表す）。「空想の自由の利く材料」は「珍しい程に書けた」のに、六年前の「父と自分との事」はどうしても思うように書けない。この悩みが、第三、七章でもくり返される。しかし、新しい子の出産が近づくにつれて、「自分は自分が段々に調和的な気分になりつつある事を感じた」〔九〕。出産〔十〕、そして父との「和解」〔十三〕を経て、主人公は再び「夢想家」に取り掛かろうと決め、「自分は矢張り今自分の頭を一番占めてゐる父との和解を書く事にした」〔十八〕という宣言で終わる。つまり、父との和解を通した、作家としての自己の確認と再生が描かれている。

「和解」にうかがえる創作観とは、たとえ書くための材料があっても、「其材料へ自分の心がシッカリと抱き付くまでには多少の時が要つた。多少の時を経ても心が抱き付いて行かぬ事もある。さういふ時無理に書けばそれは血の気のない作り物になる。それは失敗である」〔十八〕というように、「材料」と「心」が即応し、「血の気」が通ってこそ、創作は成功する、というものである。のちに志賀は「城の崎にて」について、「事実ありのままの小説」で、「皆その時数日間に実際目撃した事だつた。そしてそれらから受けた感じは素直に且つ正直に書けたつもり」と述べる（「創作余談」前掲）。志賀はこのように、事実そのままかどうかでなく、「材料」と「心」「感じ」の、「素直」「正直」なつながりを、創作の根本的な信条とする。

この創作観は、当時の志賀論を見ると、作家の言と対応する形で、より鮮明に浮かび上がる。「和解」への支持を真っ先に表明した「不同調」（中村武羅夫執筆、『新潮』一九一七年十一月）は、「志賀直哉氏の「和解」はいゝ作である。近来の傑作である」と絶賛した上で、「平面的に羅列された日記的の小説で、他の諸作に見るやうな渾然とした芸術味は感じられないが、それだけに、生々しい、切れば血が滴《したた》るやうな感じを有つてゐる」と述べる。これは「和解」に表現された、「血の気」の通った、「作り物」でない作品を書きたいとの創作意図を、そのまま「和解」に当てはめて読んだ感想である。

つづいて江口渙も、「創作壇に活動せる人々」（『新潮』一九一七年十二月）で、「和解」に文句なしの称讃を捧げる。ただし江口は志賀の一貫した支持者ではなかった。これまで、「「留女」一巻に於ける、又は「児を盗む話」に於ける志賀直哉氏には、何と云つて得易らざる名人の手練があつた」と、技術的な巧みさを感じていた。沈黙を破って復活したときに感じたのも、「その手練の妙」だった。だがこの巧みさには、「一度酔から醒めて見ると何かしら或る充されざる不満を感じ」る。「如何にも水のした〻るが如きうまさはあるに係はらず、どうしてもメンカレート《（ママ）》の作ではない」と感じられたのである。しかし、「此不満は「和解」をよむに及んで全く跡形もなく一掃された」。「「和解」の前に涙ぐんで思はず襟を正さゞるを得なかつた」という江口は、「「和解」はたしかに近頃類を見ない位「まこと」に充ちた芸術である。真実に生きる人に依つてのみ生む事の出来る尊いほんとうの芸術である。芥川君が「和解」を評して「超文学の文学」と云つたのは、全く至言であると思ふ。実際近頃この位心の根底から揺り動かされた作品を見た事はない」と、これ以上ない讃辞を呈する。

江口の評に見られる、「まこと」という評言は、志賀を論じる他の評にも、言葉を変えつつ用いられている。南部修太郎（一八九二―一九三六年）の「志賀直哉氏の『和解』」（『三田文学』一九一七年十一月）は、その典型である。

自己の作品に対する作家の態度が真摯であるならば、それは自から作品の底に深い真実性《シンセリティィ〔ママ〕》を感じさせる。作品の中に描かれたる事実の価値、或は面白味、若しくは種々の技巧上に於けるその優越——勿論我々は作品の上に於て、かうした点を作品の本質として、見詰め味ふことを忘れないであらう。然し如何に事実に心を惹かれ、如何に技巧に眼を魅されるとも、我々は尚作家の人そのものから染み出てくる真実性を作品の底に感じる時に於て、最もそれに動かされ、最もそれを貴く思はせられる。〔中略〕志賀氏の『和解』はこの意味に於て、貴き真実性を有する作品である。

「和解」の同時代評を検討した大野亮司は、「「真実性」（「真面目」「真摯（さ）」「誠実（さ）」「まこと」などの同義語もある）という語は、〔中略〕この時期の志賀評価のありようを最も象徴的に示している」と指摘する。[44] これらを同義語として統合する形で、当時しばしば用いられた言葉に、南部が「真実性」のルビとして振った、「シンセリティ」がある。江口渙も、「私は知らぬ間に自づと作者〔＝志賀〕のシンセリティに撃たれて終つた。ほんとうの意味で「まこと」に生き「まこと」に動く人に非ずんば、遂に好く斯《かく》の如き作品を産む事は出来ない」（「志賀直哉氏と谷崎精二氏の作品」『時事新報』一九一七年十月十一日）と用いたように、この語には「まこと」「真摯」「誠実」の意味も込められている。

「和解」礼讃の最高潮とも呼ぶべき、和辻哲郎「今年の創作界に就て」（『黒潮』一九一七年十二月）を見てみよう。「和解」を「血のしたたるやうに感じの烈しい、動悸をいつまでも止ませないほど急調な、肉迫力の強い作」と呼ぶ和辻は、「こゝに心臓からぢかに書かれた、貴い、人間の苦しみと歓びとの記録を見る」といい、次のように述べる。

「和解」を読んだ人は誰でも、主人公順吉の長女の死に悲しい涙を、順吉と父との和解の場に嬉しい涙を、注いだであらう。この一篇を読んで異常な動悸と熱い涙とを経験しなかつた人の鑑賞は、私は信用しない。〔中略〕これは感傷的な涙ではない。生の底から、――真実の悲哀と歓喜とから、湧き出ないではゐられなくて湧き出る涙である。我々はこの作者の燃え上がる愛に心を焼かれる。さうしてかういふ純な悲哀と歓喜とを味はせられたために、我々の心が高められ清められることを感ずる。この作を書き得たために、作者の心がいかに高まり清つたかを、しみぐ感じないではゐられない。

「和解」は単に自己の生活を描いたのではない。父との和解を通し、またその過程を描くことを通し、「作者の心がいかに高まり清まつたか」を描く。ここで、序章で引いた、和辻がこの志賀論を書く年の初めに発表した「創作の心理に就て」（『文章世界』一九一七年一月）を想起すると、「和解」には「生を高めやうとする熱欲」、「高まつた生の沸騰」があり、「自己の生命をより高くより深く築いて行く」ことが実践されている。ここには「決然として生の充実、完全、美の内に生きて行かうとする努力」がある。その結果、和解と創作を通して、「高まり清ま」った「作者の心」が実現されている。かくのごとき〈自己実現〉を最も如実に体現した作品が、この「和解」である。しかもその〈自己実現〉は、作者の側のみにあるのではなく、読者の「生」「心」にも強い影響を及ぼす。

以上のように、作家の作品に対する「真摯」さにもとづく、作品の底に感じられる「真実性」、作品における作者の真摯で真実の込められた〈自己実現〉こそ、志賀が絶賛された最大の要因だった。その結果として、登場人物と作家の同一視が生じる。広津和郎は「芸術的な重苦しい魅力」（『新潮』一九一七年十一月）で、「氏の作物を読んで氏を想像した感じと殆んど同じやうな感じを、氏の容貌、態度、物の云ひ振りなどから受けて、愉快な歓びを覚えた」といい、佐藤春夫「人と作品とがそつくり」（『新潮』一九一七年十一月）も、「「和解」は、期待して読んでその期待を満足させるに十分だつた。これは作者に会つてから読んだので一層よく解つた。さうして読んで居るうちは、始終実際に作者に会つて居るやうな気もちがした」と述べる。同様の感想を、一九二三年、長年尊敬する志賀に初めて会った尾崎一雄も、「なんといふ立派な人――男性だらう、と思つた。／しかし私は、案外びくつかなかつた。作品から受ける感じとぴつたりだつたので、戸惑ふ気持ちがなかつたためだらう」と記す(45)。

実はこの、「事実」「技巧」を超えた「真実性」、「シンセリティ」こそ、郁達夫が目指したものでもあった。郁は「「茫茫夜」発表以後」（前掲）で、「星楼」なる読者からの手紙を紹介、謝意を示す。

あなた〔＝郁達夫〕の創作の態度は、「沈淪」を書いた頃のようには真率〔原文「率真」〕Sincere ではなくなったようだ。私は Carlyle ではないが、しかしあなたに以後 Sincerity を放棄しないでほしいと切に願う。ただ真率でないばかりに、「茫茫夜」は登場人物があまりに多く、主人公の性格と重要人物 Hauptrolle〔＝主要人物〕の描写は、鮮明に紙の上で跳躍してはいない。「沈淪」を持ち出して対比すれば、「沈淪」の主人公は、その人がどういう人物なのか、私たちに想像できた、しかし「茫茫夜」の主人公は、私たちには想像できない。〔中略〕――この批評には、私をして涙を流さずにいられなくさせるところがある。正直に言うと、私も最近以前のようには真率でなくなったように感じている。

つづけて郁達夫は、「茫茫夜」が粗漏の作となった言い訳につづけて、反省と感謝の弁をつづる。この手紙が「涙を流さずにいられない」ほど郁の琴線に触れたのは、郁自身、創作に対する「真率」さ、その結果主人公の人物が彷彿として伝わることを、大事と心得ていた以上に、『沈淪』が「シンセリティ」の作として読者に届いていたことを、再確認できたからだろう。

この五年後に郁達夫は「日記文学」（『洪水』第三巻第三十二期、一九二七年五月一日）で、日記文学の意義を説く。そこで郁は、「私たちはみな知っている、文学者の作品は、幾分なりとも自伝の色彩を帯びているということを」と、年来の持論をくり返した上で、「しかしこの一種の自叙伝は、もし第三人称で書き出すと、しばしば無意識のうちに誤って第一人称になってしまう箇所がある」との惧れを指摘する。かといって、一人称で「私がどうのこうの、私が私が……」と描くと、読者は「作者はどうしてこのように書く必要があるのか?」「小説を書いているのではないのか?」との疑念を抱く。「これからすると、日記体の作品は、一人称の小説よりも、真実性の確立において、より拠り所となり、より把握できることが分かる」。アミエル Henri-Frederic Amiel（一八二一-八一年）の『アミエルの日記』（一九二二年）などを例としつつ、日記のスタイルを習作として利用するよう勧めるその意図は、形式以前の課題としての、「真実性」の確立にある。実際に郁達夫は、一九二六年末からの日記を、『日記九種』（北新書局、一九二七年九月）として公刊しているし、またその作には、「十一月初三」など、日記に近いものが多く含まれる。[46]

ただし、郁達夫が日記文学という体裁に見ていたのは、単なるリアリティの保証としての「真実性」ではない。郁の中で、先ほどの「真率」と「真実性」は、固く結びついている。郁は、「読『蘭生弟的日記』」（『現代評論』第四巻第九十期、一九二六年八月二十八日）で、留日経験があり、島崎藤村『新生』の訳（北新書局、一九二七年）でも知られる友人徐祖正（一八九五-一九七八年）の、日記体の自伝的中編小説、『蘭生弟的日記』（北新書局、一九二六年七月）を論じて、次のように述べる。

> 『蘭生弟的日記』は極めて真率（原文も「真率」）な記録である、徐君の全人格の表現である、作者の血肉や精神を以って書いた作品である。この種の作品は、技巧の面では失敗しても、もし真率な態度というもので、文芸の高低を測るならば、この書物の価値は、私たちの一般の作品のはるか上にある。

かつてその作が「真率」でなくなったと指摘され、慚愧した郁は、五年後でも一貫して、「文学の真実性」を求め、「真率」であることに至上の価値を置いた。この、「真率な態度」にもとづく、「技巧」を超越した、「血肉や精神」で書かれた「全人格の表現」としての創作とは、大正の読者たちが「和解」に見出したのと、同質の価値である。志賀の文学を支えていたのは、「素直」「正直」（志賀）、「真摯」（南部）さだった。そして郁達夫が目指したのも、単なる事実の再現ではなく、その再現の際における「真率」さであり、その結果として「全人格」が表現されることである。「正直」「真率」さが、「自伝的」な創作スタイルと相俟って、志賀直哉と郁達夫に共通して見られる、あの一貫した「個性」を生み出す。志賀は、複数の名の主人公のもと創作しながら、そこに志賀の作にしかない連続性を見出せる。鈴木登美は、「志賀の著作は、そこに単一の継続した人格が働いていることを想定するような読みを促す。主人公の名前は作品ごとに異なる（大津順吉、時任謙作、あるいは「私」「自分」など）ものの、いずれもおおよそ、似かよったものの見方や問題や境遇をかかえている」と論じる。(47) 一方、郁の小説も、一人称で語られようと三人称で語られようと、主人公にどの名が冠されていようと、そこに郁だけの烙印をうかがうことができる。趙景深が、「彼は他の作家の影響を受けたし、また他の作家に影響を与えもした、しかし彼にはやはり独特の作風がある。彼の作品を見て、たとえ彼の名が隠してあっても、それが彼の作品であって、他の人のものではないと分かるだろう」と讃えるのは、この一貫性を指す。(48)「芸術品はすべて作家の自叙伝」という言葉も、この文脈で捉えるべきで、いわば志賀と郁は、数々の短編で唯一の大長編を書く作家である。

もちろん現在われわれ読者が、志賀や郁の小説を読んで、彼らの「シンセリティ」に胸打たれるとは限らない。また、われわれは両者の作品に、当時とは異なる角度からの魅力を発見する可能性もある。「シンセリティ」はもはや、文学の価値の一選択肢にすぎない。しかし少なくとも、大正後半の日本と一九二〇年代半ばの中国に、創作に対し「正直」「真率」であろうと努めた作家がおり、また彼らが作品に込めた「真実性」をつかみ取ろうとした読者たちがいたことは事実である。「自伝的」小説を選び取る背後には、作者と読者がともに、その「真実性」を支える「真摯」を共通して目指し、作品において自己を実現しようとしていたことがある。この志向の体現者であったことこそ、志賀と郁が一時代を代表する作家たりえた、大きな理由の一つだったのである。

5　シンセリティの文学

以上、一九三六年の郁達夫による志賀直哉訪問の記録を手がかりとして、大正日本に留学した郁における志賀受容について考察した。大正六年「和解」をきっかけに、志賀は時代の中心作家へと成長した。当時日本で文学に耽溺し、日本文壇の動きに敏感だった郁は、これを目の当たりにした。両者の作品を創作スタイルに従って分類すると、いずれの場合も、一人称及び三人称による「自伝的」小説という柱があり、その他の非「自伝的」小説に対し、より大きな比重を占める。ただし、「自伝的」即ち事実をありのままに描けばよいわけではない。この創作スタイルを支える文学観においても、創作に対する「正直」「真率」、その結果もたらされる「文学の真実性」「シンセリティ」を信条とする点で、志賀と郁は共通する。こう見たとき、郁が日本の私小説から影響を受けたという概括がいささか不正確で、事態はより具体的、かつより時代の価値観に密着していたことが理解できよう。郁は志賀を中心とする大正半ば以降の創作スタイルや文学観を吸収し、中国で実践しようとしたのである。

ただし一点、志賀と郁の作家としての資質の、根本的な相違に触れておきたい。志賀直哉が大正の日本にあって、格別の地位を勝ち得たのは、明治末年から大正にかけてのデカダンスの雰囲気を持ちつつも、それを止揚する力を、その作品に見出すことができた点を、考え合わせねばならない。広津和郎は「志賀直哉論」(前掲)で、「氏は又、近代文明が生んだあの鋭い複雑な病的神経をも、今の作家の中では、最も多量に持つてゐる。世紀末のデカダンの心持をも、氏はデカダンを合言葉にした頃の人々よりも、よりよく知つてゐるやうに見える」とする。木村幸雄はこれを引きつつ、「志賀直哉という存在は、大正半ばにおいて、自然主義時代をのり超えた「立派なリアリスト」、近代的デカダンスをくぐりぬけ、克服した「強い心の持主」、「我儘者の性格」をつらぬくことで強い個性を形成し得た理想的な文学者像として、後続する大正文学者たちの「敬愛の念」を勝ち得ていた」とする(49)。

一方郁達夫は、デビュー当時から、この「病的神経」、「世紀末のデカダンの心持」を、大正の作家たち、ことに敬愛した佐藤春夫同様、濃厚に持ち合わせた作家だった。『沈淪』（前掲）の「自序」で述べるように、その最初期の作「「沈淪」は、一人の病的な青年の心理を描写したものであり、青年の憂鬱症 Hypochondria の解剖である」。しかし郁は、「デカダン」はともかく、大正文学と共有した「病的神経」を克服すること、纏綿《てんめん》たる抒情を離れることは、なかったと思われる。郁の志賀に対する敬意が、日本を離れて十五年後、左翼文学が席捲し、郁自身幾多の思想的動揺を経た後にも保たれていたのには、世紀末文学・左翼文学と流行がうつろい時代が変わっても揺るがぬ、志賀の強さへの憧れも、あったかもしれない。もちろん、郁がどこまでも郁であるという同一性を引き受けたことこそ、Individuality を至上とする作家の必然的な態度であり、郁が志賀から受けた最大の影響かもしれない。

第III部

〈自己実現〉の時代へ

第5章 大正教養主義の受容——自我をめぐる思考の脈絡

1 大正教養主義との接触

一九二七年七月五日、当時上海にいた郁達夫は、同郷の友人孫百剛による、倉田百三『出家とその弟子』（岩波書店、一九一七年）訳のために、序文を書いた[1]。「序孫訳『出家及其弟子』」（孫百剛訳『出家及其弟子』創造社出版部、一九二七年十月）である。そこで郁は、「私は原作者とは一面識もないが、しかし十数年前の東京第一高等学校の、学生の思想煩悶は、かつて経験したものである。よって倉田氏がこの劇作をした動機、内心の苦悶は、ほぼ感得できるように思う」と懐かしみ、さらに当時の『出家とその弟子』の「流行熱」に触れた[2]。

倉田百三（一八九一－一九四三年）は、阿部次郎や和辻哲郎と並ぶ、大正教養主義の中心人物の一人である。哲学青年だった倉田は、一九一〇年、明治四十三年に一高へ入学したものの、失恋や結核のために、一三年、大正二年退学、療養生活を送りながら宗教的思索に耽《ふけ》り、一七年に『出家とその弟子』を出版して、一躍有名になった。二一年には、一高時代以来の感想を集めて『愛と認識との出発』（岩波書店）として刊行、阿部の『三太郎の日記』とともに、大正教養主義のバイブルとして広く読まれた。一方、倉田より五歳年下の郁達夫が日本へ留学するのは、一九一三年十月のことで、一四年一高特設予科へ入学、一五年名古屋の八高へ入学した。倉田より少し遅れて、旧制高校での学生生活を経験したことから、序文の言となったのだろう。

留学経験やその作風から、郁達夫はこれまでくり返し、日本近代文学、ことに大正の私小説から影響を受けたと論じられてきた(3)。しかし、郁が日本文学から何がしか創作のスタイルを学んだとすれば、それは「私小説」なる、文学史的に一般化された創作態度でなく、個別的具体的なものであったはずであり、第三・四章では、田山花袋及び志賀直哉の受容について論じた。と同時に、滞在期間の長さや残された文章の量からして、郁の日本文学受容は、数人の影響を受けた作家の存在を指摘して充分に証明できるものでもないと思われる。あるいは、単線的にいくつかの影響受容関係を挙げれば、創作の秘訣が明かされるというものでもない。個別の作家からの具体的な影響を跡づけるだけでなく、創作を支える文学観の点でも、郁に滲み込んだ大正文学や思想の痕跡をたどってはじめて、日本文学との影響受容関係を明らかにすることができる。

郁達夫が大正半ばの日本に滞在し、その文学を一身に浴びたことは、その文学観の形成に大きな影を投げかけている。郁は日本文学に親炙しただけでなく、日・英・独語を通して、各国の文学に触れた。特に一九二〇年代の文学論についていえば、その選択や触れ方には、大正日本の流行、中でも大正教養主義の影響が、濃厚にうかがわれる。以下、郁が一九二〇年代前半に書いた文学論を検討することで、大正日本のどのような流行に敏感に反応し、それをどのように消化し、自身の文学観を形成していったのか、追跡してみたい。同時に、郁による受容の過程をたどり、その目を通して当時の文学を再現することで、大正文学の置かれていた思想的状況の一端を明らかにする。

2　木村毅・有島武郎・夏目漱石——日本の文芸評論

郁達夫が受容したのは、創作の手法だけではない。文学論に限ってみても、同時代の大正文学からの影響は顕著である。ここではまず、日本の文芸評論をどのように受容していたかを見てみる。

郁達夫が一九二六年一月に刊行した『小説論』（光華書局）には、章ごとに「参考書」が記されており、そこには、木村毅（一八九四 - 一九七九年）の『小説の創作と鑑賞』（新詩壇社、一九二四年）、及び『小説研究十六講』（新潮社、一九二五年一月）の名が見える。両著とも、郁が『小説論』を刊行する一、二年前に出版されたもので、『小説研究十六講』はのちに中国語訳もされ（高明訳、ただし原著者名の記載なし、北新書局、一九三〇年）、『小説の創作と鑑賞』も同訳者によって翻訳された（『小説底創作和鑑賞』神州国光社、一九三一年）。

『小説論』の「参考書」には、英語や中国語の書籍もある。そこに挙げてある、*Encyclopedia Britanica* 所載の Edmund Gosse による Novel の項、ハミルトン Clayton Hamilton（一八八一 - 一九四六年）の *A Manual of the Art of Fiction : Prepared for the Use of School and Colleges.* Garden City, N.Y. : Doubleday, Page, 1918 及びペリー Bliss Perry（一八六〇 - 一九五四年）の *A Study of Prose Fiction.* Boston, N. Y. : H. Mifflin, 1902 などは、実は木村『小説研究十六講』の凡例にも、「参考書」として列挙されている。ハミルトンの著書は、例えば早稲田文学社編『文芸百科全書』（隆文館、一九〇九年）でも引用されているが、木村はたまたまこの良書に「ぶち当たった」としていること から[4]、日本では一定の読者を得ながらも定番というほどの扱いはされていなかったのかもしれない。つまり、郁がハミルトンの著書を知ったのは『小説研究十六講』を通しての可能性がある。ペリーの著作については、『小説論』出版前に中国で翻訳されている（培里著『小説的研究』湯澄波訳、商務印書館、一九二五年一月）[5]。

郁達夫『小説論』の中身はというと、中国の小説にも触れた第一章はともかく、欧州近代文学史を概説した第二章

「現代小説的淵源」は、『小説研究十六講』の第二講「西洋小説発達史」を簡略になぞる。以下、『小説論』第三章「小説的目的」は第四講「小説的目的」に、第四章「小説的結構」は第七講「プロットの研究」に、第五章「小説的人物」は第八講「人物・性格・心理」に、第六章「小説的背景」は第九講「背景の進化とその哲学的意義」に対応する。

郁は本書出版後すぐに発表した「『小説論』及其他」（『洪水』第二巻第十三期、一九二六年三月十六日）で、『小説論』について、「わずかに何冊かの日本と西洋人の著作を引き写して、寄せ集め、一つの筋道を立てただけだ」と述べる。『小説論』出版後、序文などがないため、本当に郁自身が書いたのか、真偽を質《ただ》す手紙を受け取ったという。失業と病苦の中、筆一本で生計を立てねばならず、『小説論』を「粗製濫造」した、「生活に迫られて、文章を売らざるをえないのは、決して名誉なことではない。売るための文章であるから、よく書けてはいない、あるいは、四日ほどで書き上げたものだから、きっとよくないだろうなどというのは、どれもつまらない言い訳だ」と弁解に努める。ただし、「しかし、私自身は良心はまだ死んでないと思っている、各章の後には、引き写したところの原書をすべて挙げておいた」(6)。木村毅も、自身の『小説研究十六講』が、郁『小説論』の「参考書」の一つとなったことを伝え聞いていた。一九三六年郁が再来日した際に両者は会い、木村は「私は一度酒席で紹介せられて、その時書いてくれた色紙一葉を今も保存している」と回想する(7)。

『小説論』につづいて、郁達夫は一九二七年八月、『文学概説』（商務印書館）を出版した。そのうち第一章「生活与芸術」は、同タイトルで単行本に先立って発表された（『晨報副鐫』一九二五年三月十二／三日）。そこに付された「書後」には、「この「生活与芸術」という一篇は、武昌に着いてから編訳した最初の原稿である。近いうちに編纂する予定の『文学概説』の緒言とするつもりだ。〔中略〕この原稿が依拠するのは、有島武郎著の『生活と文学』の冒頭の数章である」との記述がある。のち『文学概説』が単行本として発行された際にも、巻末に参考文献として、他の英語による著作とともに、有島の『生活と文学』や、横山有策の『文学概説』（久野書店、一九二一年）が挙げられている。

有島武郎（一八七八-一九二三年）の「生活と文学」は、一九二〇年五月から翌年四月まで『文化生活研究』に連載、没後の一九二四年二月に文化生活研究会から、単行本『生活と文学』として刊行された。[8] また直後に、『有島武郎全集』第六巻（叢文閣、一九二四年九月）にも収められた。郁は「書後」で、「今回は慌しく南へ向かったので、持参した本は多くない」としている。北京から武昌師範大学文科教授として武昌に移るのは、一九二五年一月のことで、その際携帯した数少ない本のうちに、前年出版されたばかりの有島の著書が含まれていたと推測される。また本書はのち、台湾出身の張我軍（一九〇二-五五年）によって、中国語に訳された（『生活与文学』北新書局、一九二九年）。

郁達夫の有島に対する関心は、すでに「南遷」（『沈淪』泰東図書局、一九二一年十月所収）にも見られ、主人公が「当時新しく出版された日本の小説『或る女』を出して見る」シーンがある。[9]『或る女』前編は、『有島武郎著作集』第八輯として一九一九年に刊行（叢文閣）、後編も同第九輯として同年中に刊行された。山本芳明によれば、自殺を遂げた孤高の作家というイメージに反し、有島は実は大正後半のベストセラー作家の一人である。ことに一九一七年から刊行が開始された『有島武郎著作集』全十五輯（新潮社、第六輯からは叢文閣）は、発売後即版を重ね、大正末年には第一輯『死』が九十七版、第二輯『宣言』が百三十版も増刷されるほどの、当時の大ベストセラーとなった。[10] 当時を生きた江口渙（一八八七-一九七五年）の言葉を借りると、「関東大震災の直ぐ前の頃の文壇で、有島武郎は人気作家の第一人者」だったのである。[11]

郁達夫の当時の読書傾向は、残された痕跡をたどる限り、嗜好が格別偏っておらず、当時広く読まれた本に手を出すケースが多い。有島にしても、特に選び出して読んだというよりも、日本文壇の趨勢に敏感だったことの当然の帰結として、驚異的な売れ行きを見せたその著作集を手にしたのかもしれない。しかし郁の「生活与芸術」は、自らも認める通り、有島の著書の「編訳」に近い形で書かれた[12]。有島の論をわざわざ自身の文学論として発表したからには、何らかの共鳴があったと思われる。

有島の「生活と文学」は、第一章「生活の相」にその根本的な主張がまとめられている。有島によれば、「私達」には、「単に自己の存在を持続するのみならず、これを拡充し強固にしようとする要求」、つまり「本能といふ生の力」がある。この「生」は、「凡ての存在の中に自分自身を表現」する、つまり「私達の導いてゐる生活とは生それ自身の表現である」、「私たちに取つてはこの生活は私達の全個性の表現である」。この「自己表現の欲求」では、「象徴（symbol）を借りて自個が表現」されるが、この象徴を洗練し純粋にしたものが「芸術」である。「私達が芸術家と呼ぶ人達は結局自己表現を出来るだけ純粋にし（即ち自己を出来るだけ端的に表現しようとし）、従つて象徴の選択に対して極めて神経質な人々をいふ[13]」。以上に引用した有島の所説を、郁達夫はほぼそのまま訳して、『文学概説』の第一章「生活与芸術」に当てている。

有島武郎は大正半ばの文壇で、最も声高に、「自己表現」や「自己の建設」を唱えた作家だった。その主張は早く、「も一度「二の道」に就て」（『白樺』一九〇九年八月）で、「矛盾を抱擁した人間全体としての活動、自己の建設と確立、これが我々の勉むべき目前の事業ではないか」と現れる。大正半ばには、「題材が社界のことであれ、自己の事であれ、客観的であれ、主観的であれ、真の芸術品は畢竟芸術家自身の自己表現の外であり得ない」（「芸術を生む胎」『新潮』一九一七年十月）と主張した。

これら有島が主張する、「自己表現の欲求」という芸術観は、さして目新しいものではない。すでに明治末年、当時自然主義を提唱していた島村抱月（一八七一－一九一八年）は、「芸術と実生活の界に横たはる一線」（『早稲田文学』一九〇八年九月）で、「人間は自己を表白せんとする本能的衝動を有してゐる」と、文学を自己表現本能の産物だと規定した。抱月はさらに、大正に入って『新文学百科精講』（前編、新潮社、一九一四年）の一節「芸術論講話」の第三章

「芸術本能」でも、「自己表現本能説」にもとづく芸術観の定義を、「唯自己といふものを外界に表現せんとする要求」と、より一般化して公式化した。この主張は、有島が展開する「自己表現の欲求」と重なる。有島の芸術観は、さほど特異だったわけではない。

しかし一九二〇年代前半の中国文壇では、これはまだ目新しい芸術観だったと思われる。一九一七年から日本に留学、早稲田で学んだ謝六逸（一八九八－一九四五年）は、一九二一年に発表した「小説作法」（『文学旬刊』第十六号、一九二一年十月十一日）で、恐らくは抱月の論の影響下に、「小説とは自己表現本能の産物である」と論じる。(14)郁達夫がわざわざ文学概説の冒頭で、「自己表現の欲求」なる有島の芸術観を祖述したのも、当時の中国文学界で欠落していると考えた芸術観を補う目的があってのことではなかろうか。

郁達夫が紹介したのは、大正の同時代文学だけではない。郁が同世代の日本留学経験者たち同様、厨川白村（一八八〇－一九二三年）を読んだことは、すでに論じられているが、(15)それに止まらない。「世界の文学は、どうしても以下の一つの公式を逃れられない。F＋f」と始まる、「介紹一個文学的公式」（『晨報副鐫』一九二五年九月十／十一日）は、いうまでもなく、夏目漱石（一八六七－一九一六年）の『文学論』（大倉書店、一九〇七年）を紹介したものである。周知の通り、一九一六年に亡くなった漱石は、阿部次郎や安倍能成ら大正教養主義の主唱者たちにとって、師と仰ぐ存在だった。柳田泉（一八九四－一九六九年）が、「大正時代は自然主義の勢力と、漱石派の勢力が交代した時代で、漱石派の勢力が確立して行くのが大正の文学の大きな特色」だと規定するように、(16)死後『漱石全集』が出され、門下が文壇・思想壇で揺るぎない地位を占めるとともに、自然主義以降軽んじられてきた漱石が、再び時代の文学の中心とみなされるようになる。これは小説だけでなく、評論においてもそうで、柳田は、白村『近代文学十講』が啓蒙的に読まれたことにつづけて、「あれ以上となると夏目さんの「文学論」を読んだ」と回想している。(17)本書ものち、張我軍によって中国語に訳された（『文学論』神州国光社、一九三一年）。

郁達夫の参照した文学論には、漱石の前に東京帝大で英文学を講じていたラフカディオ・ハーン Lafcadio Hearn（一八五〇－一九〇四年）も加えることができる。「生活与芸術」（『晨報副鐫』一九二五年三月十二／三日）の「書後」には参考文献として *Life and Literature* が、単行本『文学概説』の巻末の参考文献には *Appreciation of Poetry* が挙げられている。[18] 前者は、ハーンが東京帝国大学で講義を行った際の、学生がノートした内容をもとに編纂した講義録で、一九一七年に Dodd, Mead & Co. から刊行された。郁の「中途」（『創造』季刊、第二巻第二号、一九二四年二月。のち「帰航」と改題）には、帰国途中に上陸した門司《もじ》港で、書店に立ち寄る場面があり、「小泉八雲つまり Lafcadio Hearn の著作、Modern Library の叢書が棚の一大部分を占めていた」という。[19]

以上のように、郁達夫が積極的に日本の文学論を下敷きとして、時にはそのまま祖述する形で文学論を構築したことは、同時代の中国文壇に新たな文学概念を提供しただけでなく、自らの文学観を形成する上でも大きな作用を及ぼしたと思われる。時には書肆の求めに応じて、かつて触れた、あるいは手近な文学論を紹介したこともあったろうが、そこにはやはり郁なりの選択が働いていただろう。先ほどの有島の文学論が主張する、「自己表現の欲求」という芸術観を、郁の創作に重ねると、虚構やデフォルメがあるにせよ、自身の人生の閲歴の表現であることは、のちに自らも認める点である。

ただし、一九二〇年代前半に書かれた文学論のうち、ことに注目すべきだと思われるのは、辻潤によって訳された『天才論』・『自我経』、及び大正教養主義への接近である。

3　ブランデス・ロンブローゾ・シュティルナー・辻潤——自我主義

旧制高校で教育を受け、英・独語に堪能だった郁達夫は、日本人の文学論ばかりではなく、日本での流行を反映しつつ、西洋の文学論も読んだ。郁が「芸文私見」（『創造』季刊第一巻第一号、一九二二年三月十五日）で引用する、デンマークの啓蒙的な思想家・評論家ゲオウ・ブランデス Georg Brandes（一八四二－一九二七年）も、大正半ばの日本で広く読まれた批評家だった。

　郁達夫が引用した、*Die Hauptstromungen der Literatur des neunzehnten Jahrhunderts*『十九世紀文学主潮』（全六巻、一八七二－九〇年）はその主著で、大正半ばに翻訳が、『十九世紀文学主潮』第一巻（移民文学を扱った第一巻、矢口達訳、新陽堂、一九一四年）、及び『十九世紀文学の主潮』上巻（第一巻及びドイツ・ロマン派を扱った第二巻、吹田順助訳、内田老鶴圃、一九一五年）と出て、その続編『露西亜印象記』（中沢臨川訳、植竹書院、一九一四年。同年に『露西亜文学印象記』瀬戸義直訳、中興館書店もあり）、また『ニイチエ超人の哲学』（生田長江訳、天弦堂、一九一五年）も訳された。吹田順助訳の出版には有島武郎も関わったという[20]。ブランデスは、ヨーロッパでは一八九〇年代すでにその影響力は弱まっていたが、日本では一九一〇年代、ようやく翻訳がなされ、同じく西洋の文芸思潮史及び現段階を簡便に紹介した厨川白村ともども、啓蒙的批評家として広く読まれていた[21]。郁が引用したのは、吹田順助による訳のある、第二巻第十二章、ノヴァーリスを紹介した章の冒頭である。

　ブランデスのように直接その名が記されてはいないが、郁達夫の「芸文私見」には他にも、大正半ばに流行した西洋の文学論・思想が、くっきりとうかがえる。「芸文私見」の冒頭は、「文芸は天才の創造物であり、物差しで測ることなどはできない」で始まり、一篇は、文学は天才の産物だとする論になっている。イタリアの精神医学者ロンブローゾ Cesare Lombroso（一八三六－一九〇九年）の *Genio e follia*『天才論』（一八六四年）は、古くは畔柳《くろやなぎ》都太郎《くにたろう》（芥舟）による抄訳『天才論』（ツェザアレ・ロムブロゾオ著、普及舎、一八九八年）が出ていたが、大正半ば、辻潤（一八八四－一九四四年）によって『天才論』（ロンブロゾオ著、植竹書院、一九一四年十二月）として訳された。同時期に『天才と狂人』（ロンブロゾー著、森孫一訳、文成社、一九一四年）も出ているように、病跡学の見地から天才と狂気の関係を究明するロンブローゾの天才論は、大正半ばの流行の一つで、ことに辻訳の『天才論』は、版元を変えつつ版を重ねた。[22]

ロンブローゾの名は、厨川白村『近代文芸十講』でも、文学を病理学の見地から論じたマックス・ノルダウ Max Nordau（一八四九－一九二三年）の名とともに、「天才は即ち狂気なりといふ議論で夙《つと》に文学の方でも名高い」〔振り仮名（現代仮名遣い）は引用者による、以下同じ〕と紹介され、巻中でもたびたび言及されている。[23] また漱石『文学論』でも、第五編第一章の「天才的F」を論じた箇所で、「実例に就て天才の風貌を窺《うかが》はんと欲するものは Lombroso の *The Men of Genius* を繙《ひもと》くべし」と薦められている。[24]『天才論』翻訳が歓迎された時には、すでに一定の知名度があったと思われ、世紀末文学との関わりから、ノルダウとともに大正日本で広く読まれた。ノルダウについては、郁達夫はのちに、「怎様叫做世紀末文学思潮」（『文学百題』生活書店、一九三五年七月）で、ノルダウの主著 *Degeneration*（独語原著 *Entartung* は一八九五年刊、英訳は一八九八年。日本語訳『現代の堕落』は一九一四年、中島茂一〔＝孤島〕訳、大日本文明協会事務所）を引用している。

郁達夫は「芸文私見」の中で、「近来科学が高度に発達し、どんな学問を研究するにも、scientific method を用いて研究する傾向をそなえるようになった、よって各種の批評家が、what is art を定義しようとするために、多くの論議を生んだ。これらの論議は、みな偽の批評家の道具であって、恐らく天才の目からは、何らかの意味を有するとは限らない、なぜなら天才の作品は、abnormal で、eccentric で、甚だしくは unreasonable な部分を有し、常人の目から見ると、結局は理解できないからである」と述べる。[25]

ロンブローゾ『天才論』は、序文に「天才は一種特別な病的状態であるという思想は実際私の心にたびたび浮かんだ考えであった。〔中略〕私は殆どあらゆる先天的精神異常の根底であり、また徴候でもある種々な変質の特徴を天才に認めることが出来た」とあるように、天才であることと、変質・神経病・狂気との因果関係を、精神病理学的に証明することを意図したものである。ことに文学芸術上の天才がその研究対象とされ、研究の意義として、「精神病者の作物を吟味してゆくと、芸術および文学の天才に関する研究に役に立つ分析、および批評の新しい材料が得られる」といい、「これまでは理性の全然脱失した者のみを精神病者であると認め、それらのみを無責任者と認めてきた」との「偏見を永久にくつがえす」目的があるという。[26] 郁の、異常者としての天才観が、この『天才論』をごく簡略化したものであることが分かろう。また郁は、処女作品集『沈淪』(前掲)の「自序」で、「『沈淪』は、一人の病的な青年の心理を描写したものであり、青年の憂鬱症 Hypochondria の解剖である」としている。この文学観の根底には、以上に見たロンブローゾ『天才論』の、神経病や狂気といった病的状態を文学的才能やその表現と結びつける見方が、存在するのである。

しかも、訳者辻潤は、この『天才論』の延長線上で、「実際、天才を認めるのは天才だけだと思う。後で、甲という天才が乙なる天才を認めた時、世間は単にその尻馬に乗ッて喝采するばかりだ」と述べている(「あびばッち」『中央美術』一九二三年二月。『ですぺら』新作社、一九二四年七月所収)。この言は、郁達夫「芸文私見」の、「真の文芸批評は、一般人のために作る「天才への讃辞」である、なぜなら天才のいい所は、私たち凡人には見出せない、大批評家が指摘してはじめて、私たちは地獄に絶世の泉があり、楚国の山中に和氏《かし》の美玉があることを知るからである」との論と、重なり合う。

辻潤は現在では、大杉栄(一八八五-一九二三年)とともに虐殺された伊藤野枝の前夫、大正のダダイスト、飲酒と放浪の破滅型文人として知られている。しかし、著作の数こそ少ないものの、志賀直哉や谷崎潤一郎・佐藤春夫ら、大正作家たちと交友の広かった辻は、その影響力のある翻訳と、『浮浪漫語』(下出書店、一九二二年六月)、及び『ですぺら』(前掲)に収められる、徹底した個人主義を鼓吹するエッセイで、大正文壇に異彩を放った。[27]

「「自由」というものが自己以外に存在し、また自己以外のものから与えられると考えている人は空想家でなければ、「自由」という言葉のイリュウジョンに酔う人である。「自由」は各個人の中にある」(「「自由」という言葉」『浮浪漫語』所収）、「一切の価値はただ自己が創造するのみだ。自分以外に価値を見出す者は自分以外に権威を認めるものだ。他人の評価を待たなければ自己の価値の解らないような人間は自己の所有者ではない」（「価値の転倒」『浮浪漫語』所収）といった、極端な個人主義は、一見風狂の人の囈語《うわごと》とも取れるが、自己実現のために個人主義を唱える点においては、武者小路実篤に代表されるコスモポリタンな個人主義や、のちに述べる阿部次郎に代表される人格主義とも連動し、大正思想の典型の一つだと思われる。

郁達夫が辻潤と関わるのは、『天才論』だけではない。郁は「芸文私見」の翌年、「Max Stirner 的生涯及其哲学」（『創造週報』第六号、一九二三年六月十六日[28]）を書き、ドイツの哲学者マックス・シュティルナー（一八〇六－五六年）を、伝記・思想の面から紹介する。その冒頭で、「「自我こそ一切で、一切は自我である」、個性の強烈な我々現代の青年に、このような自我拡張（Erweiterung des Ichs）の信念を持たない者があろうか。マックス・シュティルナーの哲学は、実に近代の徹底した「唯我主義」の淵源で、ニーチェの超人主義の師である」と述べる[29]。

シュティルナーの主著 *Der Einzige und sein Eigentum*（英訳タイトルは *The Ego and His Own*）が出版されたのは、一八四五年のことである。郁は文中で、ドイツ語の原本以外に、「ニューヨークで発行された現代叢書の *The Ego and His Own* を持っている」とする。これは、Boni and Liveright inc. から出た The modern library of the world's best books シリーズの一冊だと思われる（筆者が確認したのは一九一八年版）。しかし郁が、なにゆえ七十年近くも前に亡くなったヘーゲル左派の哲学者を紹介することになったのか考える場合には、大正半ばの日本におけるシュティルナー紹介を見逃すことはできない。

大正後半の日本には、シュティルナー熱と呼ぶべきものがあった[30]。明治末年に紹介されたシュティルナーとは、久《く》津見蕨村《つみけっそん》『無政府主義』（平民書房、一九〇六年）がそうであったように、自我主義者の一方で、無政府主義としてのイメージが強くあった。しかし大正に入って、大杉栄による紹介、「唯一者　マクス・スティルナー論」（『近代思想』

一九一二年十二月）では、その「剛強な個人主義的哲学」が強調される。つづいて、『自我生活と文学』（新潮社、一九一四年六月）所収の数々の評論で、「自我の権威」（「自我の権威」『早稲田文学』一九一三年六月）を強く主張していた相馬御風（一八八三－一九五〇年）が、『個人主義思潮』（「近代思潮叢書」第三編、天弦堂書房、一九一五年四月）を刊行、「近代的個人主義の第一人者マクス・スチルナー」を詳しく紹介した。

これらにつづき、シュティルナーの熱狂的かつ本格的な紹介・翻訳者となったのが、辻潤である。辻は大正初年からシュティルナーに関心を抱いていた。そして英訳 *The Ego and His Own* の翻訳に取り組み、「唯一者とその所有」（『科学と文芸』一九一八年七－十月）、さらに『唯一者とその所有（人間篇）』（日本評論社出版部、一九二〇年五月）を経て、『自我経（唯一者と其所有）』（冬夏社、一九二一年十二月）へと結実した。翻訳の際に辻が使用したのがいずれの版かは明らかではないものの、重訳であることは自身の証言もあり（辻潤「自分だけの世界」『浮浪漫語』前掲）、当時流通していた、J. L. Walker によるイントロダクションの付された、Steven T. Byington による英訳かと思われる。[31] これは郁が所持していたものとは版が異なるとはいえ、同訳者・同序文のものである。辻は巻頭の「読者のために」で、無政府主義者としてのシュティルナー像を否定、自我主義者、個人主義者としての像を強調する。

辻潤のシュティルナー紹介は当時の文学青年に喜ばれたようである。郁達夫より一歳上の金子光晴（一八九五－一九七五年）は、一九二九年シンガポールで「スチルネルを再読」したというから、それ以前に読んでいたと思われる。[32] 郁より三歳下の尾崎一雄（一八九九－一九八三年）は、大正末年ごろ、「マクス・スチルナー」の『唯一者とその所有』を「愛読」したという。それは先にロンブローゾ『天才論』を痛快に読み、加えて訳者辻潤の序文に惹かれ、「かういふ男が選んで訳した本なら面白からう」と期待したからだった。[33] 尾崎はのちに奈良の志賀邸で、辻と同席、酒を呑んだ辻から「君は悪人だ」「酒を飲んでもしやア〳〵としてゐる。その態度で判る。悪人だ」とからまれて辟易する。志賀は「意地の悪さうな微笑をうかべる」ばかりで、助け船を出さなかった。しかし辻得意の尺八には深い感銘を受けたという。[34] もっと下の世代でも、埴谷雄高（一九〇九‐九七年）は、一九二三年、関東大震災の年に台湾から東京へ移住、辻によるロンブローゾ及びシュティルナーの翻訳から深刻な影響を受けたといい、辻を自己の思想形成上、最初の「恩人」、と呼ぶ。[35]

郁達夫が辻潤の訳、あるいは紹介から刺激を受けてシュティルナーを紹介したと思われる痕跡は、郁がタイトルとして使用する『唯一者及其所有』が、辻のそれとほぼ同一である点からも察することができる。郁は Walker による序文を訳しているが、これも訳語の採用の面で、辻訳の影響は明らかである。ただし、末尾に付されたシュティルナー自身の序文の訳は、郭沫若の手になるらしい。[36] このように、郁が一九二三年シュティルナーを紹介した背景には、大正後半の日本における辻の、一九二一年の『自我経』翻訳へと結実する、大々的なシュティルナー紹介が与《あずか》って大きいと思われる。また、辻が郁の敬愛する佐藤春夫の友人だったことも、関係しているかもしれない。

辻潤は訳書について、「自分だけの世界」で、「僕はスチルネルを読んで初めて、自分の態度がきまった」といい、それを、「「自己」という物の本体をハッキリ自覚させられたのである。この自覚を一切の人間が出発点にすれば、一番まちがいないのだということがよく呑み込めた」としている。辻によればシュティルナーの哲学とは、「彼の教義——教義哲学でも、理屈でもなんでもかまわない——は又一名幻滅の哲学だということが出来るかも知れない。なぜかというと、自己以外の一切の価値を認めないことになるからである。——そして自己の存在だけを肯定するのである。しかし、自己以外の存在の価値を一切否定するというのはいいかえれば、やはり幻滅である。自己以外に何物をも求めないのである。一切が自分の価値判断から生ずる極端な主観論である。〔中略〕自分の生きてゆく標準を他に求めないことである。人は各自自分の物尺《ものさし》によって生きよというのである。それ以外にはなんの道徳も標準もないのである」というものである。[37]

この紹介は郁達夫による、「彼の主張は、要約していえば、数語で述べることができる、——すなわち、自己の要求以外に、一切の権威はない、自己こそ唯一者で、自己の外には何もない。よって自分自身にさえ忠実であればよく、自分自身のすべてがよければ、他は一切問わずともよい」という紹介と、当然のことながら重なる。郁の過度とも思えるほど「個性」を重視する文学観の根底には、シュティルナーの自我の絶対視が、一つの極北として存在していたと考えられる。

ブランデス『十九世紀文学主潮』にしても、このような自我主義の文脈に置き直したとき、それが大正の日本で読まれ、また郁達夫も引用したことの意味が理解できる。(38) 例えば、ブランデスは第二巻第二章「ロマン主義の準備」で、ヘルダーを紹介して、「彼はいかなる場合においても、独創性を愛し、これに最高の価値を置く。〔中略〕彼は元来、感受性に富める天才肌の人であった。彼はすべての独創性なるものを理解するために、その自我を拡張した」と述べる。(39)「独創性」「天才」「自我の拡張」などは、郁が大正の自我主義と共有する用語である。ドイツ・ロマン派の作家や思想家たちは、ブランデスを通して、いわば自我主義のお手本としての役割を果たしたのである。

4　リップス・オイケン・阿部次郎——大正教養主義

「Max Stirner 的生涯及其哲学」に近い時期に書かれた、「文芸賞鑑上之偏愛価値」（『創造週報』第十四号、一九二三年八月十二日）で、郁達夫は芸術鑑賞の心理を論じた二派として、ショーペンハウアーとリップスを挙げた。さらに後者について、「近代の美学者リップスは、主観的感情移入（Einführung）説を唱え、この種〔＝ショーペンハウアーを指す〕の純客観的主張に替えようとした。この一派の主張は、自我を中心とする主観的芸術鑑賞論である」と論じ、リップス美学を紹介した。

ドイツの心理学・哲学・美学者、テオドル・リップス Theodor Lipps（一八五一－一九一四年）は、大正後半の日本で盛んに読まれ、のちに大正教養派と呼ばれる人々の理論的支柱の一人となった思想家である。リップスを積極的に紹介したのは、同派の中心人物、阿部次郎（一八八三－一九五九年）である。リップスの同名の著書を縮訳・祖述した『倫理学の根本問題』（岩波書店、一九一六年）、同様にリップス著書の祖述で、感情移入論を説いた『美学』（岩波書店、一九一七年）、さらに『人格主義』（岩波書店、一九二二年）を出版する。中でも『美学』は、井上政次によれば、「大正から昭和へかけて殆んど唯一の血の通つた本格的美学概説書として版を重ねつづけて来た」という。[40]柳田泉も阿部の著作で最初に読んだのは『美学』だったと回想している。[41]

このリップス紹介が思想界に与えた影響は大きく、例えば阿部の後輩で親しい間柄だった和辻哲郎（一八八九－一九六〇年）が、大正半ばに書いた数多くの評論は、リップスの芸術鑑賞論に依拠しつつ芸術や学術を論じている。やがてこれが、奈良の寺院と仏像鑑賞の記録、『古寺巡礼』（岩波書店、一九一九年）へと結実する。[42]

阿部の祖述『美学』では、美的感情移入が、「一つの物象の美的価値を決定するものは、その物象が我らの官能にいかなる満足を与へるかの問題ではなくて、その物象の中にいかなる生命が表出されてあるかの問題である。およそ我らにとつて美もしくは醜であるものは、たゞ我らに生きて見えるものに限られてゐる」と論じられるように、鑑賞者の主観が極度に重視される。美的対象が客観的に存在しその造形が美学的に論じられるのではなく、美的対象との遭遇としての鑑賞行為によって、自我なる主体がいかに生かされるか、が重視されるのである。「対象における生命の体験を分析するとき、我らは対象の生命とは自己の生命に外ならぬことを発見する。〔中略〕それは対象の触発によつて対象に移入されたる自己の生命である。それは対象の特質に従つてあるひは強調されあるひは抑制され――かくて一種の変容を遂げた自己の生命である」。[43]中島義明によれば、リップスの「心理学は人格主義に立つ意識体験の学」で、心理学の対象となる意識経験は「自我および自我内の出来事」、「論理学や倫理学や美学も自我のうちに生起する意識経験に関する内容」だと見なされる。[44]つまり、意識経験がすべて「自我」に還元される、「人格主義」という点で、先行する哲学者シュティルナーと重なり合う性質を持つ。

郁達夫は先の文中で、リップスの芸術鑑賞論を、「その大意は、一切の対象は、自我の陶冶を経てはじめて生命がある、私たちが対象の生命と活動を感得できるのは、私たちに生命の活動があるおかげである。〔中略〕つまりこの一派によれば、芸術品の鑑賞とは、私たちの主観を、対象の中に参入させ、私たちの主観を消滅させず、私たちの主観を対象の中で生き、活動させることであり、こうしてようやく鑑賞の本務が果たされる」と紹介している。一方で郁は、ショーペンハウアーの説も紹介しており、いずれを是とするかの判断は留保しているものの、リップスの美的感情移入論の根本を阿部と同様の方向で理解し、またこの文をシュティルナー紹介と同時期に書いていることからして、両者を自我主義という同一の範疇から捉えていることがうかがえる。

大正半ばにリップスを熱心に紹介した阿部次郎は、大正教養主義を代表する思想家の一人である。『三太郎の日記』（東雲堂、一九一四年。のち『合本三太郎の日記』岩波書店、一九一八年に収録）をはじめとする著作は、倉田百三『愛と認識との出発』とともに、大正教養主義の聖典として、旧制高校の学生たちをはじめとする青年知識層から愛読された。早稲田高等学院から大学へと学ぶ文学青年だった尾崎一雄も、阿部『三太郎の日記』や和辻の評論集『偶像再興』（岩波書店、一九一八年）、『古寺巡礼』などを「愛読」し、記憶に残らぬながら阿部『倫理学の根本問題』を読み、気に入らぬながら倉田百三『出家とその弟子』も読んだ。「一口に言つて、私は「大正教養主義」とか「大正リベラリズム」とかの影響下にあつたやうだ」と回想する。(45)

泉谷周三郎の定義によれば、教養主義とは、「学問・学術などを十分に身につけることによって、自己を普遍的な文化の担い手としての人格に高めていくこと」を指す。明治以来の「修養」に、大正半ば取って代わった「教養」主義は、理想主義・人格主義・文化主義などの台頭を促した。「これらの新しい思潮は、西洋の人格主義にもとづく理想主義哲学の導入と摂取を媒介として形成され展開された」という。(46) 大正半ばに紹介され流行した、西洋の人格主義的哲学の代表格が、リップスでありオイケンであった。

ドイツの新理想主義の哲学者オイケン Rudolf Eucken（一八四六－一九二六年）は、リップスに少し先立ち、大正初年から盛んに紹介された。これには一九〇八年のノーベル文学賞受賞が影響しているかもしれない、明治から大正にかけて、ノーベル賞を受賞した作家は、一九〇三年のビョルンソン（ノルウェー）にせよ、一九一一年のメーテルランク（ベルギー）、一九二〇年のハムスン（ノルウェー）にせよ、一定の注目を浴びているからである。オイケンの場合大正前半だけで、安倍能成訳『大思想家の人生観』（一九一二年）など八種の翻訳がなされ、七冊の専著が書かれている。その一つ、安倍の『オイケン』（実業之日本社、一九一五年）に、「私が小著の嘱を受けたのは、一昨年の末か昨年の始頃、オイケンの名声は非常に我国に高く、殆ど哲学者の代名詞の如く考へられて居た時であつた」とあることからも、大正初期における人気のほどが知れよう。

オイケン紹介の中心は、阿部と並ぶ大正教養派の中心人物、安倍能成（一八八三－一九六六年）である。安倍は『オイケン』（実業之日本社、一九一五年）でその思想を簡略に紹介、オイケン哲学の「根本原理」を「精神生活」に求め、「精神生活は我々の上に（über uns）あると共に、我々の内に（in uns）ある。「我々は万有に対立して（gegenüber）でなく、万有中に於て精神的自我となる」。〔中略〕精神生活の発展は即ち人間の内的向上である。かくて「すべての活動は自我に向ひ、認識は自己認識となり、経験は自己経験となる」〔中略〕は必然のことである」とする（五〇頁）。「全体なる精神生活と個体なる人間生活」とが合致したとき、「個人は精神生活に合し、精神生活は個人の中に現はれ」、「普遍的自我」となる。「かくのごとき自我は単なる個体でなくして人格である」（九二－三頁）と、人格主義的哲学である点で、オイケンはシュティルナー、リップスと同じ範疇に属する。

このオイケンについても、郁達夫は「夕日楼日記」（『創造』季刊、第一巻第二号、一九二二年八月二十五日）でその名に触れている。この文の意図は、英語から重訳されたオイケン『人生之意義与価値』の中国語訳の拙劣さを指摘することにあるのだが、これはすでに日本語訳が一九一四年に三並良訳『人生の意義と価値』（大同館）として出ていた。中国語の訳本を散歩の折に購入した時点で、恐らく日本におけるオイケン訳が念頭にあったのではないかと推測される。

これら大正に紹介された人格主義的哲学を受けて、大正教養主義のイデオローグとして活躍したのが、阿部次郎である。阿部が人格主義を最も直接に「宣伝（プロパガンダ）」したのが、前年の講演にもとづく「人格主義の思潮」（『人格主義の思潮』満鉄読書会、一九二一年）である。冒頭で「自我」について論じた阿部は、「自我と云ふものはわかつべからざるものである、言葉通りの意味において Individuum である。〔中略〕私自身がとにかく一つの纏《まと》まつた命を有つてゐれば、皆さんなんか――皆さんがあつてもなくても、要するに私は一つの個体である。〔中略〕かういふ意味に個性もしくは個人という言葉を使へば、自我は個性であるといふ事が出来ると思ふ」とする。(47) 郁達夫が阿部に直接言及した跡は、管見の限り発見できなかったが、しかしリップス美学への接触が、阿部を経由した可能性が高いことは先に見た。

これまで見てきた大正日本の文学者・思想家たちには、直接間接の関連がある。例えば有島武郎が倉田百三に共鳴したことはその評論からうかがえるし、また有島はオイケンやシュティルナーにも言及している（「ミレー礼讃」『新小説』一九一七年三月、「文化の末路」『泉』一九二三年一月）。しかし、有島、辻潤、そして阿部次郎の三者についていえば、直接のつながりがあるわけでも、思潮を同じくしたわけでもない。

しかし、大正時代に日本で留学生活を送った郁達夫の目を通して見ると、この三者には共通点が存在することが理解できよう。船山信一によると、これら紹介された西洋の哲学者の思想も含めて、阿部ら大正哲学の基本原理と認められるのは、「内面的個体性の論理」である。「大正哲学においては主観は独自の内容をもち客観に内容的に対立」し、「主観的なもの観念的なものは、けっして客観的なもの実在的なものに還元されない」(48)。さらに船山は、「自我論の盛行」を指摘、野村隈畔『自我の研究』（警醒社書店、一九一五年）などの一連の著作、シュティルナーの大杉・辻による紹介翻訳、朝永三十郎『近世に於ける「我」の自覚史』（東京宝文館、一九一六年）などに触れている。当然この流れにリップスも置くことができ、さらに有島も同様に考えることができるのである。

すでに第四章で紹介したように、郁達夫は「五六年来創作生活的回顧」（『文学週報』第五巻十一・十二期合刊、一九二七年十月）で、文学の中心的価値として「個性」を主張した。「私は言う、作家の個性は、どんなことがあっても、その作品に込められていなくてはならない。作家にこの強い個性があれば、修養できさえすれば、有力な作家となることができる。修養とは何か。それはその人個人の体験である。〔中略〕私は、作者の生活は、作者の芸術と緊密に結ばれてあるべきだと思う、作品の中の Individuality は決して失われてはならない」。

この、「個性」こそ文学の根本だとする態度は、有島武郎が明治末年以来一貫して唱えたことである。「個性が芸術的制作の中心になると云ふ事は、事実に於て否み難い所であらう」（「反逆者」『白樺』一九〇九年十一月）、「個性に立帰れ。今までのお前の名誉と、功績と、誇りとの凡てを捨てて私に立帰れ」、「お前の個性に生命の泉を見出し、個性を礎としてその上にありのままのお前を築き上げなければならない」（『有島武郎著作集第十一輯　惜しみなく愛は奪う』叢文閣、一九二〇年）、「個性の独立を極端に徹底的に要求したのは私だつた」（「文化の末路」『泉』一九二三年一月）[49]。そして阿部次郎は、「模倣とは個性の底から湧いて来ないいっさいの精神的営為に名づけられるべき名である。〔中略〕ある行動が模倣でないことを証拠立てるものは興奮でも熱情でも独創の自覚でもない。それはただ興奮と興奮との推移の間に証明される深い人格的の連続性である」（『三太郎の日記』）[50]と、個性を人格と結びつけた。阿部によれば、「芸術の内容は、人生である。ゆえに芸術家は大なる人生を経験したものでなければならない」。

竹内洋によれば、人格主義にもとづく教養主義が栄えるのは、大正期の高等学校という、限られた場と時においてである。大正末年に、やがて勃興するマルクス主義によってその地位を奪われるまで、教養主義は大正日本のエリート学生たちの規範的な文化でありつづけたという。(51)郁達夫の文学形成を考える場合に見逃せないのは、旧制高校から帝大へと、大正日本のエリート学生がたどる段階を経て作家となった、という事実である。当時の規範的な文化だった大正教養主義を、郁も一学生として受け入れた、ということではないだろうか。

郁達夫文学の形成を考える上では、大正作家たちの創作からの影響も視野に入れねばならない。文学観と実作は、必ずしも一致するとは限らない。しかし郁がこれらの、自己、自我、主観をめぐる、強固に人格主義的な思想に共感を抱いていたこと、それが郁の自伝的作風の太い骨格となっていたことは疑いを入れない。一般にいわれる、留学時の日本に流行していた私小説の手法を郁がそのまま利用して小説を書いた、というような、脆弱な基盤に立って創作を始めたのでないことが分かろう。郁は大正半ばから後半にかけての思想的状況に深く浸りながら、自身の文学を形成したのである。

5　自己の完成へ

辻潤同様、熱心な「スチルネリアン」だった大杉栄は、伊藤野枝との交渉の次第を記した「死灰の中から」で、当時の文壇について次のように述べる。

当時は文壇思想界の個人主義全盛の時代であつた。自己完成、何によりも先づ自己の生命の充実、周囲との没交渉、殊に自己を煩はし、若しくは害はんとする周囲からの逃避、静かな内省と観照。これが当時の個人主義者の理論であり又実際であつた。〔中略〕／僕は自己完成又は自己の生命の充実と云ふ事其の事には何等の反対する理由を持たなかつた。けれども其の自己完成又は充実の為めには、自己の内外の静かな内省や観照によるばかりでなく、更に積極的に自己を煩はし若しくは害はんとする周囲に、大胆に当面し且つ挑戦しなければならぬと信じてゐた。〔中略〕此の生の闘争を逃避して、ひたすらに内省や観照に耽る事によつて自己の完成を謀らうとするのは、虚偽である、胡麻化しである、一時遁れである。僕は先づこれを喝破せねばならない[52]。〔傍線引用者、以下同じ〕

「個性」とともに「自己完成」を最も高らかに唱えた一人が、有島武郎である。「人の生活の必至最極の要求は自己の完成である」（『有島武郎著作集第十一輯　惜しみなく愛は奪う』前掲）。しかしそのように「自己完成」にばかり精進していた時代には、終わりが来る。有島が「宣言一つ」（『改造』一九二二年一月）以来、急速に階級と芸術の関係について悩みを深めていくことはよく知られている。大杉が予見したように、もはや牧歌的に「自己完成」にいそしんでいる時代ではなくなった。

竹内洋によれば、教養主義は大正時代に、エリート学生たちの規範文化として花開いたものの、大正後半には竹内仁による辛辣な批判「阿部次郎氏の人格主義を難ず」（『新潮』一九二二年二月）がなされ、大正末年にはその規範文化としての地位を、教養主義の「鬼子」（竹内洋）であるマルクス主義に譲る。弾圧でマルクス主義運動が壊滅した戦時中になってようやく復活するものの、人格形成を主体とした教養主義が君臨するのは大正半ば、第一次世界大戦前後の、十年間ほどにすぎない[53]。郁達夫はまさにこの時期に、教養主義最大の温床である旧制高校で、自らの文学形成を遂げた。

やがて来るマルクス主義の勃興にも、郁達夫は敏感に反応する。一九三〇年に結成された、中国左翼文学の最大組織である左翼作家連盟の発起人の一人となるも、成立大会には不参加、活動に熱心でなく、年内に除名されたとはいえ、郁は中国で最も早くに左翼文学を提唱した一人で（「無産階級専政和無産階級的文学」『洪水』半月刊、第二巻第二十六期、一九二七年二月一日）、通常考えられている以上にマルキシズムや革命、左翼文学運動に理解を持っていたことは、鈴木正夫によって論じられている。[54] 日本ではすでに有島の「宣言一つ」が大きな話題になるなど、大正十年代に入ると階級と芸術の問題が熱心に論じられるようになっており、一九二四年『文芸戦線』創刊、一九二五年日本プロレタリア文芸連盟成立など、プロレタリア文学は攻勢を強め、これと反比例して大正教養主義は退潮しつつあった。志賀直哉に傾倒し、大正教養主義に触れ、一貫して「私はプロレタリア文学を好かない」立場だった尾崎一雄も、大正末年を振り返り、「当時にあつて、それにくみするか否かは別として、左翼思想に関心をもたぬ青年は（尠《すく》なくとも私の周囲には）居なかつた」と回想している。[55] 日本文壇の動きに敏感だった郁が見逃していたはずはない。

しかも郁達夫は、一九三〇年代に入ると、自我拡張を至上とする考え方に疑問を抱くようになっていた。「蜃楼」（『創造月刊』第一巻第四期、一九二六年六月、未完。のち『青年界』第一巻第一－三号、一九三一年三－五月に続編を併せて再掲）の主人公、病気療養中のインテリ軍人陳逸群は、郁が自身を投影して造型したと思われる人物である。[56] 陳逸群は、自己の過去を解剖して、「自分の一生は、実に一幕のまったく無意味な悲劇だった」といい、その理由を、「中国人でありながら、あえて不徹底なヨーロッパ世紀末の教育を受けた」ことに求める。「世紀末の思想家はいう、——まずお前自身を発見せねばならない、自己発見ののちには、忠実にこの自我を守り通すべきだ、徹底的に主張し、拡充していくのだ」。つづけて陳逸群は、次のようにつぶやく。

しかしこの中国の社会の中にあって、お前というただ一人の自我発見者は、至るところで壁にぶつからざるをえない。〔中略〕私はやっとのことで自分ではそれと見なせる自我を発見した、私はやっとのことでこの自我を主張し拡充した、私はしかも前進し、障害物と生死をかけて戦ったといえるだろう、しかし得たところの結果は何だ？……〔中略〕ああ、空虚、空虚、空虚、人生万事、とどのつまりは空虚だ。[57]

ただし時勢の動きに敏感であったことと、郁達夫の文学観が一貫していたことは、矛盾するものではない。のちになっても郁は、「自己完成」をなおざりにしていない。「写作的経験」（『小民報・新村』一九三七年三月二／三日）で次のように述べる。

私の最近の努力は、やはり自己を完成させることにある。文士をするにしても、役人をするにしても、何をするのであってもかまわない、大事なのは自己の完成にあると思ってきた。他人による毀誉褒貶や、一時的な損得や進退は、問題とならない。自己をして持し、満足し、顧みてやましいところがないようでさえあれば、人生の最大の問題は、解決したのである。まともな人間であるには、当然まず自らに求め、それから人のためにするのである。私はずっと人から個人主義者であるとのしられてきた。しかし汚泥の中に浸って染まらず、環境に抗って余りあるという最大の強みは、ここにある。もしかするとこれは弱者の強みであるかもしれない、しかしこの一点については、私は死ぬまでこだわりたいと思う。(58)

その姿勢は、同じく文学と階級の問題に理解を示しながらも、一貫して「個性」にこだわった有島武郎と重なる。『出家とその弟子』中国語訳の序に記された、「日本で修学したころ」の経験、文学観は、郁の文学の根幹をなしたと思われる。

そして郁達夫が大正文学の何を受容したかの痕跡をたどる作業は、大正文学とは何だったかを問い直す作業ともなる。郁が受容した大正文学の諸要素を腑分けし、当時の文脈へと遡及していくと、そこには自己表現、自我主義、人格主義、自己完成といった、大正文学に通底する諸原理が浮かび上がる。また、大正文学の支柱を構成していたのは、現在文学史で扱われる作家だけではないこと、そこには現在では顧みられなくなった当時の流行や人物も含まれること、一見するとつながりのない人物や思潮が、実は分かちがたく強固な脈絡であることが、郁の目を通して明らかになる。それは郁達夫研究の副産物ではない、全身で大正文学に浸った郁達夫は大正文学の縮図であり、その縮図の細部を明らかにすることは、等しくもう一つの大正文学史となる、ということである。

第6章 オスカー・ワイルドの受容——唯美主義と個人主義

1 ワイルド熱

郁達夫、郭沫若とともに創造社第一期（一九二一年七月成立）のメンバーで、同じく日本留学生でもあった鄭伯奇（一八九五－一九七九年、留学は一九一七年－）は、『沈淪』（泰東図書局、一九二一年十月）を出版した頃の郁について、次のように回想している。

> 達夫は外国文学の知識も相当に深く広いものがあった。〔中略〕彼の読書の範囲は非常に広範で、一人の作家をもっぱら読むのでも、一国の文学を専攻するのでもなく、およそ名著傑作は、あらかた読んでいた。〔中略〕英語に精通していたため、英国文学の作品をより多く読み、より深く広く理解していた。英国文学の知識は相当に豊富で、該博であった、しかし彼の興味は十九世紀末期の作家に偏っていたようだ。非常にワイルドを好み、またダウスン、トムソンなどの詩も好んで読んだが、ワイルドの芸術の影響がかなり大きい。(1)

これまで郁達夫の比較文学研究というと、「日本現代の作家のうち、私が最も崇拝するのは佐藤春夫である」（「海上通信」『創造週報』第二十四号、一九二三年十月二十日）といった熱烈な讃辞を根拠に、佐藤春夫（一八九二－一九六四年）との影響受容関係がしばしば取り上げられてきた。しかし主に論じられたのは、佐藤の文学、特に『田園の憂鬱』を郁がいかに受容したか、及び両者の具体的な交友関係についてである。(2) 鄭伯奇が回想するように、郁はアイルランド出身のイギリス作家、オスカー・ワイルド Oscar Wilde（一八五四－一九〇〇年）を好んだ。(3) ワイルドは、実は佐藤春夫が偏愛した作家でもあった。佐藤も郁も、その創作活動の初期に、ワイルドの翻訳を試み、しばしば言及している。郁における佐藤の受容を考える際に、ワイルドという要素を加えると、より複層的な角度からの考察が可能になると考えられる。

ただしワイルドは、大正日本で全集が出されるなど、大流行した作家である。郁達夫が佐藤春夫からのみ刺激を受けて、ワイルドを好んだとは考えられない。ワイルド流行は大正の文学現象の一つであり、これには田漢ら日本留学生たちも感染していた。また、郁が影響を受けたと想定される、厨川白村、谷崎潤一郎、相馬御風、辻潤なども、ワイルド流行の一翼を担った。恐らく郁は、これらの文学者たちを通して、ワイルド熱を共有したと思われる。佐藤はその中の一人にすぎない。

そして、大正当時のワイルド紹介や翻訳を検討すると、日本におけるワイルド像には、通例考えられている唯美主義者としてのものだけでなく、創造的批評家、個人主義者という、複数の側面が浮かび上がる。郁が創作活動を始めた一九二〇年代前半に書いた文学論を見ていくと、これらの多面的なワイルド像を、大正文学から受け継いでいることが分かる。

本章では、大正日本の佐藤春夫を中心とした文学者たちと郁達夫が、いかにワイルドを受容したのか、そしてワイルドを媒介として、佐藤をはじめとする大正文学と郁との間にいかなる関連が考えられるのか、論じる。(4) と同時に、ワイルド受容を検討することで、郁の文学だけでなく、大正日本の海外文学受容の一端を明らかにすることを目的とする。

2　大正日本と一九二〇年代前半の中国におけるワイルド流行

佐藤春夫が文学者たらんと上京したのは、一九一〇年、明治四十三年のことである。一方、四歳下の郁達夫が来日し東京に来たのは、一九一三年、大正二年、佐藤に遅れること三年余りで、二二年七月の帰国まで約九年間滞在した。佐藤も郁も、大正の文学に全身を浸しつつ、修行を重ねた。

佐藤春夫の実質的な文壇デビューは、一九一七年一月発表の「西班牙犬の家」(『星座』)である。出世作『田園の憂鬱』の原型となる作品「病める薔薇」は同年六月に発表され(『黒潮』)、翌一八年、続稿「田園の憂鬱」(『中外』九月)とともに改稿されて、『病める薔薇』(天佑社、十一月)に収録、刊行された。この短編集と、「指紋」(『中央公論』増刊、一九一八年七月)をはじめ陸続と発表される諸作によって、郁が東京帝大に入学する一九一九年、佐藤はすでに人気作家の一人となっていた。[5]

郁と佐藤が初めて顔を合わせたのは、一九二〇年、同じく日本留学生だった田漢(一八九八－一九六八年)の紹介によるとされるが、[6]実はやや確定が困難である。田漢の日記の記述にもとづく、小谷一郎編「創造社年表」によれば、田漢が初めて佐藤に会ったのは、一九二一年十月十六日のことである。[7]郁は田漢の紹介によって佐藤と面識を得るので、郁が佐藤に会うのはこれ以降となる。ただし、その直前の九月から、郁は中国に一時帰国中で、日本に戻るのは二二年三月である。よって、郁が初めて佐藤と会い、その後もしばしば面会したのは、一九二二年三月から七月までのことではないかと推定される(途中五月から六月にかけて再び一時帰国[8])。

これは、佐藤の回想「旧友に呼びかける」（一九四五年十二月二十日放送用原稿）の、初対面は佐藤が三十歳になったばかりの頃で、台湾・福建紀行（一九二〇年夏）から二、三年後、その後すぐ郁が学士となって帰国した、といった記述とも符合する。佐藤によれば、郁はこの初対面の際に、「僕（＝佐藤、引用者注）の作品は高等学校時代から親しんでいると話し」た、「君（＝郁）は僕がはじめて文壇に出た頃からの読者だつた」と語ったという（「旧友に呼びかける」）[9]。文学青年だった郁は、わずか四歳年長にすぎない佐藤の華々しいデビューを目睹《もくと》、その作品に親しみ、憧れを抱いていたと思われる。

もちろん、両者の面会が一九二二年だとすると、郁もすでに処女作品集『沈淪』（泰東図書局、一九二一年十月）を刊行、中国で新進作家として賛否両論の中、活躍を始めており、必ずしも佐藤が遠い存在ではなかったはずである。佐藤の回想の、「君のうちとけた話ぶりと人なつかしげな応対に初対面の客に対しては一たいに口数の少い僕も話がはづんで二時間以上もお喋りをした上、君が帰ると云ひ出した時には、夕日のなかをわざわざ近所の黄色くなりはじめてゐる稲田の間の道を駅の方へ案内したら君は市中とも思はれぬ田園の趣を喜んでくれました」（「旧友に呼びかける」）[10]という記述を見る限り、先輩作家に対する余裕さえ感じさせるが、当代の花形作家、しかもその作品をいくつも愛読した作家を目の前にすれば、興奮は抑えがたかったろう。

ただし、郁達夫にとって佐藤春夫が、絶対的に特別な存在であったとは思われない節もある。というのも、佐藤の回想によれば、郁は佐藤以前に、芥川龍之介（一八九二－一九二七年）と面識ができていたという（「旧友に呼びかける」）。芥川は佐藤より一、二年早く文壇に登場し、一九一七年の処女創作集『羅生門』（阿蘭陀書房、五月）刊行以来、人気作家となっていた。一九二二年頃からの、不眠など心身の衰えとともに懐疑が深まり、作風が大きな変化を来たす直前の、芥川の絶頂期といっていい。しばしば佐藤と併称された芥川を、先に訪問したということは、少なくとも佐藤が郁にとって、日本の文壇で絶対的に尊敬する作家というわけではなかったといえるかもしれない。芥川については、のち一九二七年に訪中した佐藤を、郁が西湖に案内したとき、その名がしばしば二人の話題となり、直後佐藤は上海で芥川自殺の悲報を受け取ったという（「旧友に呼びかける」）。

また、佐藤との面会は、当時の文学青年たちの、自らの好む流行作家を訪ねる文士訪問という習慣を、郁達夫がたまたま芥川や佐藤に対し行ったにすぎない、ともいえる。機会さえあれば、敬愛する志賀直哉や谷崎潤一郎も、訪問したかもしれないのである。郁の志賀崇拝は第四章で見たが、谷崎への傾倒ぶりもすさまじい[11]。『郁達夫全集』には中国や欧米の作家とともに無数の日本人作家が登場するが、その登場の回数においては谷崎が最も多いのではないかと思われる。例えば『日記九種』の一九二六年十一月三日の項には、前年出版の『痴人の愛』（改造社、一九二五年七月）を読む記述がある（「労生日記」『日記九種』北新書局、一九二七年九月）。やや後になるが『蓼食ふ虫』（改造社、一九二九年十一月）を読んだ感想は、礼讃と呼ぶのがふさわしい。「数年来離れていた谷崎だが、「今回春陽堂発行のこの薄い小説を手に入れて、本当に寝食を忘れて、幸せに炎暑の季節の午後と夜とを過ごした」、「谷崎を知り、その作品を読んで以来、この『蓼食ふ虫』よりも完璧な結晶を目にしたことがない」といい、「この一作は、私の見るところ、谷崎の一世一代の傑作であるだけでなく、およそ日本のすべての文学作品の中でも、十本の指に数えられるだろう」と口を極めて褒めている（「在熱波里喘息」『現代』第一巻第五期、一九三二年九月[12]）。

もちろん、当初佐藤春夫が、芥川・志賀・谷崎らと並び、大正の流行作家の一人としての扱いにすぎなかったとしても、訪問の結果、郁達夫が佐藤の人となりを深く愛するようになったことは、容易に想像される。のちには「とっつきの悪い」人となるらしいが（楢崎勤[13]）、少なくとも当時佐藤は、慕ってくる文学青年たちを歓迎した。「わたくしの作品が一度発表されると、非常な共感を呼んだらしく、わたくしの周囲には多くの文学青年が集まって来た[14]」。また、谷崎・芥川ら大正の作家にしばしば見受けられる、いわゆる「支那趣味」を、佐藤が最も濃厚に持ち合わせていたことも、大きいと思われる[15]。佐藤は自ら「支那趣味愛好者」（「序文」『支那雑記』一九四一年）を以って任じていたし、代訳や形ばかりの共訳が多いものの、数々の中国の詩文の翻訳をしている[16]。郁のごとく中国古典の素養も豊かな、しかも日本の文壇にも通じた、また気さくで愛すべき文学青年が現れれば、歓迎せずにいられなかっただろうし、これは郁にとっても嬉しかったろう。

しかし少なくとも、佐藤春夫を訪れた時点で、郁達夫がどれほど傾倒していたかは、慎重に判断すべきだろう。郁の作風、ことに「沈淪」が、一つ覚えのごとく佐藤の『田園の憂鬱』の影響の下でばかり論じられねばならない必然性はない。実際、両作品は、一見似ているようでありながら、実は大きく異なるという指摘も、くり返しなされてきた[17]。「沈淪」には、『田園の憂鬱』に止まらず、田山花袋『蒲団』をはじめ数多くの日本文学が影を落としており、多面的に解明されなければならない。

とはいえ、郁達夫が佐藤春夫から多くの影響を受けたことは間違いなく、郁の佐藤に対する深い傾倒は、両者の面会を機により濃いものとなっただろう[18]。郁がワイルドを好んだ理由の一つとして、佐藤のワイルド偏愛から刺激を受けたことが考えられる。ただし、大正のワイルド偏愛は、佐藤に限らない。そもそもワイルドは大正日本で、現在から見ると意外なほど好まれた作家だった。ワイルド流行は、大正の文学現象の一つである。日本における受容の書誌を通覧すれば、ワイルドに言及した文学者たちの広がりが分かる[19]。ワイルドを愛した作家には、上記の谷崎や芥川が含まれ、佐藤の好みだけが郁に影響したとは思われない。

日本でのワイルドの紹介は一八九〇年代に始まるものの、英国の唯美主義文学を代表する作家としての本格的紹介は、日露戦後に始まる[20]。一九〇三年に英国留学から帰国した夏目漱石が、『草枕』(『新小説』一九〇六年九月)の中で、前年出版の『獄中記』*De Profundis.* 1905 に言及していることは、よく知られている[21]。また一九〇五年に英・独留学から帰国した島村抱月も、「英国の尚美主義」(『明星』一九〇七年九月。のち『近代文芸之研究』早稲田大学出版部、一九〇九年に収録)で、英国の世紀末文学を紹介し、ワイルドに触れた[22]。また英国留学経験者ではないが、『サロメ』

Salome. 1893を最初に翻訳したのは、森鷗外であった（「戯曲サロメ」森林太郎訳、『歌舞伎』一九〇九年九／十月）[23]。鷗外は佐藤春夫が最も敬愛した作家である[24]。

大正になると、ワイルドの紹介・翻訳・評論が盛んになされた。ことに戯曲は、抱月の芸術座による『サロメ』上演（一九一三年十二月）をはじめとして、くり返し上演された。平井博は、「大正年代初期のわが国文壇に、いかにWildeが異常な流行と新しい刺激を与えていたかについては、例を挙げるに暇なし」として、谷崎・佐藤・芥川らの例を挙げている[25]。他にも、郁達夫より一歳上で、一九二八年以来の知人だった金子光晴（一八九五‐一九七五年）は、早稲田大学高等予科に入った一九一四年当時、「『ドリアン・グレイの絵姿』をよんで、僕の人生観にしっかりした筋金を一本入れてもらったようにおぼえた」と、当時のワイルド偏愛を記す[26]。はるか年下だが、金子同様、中国滞在経験のある草野心平（一九〇三‐八八年）も、ワイルドを好み、中国人の文学仲間へ別れの記念として『獄中記』の原本を贈るほどだった[27]。少し変わった例では、芥川と同世代で、山本有三（一八八七‐一九七四年）と親しく、一高・東大で学んだ近衛文麿（一八九一‐一九四五年）もワイルドを愛読、第三次『新思潮』（一九一四年二月創刊）に「社会主義下の人間の魂」を翻訳、発禁となった。はるかのちその死の枕元にも「深淵より」があったという[28]。鏡味國彦によれば、「大正期に入ると、ワイルドの作品の翻訳や、彼に関する紹介文、論文があとをたたず、いわゆるワイルド・ブームが到来する。このブームは大正末期までつづく」という[29]。

大正日本のワイルド受容で中心的役割を担ったのは、佐藤春夫がやや皮肉を込めて、「文壇きってのワイルド通」（「「遊蕩児」の訳者に寄せて少し許りワイルドを論ず」『スバル』一九一三年六月）と呼んだ、本間久雄（一八八六‐一九八一年）である。本間は早稲田大学英文科を卒業、文芸評論家、英文学者として活躍した。のちに『唯美主義者　オスカア・ワイルド』（春秋社、一九二三年）、『英国近世唯美主義の研究』（東京堂、一九三四年）に結実する紹介の他に、『獄中記』（新潮社、一九一二年）、『遊蕩児』（『ドリアン・グレイの肖像』*The Picture of Dorian Gray*. 1891の翻訳、新潮社、一九一三年）などの翻訳がある。[30] 郁達夫はのちに本間と上海で食事をともにするなど面識を持つ（「断篇日記四」一九二八年三月三十一日－四月二日）。

一九二〇年には、大正日本におけるワイルド流行の決算として、本間・秋田雨雀・中村吉蔵・坪内士行・谷崎精二など、早稲田関係の著名な英文学者・劇作家を訳者として、『ワイルド全集』全五巻（矢口達編訳、天佑社）が刊行された。平井博によれば、大正時代に刊行された英語圏の作家の全集・著作集というと、シェークスピア・エマソン・ラスキン・ワイルド・カーライルがあるのみで、この全集刊行は「いかに当時 Wilde が boom であったかを示すもの」で、「まさに Wilde は Shakespeare に次いでわが国では popular な作家だ」という。[31]

一方中国でも、ワイルドは早くから紹介された作家だった。周樹人（＝魯迅）・周作人訳『域外小説集』第一集（一九〇九年）には、ワイルドの童話「安楽王子」“The Happy Prince.” 1888 が翻訳されている（周作人による）。解志熙は、「〝五四〟文学革命期に至ると、新文学界は明らかにワイルドの紹介を強めて行く」とした上で、一九二〇年前後以降の戯曲や小説・詩の翻訳や、紹介文を列挙している。[32] また査明建・姚君偉は、ワイルドの「芸術のための芸術」という文学観が必ずしも肯定的に受け入れられたわけではないと譲歩しつつも、「〝五四〟前後の中国新文壇は「ワイルド熱」を形作った」とし、一九二一年を「中国がワイルドを翻訳紹介した成果の最大の年の一つ」に数えている。[33]

ここではワイルド流行のうち、日本を経由したと思われる受容、沈沢民（一九〇〇－三三年）・張聞天（一九〇〇－七六年）・汪馥泉《おうふくせん》（一八九九－一九五九年）・田漢のワイルド紹介を挙げてみる。沈の「王爾徳評伝」（『小説月報』第十二巻第五号、一九二一年五月）、及び張・汪による「王爾徳介紹　為介紹『獄中記』而作」（『民国日報』副刊『覚悟』一九二二年四月三－十八日）について、解志熙は、この時期のワイルド紹介として「かなり重要」とし、「この二篇はワイルドの人と文の評価として詳細で正確、当を得たもので、ほぼ〝五四〟時期の新文学界のワイルド理解の水準を代表する」と論じる。[34] また、『ウィンダミア卿夫人の扇』*Lady Windermere's Fan.* 1892 と並ぶ、ワイルドの代表的戯曲の一つ、『サロメ』*Salome.* 1893の訳が、田漢の手によってなされた（「沙楽美」『少年中国』第二巻第九期、一九二一年三月）。そして張・汪の二人は、一九二二年十二月にワイルド『獄中記』の翻訳を刊行した（商務印書館）。ここには先の「王爾徳介紹」、及び沈沢民による「レディング獄舎のバラッド」*The Ballad of Reading Gaol.* 1898の訳「莱頓監獄之歌」を収録し、さらに田漢が序文「致張聞天兄書」を書いている。

沈沢民・張聞天・田漢の三者には、いくつかの接点がある。三者はいずれも五四時期の文化学術団体、少年中国学会（一九一九年成立）の会員で、日本留学生でもあった。沈沢民と張聞天は親友関係で、一九二〇年、日本で『ワイルド全集』が刊行された年の七月に、手を携えて日本へ留学した。留学してきた彼らの生活上の助けとなったのが、一九一六年から留学していた田漢である。白水紀子は、「田漢がこの年に「サロメ」を訳し、また沈澤民らが帰国後にワイルドの作品を翻訳した背景に、当時の日本におけるワイルド熱を考慮する必要がある」と指摘する[35]。実際、張聞天・汪馥泉の「王爾徳介紹」は、巻末に参考文献として、ワイルドの原著以外に、洋書一冊と並べて、大正日本の『ワイルド全集』、及び本間久雄『高台より』（春陽堂、一九一三年）、『近代文学之研究』（北文館、一九一七年）を挙げている[36]。ワイルドが中国でもポピュラーな作家となるに当たっては、一九一〇年代末からの他の翻訳や、一九二四年五月『ウィンダミア卿夫人の扇』が、米国留学帰りの洪深（一八九四‐一九五五年）の翻案によって「少奶奶的扇子」として戯劇協社の舞台に上げられ、大成功を収めるなど[37]、他の受容も考慮せねばならないが、日本を経由した受容もその一つのラインであったことは確認できる。

田漢も郁達夫とともに創造社最初期の主要メンバーである。また張聞天と郁がお互い悩みを打ち明けあう親しい関係にあったことは、張の郁宛公開書簡（『創造』季刊、第一巻第四号、一九二三年二月）から分かる[38]。これら同時期の日本留学生たちと、ワイルド熱を共有していてもおかしくない。郁がワイルドを好むに至った背景には、このように大正日本における流行、及びそれに感染した留学生たちの姿がある。

3 唯美主義者としてのワイルド

郁達夫がその著作を通して、ワイルドと同じイギリス世紀末の作家アーネスト・ダウスン Ernest Dowson（一八六七－一九〇〇年）を知ったと思われる、厨川白村（一八八〇－一九二三年）も、しばしばワイルドに言及している。白村は周知のごとく、中国人留学生からも広く読まれた、大正の啓蒙的文芸評論家である[39]。『近代文学十講』（大日本図書、一九一二年）では、『ドオリアングレイの絵姿』『サロメ』への言及があり、その警句が数度引用されている。また『意向集』*Intentions.* 1891 を引きつつ、「かれは純然たる『芸術のための芸術』主義の人で、道徳だの、現代生活だの、人生問題だのを中心とした作品は、似而非芸術に過ぎないと喝破した」とする[40]。

白村の描くワイルドとは、唯美主義の代表者としてのものである。白村の『近代文学十講』は、創造社の田漢はもちろん[41]、文学研究会の中でも、謝六逸が「文学上的表象主義是什麼」（『小説月報』第十一巻第五／六号、一九二〇年五／六月）の文末に、参考図書として白村『近代文学』（『近代文学十講』の略か）を挙げるように、留学経験者の間で教科書的に読まれていた。唯美主義のチャンピオンとしてのワイルド像も、これら日本留学経験者の間に浸透していたと推測される。

一方、ワイルドの影響を濃く受けて創作活動を行った代表的な作家というと、大正半ばに佐藤春夫の文学上の盟友であった、谷崎潤一郎が挙げられる[42]。谷崎の「The Affair of Two Watches」（『新思潮』一九一〇年十月）や「饒太郎」（『中央公論』一九一四年九月）には、『ドリアン・グレイの肖像』（以下『ドリアン』と略）への言及がある。また『ウィンダミア卿夫人の扇』訳を出版し（『ウヰンダミーヤ夫人の扇』天佑社、一九一九年三月。実際は佐藤春夫・澤田卓爾との共訳）、その「はしがき」で、「予も嘗《かつ》てはワイルドの好きな時代があつた。高等学校に居た頃、サロメやドリアン、グレイを読んだ時には可なり昂奮させられたものであつた」（振り仮名（現代仮名遣い）は引用者による、以下同じ）と述べている。今では「ワイルド崇拝者」から脱したというものの、かつては「ワイルド党の一人」と認められていた(43)。谷崎にワイルドの影響があることは、早くに佐藤春夫によって、「オスカー・ワイルドと云へば当時大流行でもあつたし、潤一郎も愛読したことは、世間で知つてゐる通りである」と指摘されている（「潤一郎。人及び芸術」『改造』一九二七年三月。『文芸一夕話』改造社、一九二八年所収(44)）。また、芥川龍之介もワイルドを好んだ時期があり、中学を卒業してから読んだ中で、「特に愛読した本といふものはないが、概して云ふと、ワイルドとかゴーチエとかいふやうな絢爛とした小説が好き」と語っている。そして高校卒業前後からワイルドが「ひどくいやになつた」のも、谷崎同様である（「愛読書の印象」『文章倶楽部』一九二〇年八月(45)）。

大正日本におけるワイルド紹介では、佐藤春夫も大きな役割を果たした。佐藤のワイルド心酔は谷崎や芥川以上だつた。「錬金術」（『反響』一九一五年三月）では、「私の好物」として、スタンダール・ニーチェ・メリメとともにワイルドを挙げ、また「恋、野心、芸術」（『文章倶楽部』一九一九年二月）でも、二十四歳当時を振り返って、「その頃――或はその以前から――読んだもの、中には、オスカア・ワイルドや、アラン・ポーや、アナトール・フランスや、さういつた風の作者のものが大部分である」としている。吉田精一は「春夫は友人の仲間ではワイルド通といわれていた」とする(46)。

佐藤春夫は一九一一年からワイルドの詩の翻訳を試み（「キイツの艶書の競売に附せらるるとき」『三田文学』八月）、のちに『佐藤春夫詩集』（第一書房、一九二四年）に収録するなど、数篇の詩を訳した。さらに、「恰《あたか》もオスカー・ワイルド大流行のころであつたから、はじめはワイルド詩抄でも出さうかと考へ」、『レディング獄舎のバラッド』の訳稿を完成させたことを回想している(47)。佐藤はワイルドの警句も好み、その訳「いい小説家といい息子」（『番紅花』一九一四年四月）もあり、随所で度々引用している。また「衒学余談（ワイルド伝の一頁）」（『秀才文壇』一九一四年一月）は、「昨年の夏ふとワイルドの評伝を書いて見やうと思ひ立つたころ集めて置いた材料の断片」の翻訳である(48)。実際佐藤は、ワイルド論を起草し、その序論約二十枚を、『中央公論』の滝田樗陰に渡していたという（「滝田樗陰を哭す」『中央公論』一九二五年十二月）。

実は佐藤春夫が文壇で知られるようになったのは、本間久雄による『ドリアン』訳、『遊蕩児』の誤訳の数々を辛辣に指摘した、「「遊蕩児」の訳者に寄せて少し許《ばか》りワイルドを論ず」（『スバル』一九一三年六月）によってである。そこで佐藤は、「私は今、訳書「遊蕩児」は原書の高踏的な思想感情を極めてつまらないものにして仕舞つたと云ふことを公言するに憚《はばか》らない」、「私は「遊蕩児」の訳者にはワイルドが解つては居ないと云つても早計ではないと思ふ」と、本間の無理解を批判することにかこつけて、絶妙のワイルド理解を披露している。[49] のちに佐藤が「恋、野心、芸術」（前掲）で、この誤訳指摘が「ジヤアナリズムの注目を惹いて、「佐藤春夫は誤訳指摘を以て名をなした。」とさへ云はれた。後になつて人に会つて見ると、大抵の文壇的の人は、その一事によつて自分の名を覚えてゐる事を知つて、常に一種の不愉快を感じた」と回想するほどの鮮烈さであった。[50] ここで佐藤は『ドリアン』について、「兎に角面白いものには相違ない。こんな面白いものをみすみす他人に訳させて置くのは何だか惜しいやうな気もする」と述べている。また身辺小説的な断片「薔薇　ベルギイにゐる堀口大学へ」（『我等』一九一四年六月）でも、枕元に「ルナンの「耶蘇伝」、ギツシングの「ヘンリ・ライクロフトの私記」、「聖書」、「ドリアン・グレ」」などが置かれていたとする。鏡味國彦は、佐藤の出世作『田園の憂鬱　或は病める薔薇』（新潮社、一九一九年）には、「発想法や文体の上でもワイルドの影響が見られる」ことを論じている。[51]

以上のように、大正に受容されたワイルドのイメージは、まず『ドリアン・グレイの肖像』や『サロメ』を源泉とする。後述するように、大正のワイルド・イメージは多面的なものだが、そのうち一つが、特に『ドリアン』や『サロメ』にもとづく、唯美主義のチャンピオンというものである。先に記した、大正日本で刊行された『ワイルド全集』の序文、編者の手になると思われる「ワイルド全集刊行に就て」でも、「ワイルド著作中、何れの部分にも唯美主義の驚異的な彼独特の気稟の表白がある」が、「殊に彼の小説方面に於ける労作を最も輝かしく代表している「ドーリアン・グレー」と相並んで、「サロメ」はその戯曲方面に於ける努力の最高調を示し、我国の文壇にも異彩を発ちつつある」とされている。(52) ここでは郁達夫も一部を訳した、『ドリアン』をとり上げる。

『ドリアン・グレイの肖像』は、美貌で無垢な青年ドリアンが、年上の貴族で耽美主義者のヘンリー卿の教唆によって、快楽に目覚め、悪徳の限りを尽くす、というものである。友人の画家バジルの手になるドリアンの肖像画が、罪業や加齢で醜悪さを増す一方で、ドリアンは青年の純真さ、輝きを保ちつづけるが、やがて堕落の果てに破滅する。しかしこの物語は、因果応報ではない。唯美主義者の悲惨な末路を語りながら、快楽を追い求め堕落していく男の美を、華美な修辞や鋭い警句の数々で飾っており、筋とは裏腹に、芸術至上主義の宣言となっている。大正の『ワイルド全集』第一巻で『ドリアン』を訳した矢口達《たつ》（一八八九－一九三六年）は、「解説」で、『ドリアン』はワイルドの「初期の思想を最もよく窺ふことの出来る作品」で、それを「唯美主義である、美至上主義である。言い換へれば芸術至上主義である。即ち彼は、此の人生が、芸術によつて発展し、それによつて美化され改善されなければならぬと信じたのである」と解釈している（三七頁）。この読み方の、現在の目からの当否は置くとして、これが当時の典型的な読み方の一つであった。

郁達夫の最初の外国文学翻訳は、この『ドリアン・グレイの肖像』序文の訳、「杜蓮格莱的序文」（淮爾特原作、『創造』季刊、第一巻第一号、一九二二年三月十五日）である。さらに、これを発表した半年後に、郁は、「私は自分で英語に基礎がないと承知していたので、これまでまだ英語の書籍を訳したことはない、二年来ワイルドの小説――Dorian Gray――を訳していたが、今に至るまでまだ思い切って取り出し単行本にする気にはなれない」（「答胡適之先生」『時事新報』副刊『学灯』一九二二年十月三日）と述べている。これが事実とすれば、せっかくの『ドリアン』訳稿は、篋底《きょうてい》に秘されたまま、結局日の目を見ずに終わった。ついでに記すと、この「答胡適之先生」の前に書かれた、郁の最初の文学論「夕陽楼日記」(『創造』季刊、第一巻第二号、一九二二年八月)は、英語から重訳されたオイケン『人生之意義与価値』中国語訳の、誤訳指摘である。胡適(一八九一－一九六二年)の反論を生み、郁が応えるなど、一定の反響を呼んだ。もしかするとこの誤訳指摘は、佐藤春夫による本間のワイルド訳批判の華々しさが、念頭にあってのことかもしれない。

ただし、佐藤春夫と郁達夫では、『ドリアン・グレイの肖像』の読み方に、いささかの相違がある。佐藤は『ドリアン』の魅力として、「自家の主張を真向から見せる」「傾向小説」である点、「自然主義的な匂ひ」、「デカダンチズム」、「探偵小説を見たやうな味」、「クラシカルな趣味」など、「近代文学の諸傾向を打つて一丸にしたやうな」要素を挙げ、さらに「そんな事よりも勿論ヘンリイ卿の口から厭と云ふほど聞かされる文明批評や人生批評の方が迥《はるか》に面白い、時々随喜の涙が出さうないいのがあるやうだ」とする(「「遊蕩児」の訳者に寄せて少し許りワイルドを論ず」[53])。これに対し郁は、「読『蘭生弟的日記』」(『現代評論』第四巻第九十期、一九二六年八月二十八日)で、「私はワイルドの『ドリアン・グレイの肖像』に対して現在でもちょっと不満があるのは、ヘンリー卿の逆説があまりに多いからである」としている。また郁の創作活動からして、「探偵小説」「クラシカルな趣味」的な要素に共感した形跡もない。

郁達夫が佐藤春夫と共通して『ドリアン』に共鳴したとすれば、それはワイルドが作品を通して「自家の主張を真向から見せる」点、「自然主義的な匂ひ」「デカダンス」といったあたりを考えることができるのではなかろうか。

郁達夫の小説のうち、安徽省安慶での生活を素材とした「茫茫夜」(『創造』季刊、第一巻第一号、一九二二年三月)に、『ドリアン・グレイの肖像』の影響が見られることは、沈紹鏞が詳細に指摘している[54]。主人公于質夫と年少の呉遅生の同性愛的な関係は、作中ではヴェルレーヌとランボーに重ねてあるが、「ワイルド(Wilde)よ、ヴェルレーヌ(Verlaine)よ、お前たちが牢獄から叫んだ「謙虚たれ」(Be humble)の意味は、私には理解できる」と、ワイルドの名も記されているように、ヘンリー卿とドリアンの同性愛的な関係にも重ねることが可能である。また于質夫が妓楼に出入りするなど、重ねる快楽主義的言動は、悪徳に身を委ねる、性格が一変して後のドリアンを彷彿させる。

また、郁達夫の一九二〇年代前半の文学論には、唯美主義的な芸術観が随所にうかがえる。「芸術が追求するのは形式と精神上の美である。私は唯美主義者のようには偏狭で過激な論を持たないが、しかし私は美の追求が芸術の核心であることは認める」（「芸術与国家」『創造週報』第七号、一九二三年六月二十三日）。「私たちは純粋な学理と厳正な言論で文芸政治経済を批評したいと思う。それ以上に、私たちは唯真唯美の精神で文学を創造し文学を紹介したいと思う」（「「創造日」宣言」『中華新報』副刊『創造日』第一期、一九二三年七月二十一日）。

郁達夫は、『イエロー・ブック』など、イギリスの世紀末文学に親しんでいた[55]。郁の世紀末文学論というと、「The Yellow Book 及其他」（『創造週報』第二十／二十一号、一九二三年九月二十三／三十日）があるが、ワイルドは冒頭、「ヴィクトリア朝（Victorian Age）の文芸において流行していた道徳観念及び Formalism に対する最初の反抗は、Oscar Wilde が提唱するところの耽美主義（Aetheticism）である」と出てくるのみで、そこで扱われる作家たちは、ダウスン、ダヴィッドソン John Davidson といった、「自我」の強い世紀末の群小詩人たちが大半である。また、ややのちのことになるが、郁はワイルドと同世代のアイルランド出身の作家、ジョージ・ムーア George Moore（一八五二－一九三三年）の、*Memories of My Dead Life* から、"A Waitress" を、「一侍女」として訳している（『小説月報』第十八巻第八号、一九二七年八月）。

文学史上、創造社は「芸術のための芸術」派であるとされた。これが「人生のための芸術」派を標榜する文学研究会の側から貼られたレッテルで、必ずしも創造社が自ら旗幟として持ち出したものでないことは、明らかにされている[56]。ただし、創造社の側、特に郁達夫と郭沫若に、「芸術のための芸術」を気取る意図がなかったとはいえない。『創造』季刊の創刊号にワイルドの翻訳が載せられていることが、「芸術のための芸術」主義の宣言と見えたとしても、無理ないと思われる。

英国の唯美主義者というと、ワイルドの前にウォルター・ペイター Walter Pater（一八三九－九四年）、後にはアーサー・シモンズ Arthur Symons（一八六五－一九四五年）がいる。郭沫若は、『創造週報』第二十六号（一九二三年十一月四日）に「瓦特裴徳的批評論」を掲載、「英国近代の文芸批評史の中で、アーノルドの鑑賞批評の濫觴を受けて、ワイルドなどの唯美主義の先駆をなしたのには、十九世紀のウォルター・ペイターを推さねばなるまい」とペイターを紹介している。郁と郭が英国の唯美主義者たちにこのように度々言及し、また大正日本だけでなく、一九二〇年代前半の中国でも唯美主義者としてのワイルドたちのイメージがあった以上、創造社の文学活動が「芸術のための芸術」と呼ばれたのも、当然のことといえる。

以上のように、郁達夫におけるワイルドの受容には、唯美主義者としてのワイルドという側面があることは事実である。しかし、さほど唯美的だったとはいえない郁達夫が、それだけの理由で、ワイルドに心酔したとは思えない。日本を経由したワイルドの影響は、これに止まらないと考えられる。

4　批評家としてのワイルド

佐藤春夫におけるワイルド受容で、『ドリアン・グレイの肖像』以上に重要な意味を持つのではないかと思われるのは、その能弁、機知、衒学が遺憾なく発揮された、ワイルドの評論活動の影響である。ワイルドは、世紀末文学を代表する時代の寵児であるとともに、そのいささか軽薄な言動が非難の的となり、賛否両論にさらされた。しかし、ワイルドの著作の中でも評価の高いものに、長文の文学論、「芸術家としての批評家」“The Critic as Artist”がある。これはワイルドの、いわゆる「驚異の年」である一八九一年に出版された評論集、『意向集』に収められており、『ドリアン』と並んで代表作と呼ぶべきで、ワイルド一流の座談の妙が存分に味わえる。

実はワイルドの華やかな才能が、最も遺憾なく発揮されたのは、「まじめが肝要」*The Importance of Being Earnest*. 1895 をはじめとする、風俗喜劇ではないかと思われるが、その評論の近代的感性の鋭さも高く評価されている。吉田健一は、劇作家、小説家として知られている「ワイルドについて語るのに必要なのは「意向集」と題する論文集に収められた「芸術家としての批評家」という対話だけであって、これがあれば彼が英国の近代文学の始祖であることを示すのに足りる」とし、「近代文学の輪郭を同じ近代文学に属する作品の形ではっきり描いて見せ」たことを論じている。[57] このワイルドの評論が大正日本で、手放しで認められていたわけではなく、谷崎潤一郎は、「インテンシヨンスの文章などの気障さ加減は、到底反感を抱かずには読過することが出来ない」と述べている（「はしがき」『ウヰンダミーヤ夫人』前掲）。[58] しかし、小説と戯曲に専念した谷崎と異なり、大正を代表する批評家でもあった佐藤春夫にとって、「芸術家としての批評家」は一つの指針であった。

「芸術家としての批評家」は、対話体の批評論である。語り手の一人ギルバートが、「批評的能力のないところにどうして、名にし負ふ芸術的創造などがあるものかね」と、創作における批評的要素の重要性を主張する。「批評はそれ自体が芸術」、「批評は実際最高の意味で創造的」、「批評は事実上創造的で又独立的だ」、「批評を創造中の創造と呼ぶ」といった主張がくり返される。またギルバートは、「最高の批評は真に己れの魂の記録である」、「心の霊的情調や想像的熱情を扱ふが故に、自叙伝の唯一の進歩せる形式である」とも主張する。[59]

佐藤春夫は「創作月旦」（『新潮』大正八年八‐十月。『退屈読本』前掲所収）の冒頭で、菊池寛が前月の『新潮』で主張した、「万人を首肯せしむるに足るやうな新らしい物差の創造」という批評論を批判して、次のように述べる。「私は考へる、批評といふものは作者を批判するものでもなく、読者を誘導するものでもなく、結局批評家彼自身を披瀝するものではなからうか。私には「創作的批評」といふものは、菊池君の引用して居られるやうなワイルドのつまらない警句などばかりを唯一の根拠として居るとは思へない。〔中略〕本当の印象批評のなかには一人の人格が一つの物差になつてゐる」[60]。この佐藤の批評論が、ワイルドの「芸術家としての批評家」を念頭に置いてのものであることは、間違いないだろう。

そもそも佐藤は、詩や小説だけでなく、批評においても天馬行空、行くとして可ならざるなき活躍を見せた。『退屈読本』（前掲）に収められた数々の批評や文学論は、広津和郎と並んで大正の文芸批評を代表する[61]。佐藤の、「私はどこまでも印象批評だ。すべてが「私は思ふ」だ。それから私の看板は自分自身に忠実であること即ち正直だ。〔中略〕私は一つ一つのものに就て私自身を延ばして見たり縮めて見たりはしない。そこに一貫した私が在ることを期したい」との言葉（「創作月旦」前掲）からは、佐藤の自身の批評眼への自信、また自身の批評が創造的な営為であると考えていたことがうかがえる。郁達夫が佐藤の小説のみならず、その評論にも相当な注意を払っていたことは、「閑情日記」一九二七年四月二十九日（『日記九種』前掲）の記述などから分かる。もちろんワイルドの評論も読んでおり、のちにワイルドの有名な評論「虚言の衰退」"The Decay of Lying"の、タイトルをそのまま使ったエッセイ「説謊的衰落」（『申報』副刊『自由談』一九三四年一月三十一日）を書いたほどである。

中国で「芸術家としての批評家」が紹介されるのは、一九二〇年代も後半になってのことで、林語堂（一八九五－一九七六年）が「論静思与空談」（『語絲』第四巻第十三期、一九二八年三月二十六日）以降、計五回に分けて抄訳した。ただし、早くにワイルドの「幸福な王子」を訳した周作人（一八八五－一九六七年）は、「芸術家としての批評家」と非常に近い批評論を、一九二〇年代前半に書いている。周は「文芸的討論」（『晨報副鐫』一九二二年一月二十日）で、「現在の私見では、文芸上の対象は自己、及び自己を通した万物であり、抽象的な美あるいは善ではないと考えている、よって〃唯美的〃という名称では文芸の要義は総括することができないと思う」とし、つづけて「ワイルド一派の主張」に触れた。ここで周はワイルドを、抽象的な美を重んじる唯美主義者として片付けている。しかしすでに見たように、「芸術家としての批評家」におけるワイルドは、「真に己れの魂の記録」、「自叙伝の唯一の進歩せる形式」としての批評、周のいう「自己」を「対象」とした批評論を説いている。

周作人はその翌年に書いた「文芸批評雑話」（執筆は一九二三年二月、『自己的園地』晨報社、一九二三年九月）で、「私は真の文芸批評は、それ自体が一篇の文芸であるべきだと考えている」、「真の文芸批評は一篇の文芸作品であるべきだ、そこで表現されるのは対象の真相というよりは、自己の反応なのだ」と主張する。周はここで、アナトール・フランス（一八四四－一九二四年）の、「一切の小説は、正当にいえば、自叙伝でないものはない。優れた批評家とは彼の魂が傑作の間で冒険するのを記述する人のことだ」という台詞を引き、「私たちは批評文の中で誠実に自己の思想感情を表示する」、「私たちが文芸作品を批評するときには、一方面では誠実に自己の印象を表白し、自己表現に努力すべきで、一方面では自己の意見が偶然の趣味の集合であることをより明らかにすべきだ」と論じる。周のこの批評論の結びは、「批評とは本来創作の一種なのだ」というもので、これらがワイルドの「芸術家としての批評家」と重なることが分かろう。

ここで郁達夫も訳した、『ドリアン』の「序文」を見てみよう。「序文」は、箇条書きされたエピグラム集である。その中には、「道徳的な、あるいは非道徳的な書物といったものなどない。書物は上手く書かれたり、下手に書かれたりする。それだけのことだ」、「人間の道徳的生活は芸術家の主題の一部を構成する、しかし芸術の道徳性は、不完全な媒体を完全に使用することにある」、「倫理的な共感をもつ芸術家などいない」、「美徳や悪徳は芸術家にとって芸術の素材にすぎない」といった、道徳に対する芸術の独立を主張した文言が目につく。(62)

これらは郁達夫にとって、切実な問題だった。というのも、郁が一九二一年十月に刊行した処女作品集『沈淪』（泰東図書局）は、まさに「非道徳的」ということで、非難されていたからである。この非難は、『ドリアン』「序文」訳を発表した直後に、郁の慫慂に応えて周作人が、『沈淪』は立派な芸術作品だと反論を書いてくれた（「自己的園地　九「沈淪」」、署名は仲密、『晨報副鐫』一九二二年三月二十六日）おかげで、収束した。のちに郁は周の批評を、感謝を込めて回想している（「題辞」『鶏肋集』創造社出版部、一九二七年十月）。郁自身による、この種の非難への反撃は、まず『ドリアン』「序文」の訳によってなされた、と考えていいだろう。

郁達夫はこの後もくり返し、自身の小説に対しなされた、非道徳的、との非難に対し、抗弁している。「「茫茫夜」発表以後」（『時事新報』副刊『学灯』一九二二年六月二十二日）では、自身の作品に対する、同性愛を提唱しているといった道徳的見地からの非難に対し、事実と虚構の相違を唱えて反論した。また「批評与道徳」（『創造週報』第十号、一九二三年七月十四日）では、批評する際には「私たちの良心に背かぬようにすること、私たちの良知によって判断すること」などを説いている。

このような批評についての考え方が明確に出ているのが、「芸文私見」（『創造』季刊、第一巻第一号、一九二二年三月十五日）である。この文学論には、第五章で見たように、大正日本で流行していたロンブローゾやブランデスなど、さまざまな要素を見出せるが、その中に、ワイルドも数えることができる。『ドリアン』「序文」の警句のうち、「批評家とは、彼が受けた美しいものの印象を、別の様式あるいは新しい素材へと移しかえることのできる者のことである」、「美しいものに美しい意味を発見できる人々は教養ある人々である。このような人々には希望がある」といった、批評・批評家について論じた一節は、真正なる批評家の登場を待望する「芸文私見」にもうかがえるものである。

また郁達夫は「芸文私見」の末尾で、欧米の批評の大家として、仏のテーヌ、独のレッシング、露のベリンスキー、デンマークのブランデスの他に、英国のトマス・カーライル Thomas Carlyle（一七九五－一八八一年）、マシュー・アーノルド Matthew Arnold（一八二二－八八年）、ジョン・ラスキン John Ruskin（一八一九－一九〇〇年）、ウォルター・ペイターの名を挙げている。カーライルとラスキンは大正日本でも全集・著作集が刊行された批評家で、またラスキンとペイターはいずれも、オックスフォードでワイルドの直接の師に当たる。また郁はのちに「Yellow Book 及其他」で、アーサー・シモンズに触れている。郁のダウスン理解に、シモンズのダウスン回想が大きな役割を果たしたことは、張競によって論じられている。[63] いうまでもなく、ペイターの『ルネサンス　美術と詩の研究』とシモンズ『象徴主義の文学運動』は、英国世紀末文学の批評の面における代表作で、日本でも早くから紹介され大きな影響をもたらした。[64] 以上のうち、先達であるカーライルを除く、五人のイギリスの批評家たちは、本間久雄の『新文学概論』（新潮社、一九一七年）では、さらにワイルドを加えて、「近代の鑑賞批評家」としてくくられている（「後編　文学批評論」「第五章　鑑賞批評と快楽批評」）。郁の嗜好は、大正日本でも歓迎された批評家と重なり合う。またそれらは、ワイルドの批評活動ともつながる批評家たちである。

以上のように、評論家としてのワイルドとの関連を視座として見つめ直したとき、佐藤春夫・周作人・郁達夫が、「創造的」芸術としての批評、「己れの魂の記録」としての批評という文学観において、より強固に結ばれてくる。唯美主義者としてのワイルド像は、大正日本の文学にあっては、あくまで一側面に過ぎない。

5　個人主義者としてのワイルド

唯美主義者、評論家としてのワイルド像の一方で、もう一つ、大正に受容された像として見逃せないのは、個人主義者、エゴイストとしてのワイルド、というものである。

ワイルド自身の個人主義主張は、「「個人主義」を基調とする人生・芸術・「社会主義」」を論じた、「社会主義下の人間の魂」“The Soul of Man under Socialism.” 1891 にうかがえるが、[65] 大正日本で個人主義者としてのワイルド・イメージの源泉となったのが、入獄中に書かれた、魂の再生の記録、『獄中記』である。佐々木隆は、「日本での文学的なワイルド受容は『獄中記』から始まったと言っても過言ではない」とするが、[66] 特に大正半ばの個人主義者としてのワイルド像に関しては、『獄中記』は見逃せない。

もちろん佐藤春夫も『獄中記』を読んでおり、「「遊蕩児」の訳者に寄せて」（前掲）で、「ことに"De Profundis"などは非常にいい、あれ丈《だ》けの才人が才をもてあまして、ああして才を脱脚しやうと悶いて居る様子には——素朴なる人生に対する憧憬には、全く涙をそそふに足るものがあると思ふ」と愛着を示す。(67) また広津和郎（一八九一—一九六八年）も、「自己感心の恐ろしさ」（『洪水以降』一九一六年二月）で、「麗わしい霊魂の眼覚めの記録」であるはずの『獄中記』においてさえ、ワイルドが「自分と自分に得意になってしまう」という「自己感心」の気持ちを抑えられず、「妙に浮っ調子の、軽いもの」となった欠点を指摘しながらも、「『ド・プロファンディス』だけは私の最も愛読したもの、一つ」だと吐露する。(68) そして郁も『獄中記』を目にしていたことは、中国での『獄中記』訳者である張聞天との密接な交流や、先に引いた「茫茫夜」の一節からしても間違いない。

『獄中記』では随所に、時代の寵児となった自身への自負が崩れ去ったこと、その結果、獄中生活で得るに至った再生の心境がつづられている。過去の日々において、「私は自らを、長い、無意味で官能的な安逸の中に、誘いこまれるに任せた」、「私は自分自身の天才の浪費者となった」。しかしワイルドは、獄中生活によって「私はもはや自らの魂の主人ではなかった」ことに気づき、「芸術的な生活とは、自己発展 self-development に他ならない」ことへと思い至る。

ワイルドが『獄中記』で披瀝する人生観とは、自己 oneself を認識し、表現 express し、発展 develop させる、そういった個人主義者 individualist となる、というものである。「死ぬまでに、「自らの魂を所有する possess」人々があまりに少ないのは、悲劇的なことだ」。「人間の魂が不可知だと認識することは智慧の究極の達成である。最後の神秘とは自己 oneself である。〔中略〕そこには依然として自己が残る」。「私はどうあろうと私自身の発展の道を進むだけだ。〔中略〕／人々はよく私はあまりに個人主義的 individualistic だといったものだ。私はこれまでよりもはるかに個人主義者 individualist でなければならない」。(69)

以上のように『獄中記』は、生まれ変わったと称するワイルドの、「個人主義者」宣言というべきものだが、ここで確認しておきたいのは、一九二〇年代前半の郁達夫にも、「芸術のための芸術」を鼓吹し、天才を理解する「批評家」を切望するといった側面以外に、強烈な個人主義、自我主義の主張者としての側面があった点である。先の章でも、郁のよく引用される文学論、「五六年来創作生活的回顧」(『文学週報』第五巻十一・十二期合刊、一九二七年十月)の、「私は言う、作家の個性は、どんなことがあっても、その作品に込められていなくてはならない。作家にこの強い個性があれば、修養できさえすれば、有力な作家となることができる」という主張、「私は、作者の生活は、作者の芸術と緊密に結ばれてあるべきだと思う、作品の中の Individuality は決して失われてはならない」との主張を見てきた。

郁達夫の創作について、文学史家の厳家炎は、「自我表現を顕著な特色とする」、「往々にして身辺の瑣事を題材とし、自叙伝の性質を帯び、その上しばしば第一人称で書かれた」作品の数々を、「自我小説」と呼んだ。厳によれば、それは「哲学上自我拡張の思潮の影響を受けている[70]」。実際郁が、ドイツの哲学者シュティルナーの、強烈な自我主義の影響を受けたことは、第五章で論じた。また文学論においても、「The Yellow Book 及其他」下(前掲)では、詩人ダヴィッドソンを、「彼は一人の「自我」のとても強い人である」、「彼はニイチェのツァラトゥストラの弟子である」として縷々《るる》紹介する。このような「個性」や「自我」を重視する主張は、郁が文壇に登場した当初から、くり返されたものである。

こういった自我重視の源泉の一つとして、『獄中記』を中心とする個人主義者としてのワイルド像を、想定することができるのではなかろうか。

郁達夫が個人主義者としてのワイルドを受容した経路を浮かび上がらせてみよう。『獄中記』をもとに、このワイルド像を打ち出した一人が、大正の評論家、相馬御風(一八八三 - 一九五〇年)である。明治末年から文芸批評家として活躍していた御風は、大正に入ると「自我」をテーマとした人生論を展開する。それが顕著となるのは、第二評論集『第一歩』（創造社、一九一四年）で、「生命の力」「自我と自我との接触」「全的生活」「自我本位の生活」などの用語で、現代の青年がいかに生きるべきかを論じている。(71) これを全面的に主張したのが、第三評論集『自我生活と文学』（新潮社、一九一四年六月）で、「本当の自分に帰る時」「自我の権威」「表現の生活」など、そのタイトルから分かるように、徹底した自我主義の主張である。

『自我生活と文学』には、「ワイルドの『獄中記』を読んで」が収められている。御風が論じているのは、唯美主義者としてのワイルドでも、作家としての全体像でもない。注目するのは、入獄経験を経たワイルドの、『獄中記』における真情の吐露である。「過去に於ては「快楽の命ずるまゝに」ひたすら身を委かせて憚る所なかつた一個の驕慢児が、僅かに二年の間の牢獄生活によつて悲哀を説き苦痛を説き更に霊魂を讃美し、謙虚の心を尊ぶ孤独の人となつた、その事実乃至かくなつたワイルドその人の心持の変遷に一層深い興味を覚える」。御風にいわせれば、「その言葉のうちには今日のわが文壇の一部に流れて居る一種の軽薄なる潮流などに対しても、深き反省を与ふるに足るだけの充分な刺激力が包まれて居る」。ただし、「悲哀」を語りながらも、ワイルドの「その底に軽快なる楽天的気分の流れる」ことには批判的である。

御風はつづいて、シュティルナー・キルケゴール・イプセン・ニーチェ・オイケン・ムーアなどの、個人主義者たちの系譜を論じた、『個人主義思潮』（天弦堂、一九一五年四月）の第一章「緒論」の冒頭でも、ワイルドに触れている。『獄中記』の、キリストについての「個人主義者の最高の位置を占める人」という解釈に言及、それは個人主義発生史の客観的説明ではないが、「キリストをすらも個人主義者の最大なるものと観なければならぬほどそれほど個人主義的になつて居たワイルドその人の生活気分に深い意味を認む」と論じる。御風が個人主義者としてのワイルドに触れた直後には、貴志二彦『ワイルドの二重人格』（梁江堂書店・杉本梁江堂、一九一四年九月）が、その「超人思想」に触れた箇所でニーチェに言及している[72]。

相馬御風と郁達夫は、その好んで紹介した作家が重なる。御風はツルゲーネフについて、早くに「ツルゲーネフ、態度、人」（『早稲田文学』一九〇九年十一月。のち『黎明期の文学』新潮社、一九一二年に収録）を書き、「ツルゲーニエフ評伝」（『早稲田文学』一九一〇年八／九／十一月）を書き、『自我生活と文学』では「現代芸術の中心生命」で『貴族の巣』について、「自我の権威」で『その前夜』について論じ、『個人主義思潮』第六章「結論」でも『その前夜』について詳しく論じた。また翻訳としては、『その前夜』（内外出版協会、一九〇八年）、『父と子』（新潮社、一九〇九年）、『貴族の巣』（新潮社、一九一〇年）、『処女地』（博文館、一九一四年）がある。つまり、明治末から大正のツルゲーネフ紹介・翻訳の、中心人物の一人であった。シュティルナーについては、『個人主義思潮』第二章「近代個人主義の第一人者（マクス・スチルナー）」で詳しく論じている。イプセンについては、『個人主義思潮』第三章「キヤールケガアルドとイブセン」で、ムーアについては『個人主義思潮』第五章「ニイチエ哲学の影響」でニーチェの系譜を継ぐ者として特に取り上げて、詳しく紹介している。

これらの人物については、郁達夫も翻訳あるいは紹介の文を書いている。ツルゲーネフは郁の最も愛した作家であることは第二章で論じた。「屠格涅夫的『羅亭』問世以前」（『文学』第一巻第二号、一九三三年八月）などの他に、翻訳、I. Turgenjew「Hamlet 和 Don Quichotte」（『奔流』第一巻第一期、一九二八年六月）がある[73]。シュティルナーについては先に見た。イプセンについては、ハブロック・エリス Havelock Ellis（一八五九－一九三九年）のイプセン論を訳した、哈孚洛克・藹理斯「易卜生論」（『奔流』第一巻第三期、一九二八年八月）、オイケンについては「夕陽楼日記」（前掲）、そしてムーアについても、先に見たように翻訳「一女侍」があるだけでなく、一九二一年に書かれた「南遷」（『沈淪』）にも、主人公がムーアの *Memories of my dead life* を読むシーンがある。管見の限り、郁は御風の名に言及してはいないが、その著作に触れていた可能性は高い。

『獄中記』を中心とする、個人主義者としてのワイルド像を大きく打ち出した大正の文学者には、もう一人、辻潤（一八八四―一九四四年）がいる。辻は、ワイルドの『獄中記』と、「レディング獄舎のバラッド」を翻訳した（『ド・プロフォンディス　一名獄中記』越山堂、一九一九年）。『ドリアン・グレイの肖像』についても、一九一七年に翻訳をしながら、出版に至らなかったという。[74] 辻は第五章で見たように、ロンブローゾ『天才論』やシュティルナーの翻訳（『自我経（唯一者と其所有）』冬夏社、一九二一年十二月）で知られる、異色の文学者である。シュティルナーの紹介翻訳だけでなく、エッセイ集『浮浪漫語』（下出書店、一九二二年六月）や『ですぺら』（新作社、一九二四年七月）の二著でも、極端な個人主義を展開しており、その点で、武者小路実篤、相馬御風の二人とともに、大正の自我主義の典型をなすと思われる。

辻の翻訳や著作は、この異色な人物の魅力と相俟って、文学青年の間に読者を持っていた。尾崎一雄は、「『天才論』も面白かつたが、それに附された長い序文により、訳者辻潤その人にも興味を覚えて、氏の訳する『阿片溺愛者の告白』（ド・クインシー）、『ド・プロファンデス』（オスカー・ワイルド）、『唯一者とその所有』（マクス・スティルナー）などを好んで読んだ。氏の著書『ですぺら』も読んだ」と回想する。[75] ちなみに尾崎は、郁達夫の訳したエリスも原書で読んでいた。[76] そして郁のシュティルナー紹介は、第五章で述べたように、その内容や序訳文の用語からして、辻の翻訳を目にして書かれた可能性が高く、もしかすると『獄中記』の辻による訳も目にしていたかもしれない。

しかも辻は、ジョージ・ムーア『一青年の告白』*Confessions of a young man*. 1888（新作社、一九二四年）の訳者でもある。辻はムーアへの偏愛を、「ある日の文学問答」（『浮浪漫語』下出書店、一九二二年六月）、「『一青年の告白』に就いて」（『読売新聞』一九二三年十一月二十三日）、翻訳の「序」（『一青年の告白』前掲）で縷々つづっている。「ある日の文学問答」では、ムーアが当時、日本はもちろん「本家本元の英米でも、そうたいしてポピュラアじゃない――しかし、近頃になってようやくムウアも一般にアップレシェートされるようになってはきたようだが――やはり一部に限られているらしい」と記す[77]。

ムーアは、相馬御風がすでに一九一五年に『個人主義思潮』の中で、シュティルナーやニーチェにつながる個人主義者の一人として、大きく論じていた。御風によれば、ムーアの「代表的著作」である『一青年の告白』は、「彼の個人主義思想が如何にニイチェのそれに近いものであるかを知る事の出来るのも此の書である」（一五六頁）。辻は「ある日の文学問答」でムーアの『一青年の告白』や「自伝的小説」を紹介した上で、「Versatile〔＝移り気〕ではあるが、どの作品にも個性が著しく現われている」作風を紹介している[78]。さほど人気のなかったらしいムーアを、辻潤や御風同様、郁もわざわざ選んで紹介・翻訳したことからも、郁が彼らの著作に触れていた可能性が高い。そしてそのムーアのイメージは、個人主義者としてのワイルドと同じ系譜で捉えられている。

ワイルドとムーアをつなぐには、芸術至上主義者としての系譜もある。実は佐藤春夫も、ほんのわずかだがムーアに言及している。「文芸時評　透谷。樗牛。また今日の我々の文学」（『中央公論』一九二七年七月）で、「ヂヨーヂ・ムーアはある時期において極端な芸術至上主義者である。〔中略〕オスカー・ワイルドはその著作に於いて第三流の作家であり、その態度に於いて余りに軽佻なる才子ではある。しかも彼の芸術至上主義の中には当時の英国に対する一つの文明批評的態度を含んでゐることを認めなければならぬ。ムーアもワイルドも彼が芸術至上主義者であるといふ自信と文明批評家であるといふ自覚とは毫も矛盾するものではなかつた」としている[79]。これと同時に、御風や辻潤に見られるごとく、コインの裏面のようにして、個人主義者としての系譜が存在するのである。

辻潤のワイルド理解も、御風同様、『獄中記』を高く評価するものである。また、ジョージ・ムーアを、芸術至上主義者よりも個人主義者として取り扱うように、入獄経験を経たワイルドの個人主義者としての再生を重視する。辻は『獄中記』訳の序文「はしがき」で、「この書の如きは単なる文学書というよりも、以上のものだと僕には思われる。〔中略〕「人間の言葉」で書かれているだけで沢山だ」と述べる。辻はワイルドの厭味、気障を嫌う。しかし、

「彼を軽薄な一個のダンディであり、空虚なるエセティシズム〔aestheticism、唯美主義〕のチャンピオンとして以外に認めることの出来ない人間は、やがて自らの浅薄と空虚とを語るものでなくてなんであろう」といい、ワイルドの作品の中でも『ドリアン』と『獄中記』は、その性格の両極を表現するという。そして後者について、「ワイルドの入獄はたまたま彼の衷に潜んでいた価高き真珠を豚の群の間に投げ出さしめた。いわゆるプリンスパラドックスをしてたまたま彼の仮面をぬぎ棄てしめた」と評する(80)。

以上のように相馬御風、辻潤を通して見たとき、郁達夫がワイルドに心酔した理由が、明白になるのではなかろうか。『獄中記』における個人主義者としての主張、これに対する大正日本における共感、そして郁の「個性 individuality」を最も重視する文学観は、強く共鳴し合う。本書では、それぞれの文脈がもつ細部の相違、さらに郁の個人主義の内実について論じる紙幅はないが、ワイルドから大正日本を経て郁へと引かれる、貫徹した文学上の価値観があることは、確認できる。

郁達夫は、マルクス主義への接近が早かったなど、通常考えられている以上に、多面的な作家である。そこには、「芸術のための芸術」派と見なされるような、美を極度に推戴し、デカダンスにふける顔があり、日記から知れるように膨大な海外文学の読書をこなし、多くの作家を紹介した、創造的な批評家としての顔がある。そして中心には、自らの「個性」を鮮烈に塗り込めた、自伝的小説の書き手としての顔がある。大正日本におけるワイルド受容を腑分けすることで、郁の文学の多面性も、明らかになるのではないだろうか。

6 自己の発展

以上見てきたように、ワイルドは大正日本で大流行した作家である。大正半ばに文壇に登場した佐藤春夫は、当時ワイルド通として知られ、また佐藤を敬愛した郁達夫も、ワイルドに傾倒した。ただし、郁は佐藤からのみ刺激を受けて、ワイルドを好んだわけではなく、大正の文学現象の一つとして、ワイルド流行に感染した。本間、佐藤、白村、谷崎、御風、辻潤らが関わった、このワイルド熱の渦中に、田漢ら日本留学生たちとともに、郁も引き込まれたのである。

大正当時のワイルド流行を検討すると、そのワイルド像には、唯美主義者、批評家、個人主義者という、三つの異なる側面が浮かび上がる。唯美主義者としてのワイルド・イメージを作った作品は、『ドリアン・グレイの肖像』であり、佐藤や谷崎らはこれを愛読した。郁達夫の初期の文学論を読むと、郁もこの唯美主義に傾いていたことが分かる。しかし郁は同時に、佐藤とともに、創造的批評家としてのワイルド、「芸術家としての批評家」という側面も、継承している。また郁は、大正日本におけるワイルド受容の大きな特徴といえる、個人主義者としてのワイルド像にも、触れていたのではないかと思われる。『獄中記』を中心とする晩年のワイルド像は、それまでの耽美主義者としてのものと異なり、御風、辻潤らによって、「自己発展」を至上とする個人主義者として描かれた。これは郁の個性や自我を重んじる文学観と共通する。恐らく、御風、辻潤の著書にも触れていた郁は、この個人主義者としてのワイルド像にも共鳴するものがあったのではないかと思われる。

しかも、郁達夫を通して大正日本におけるワイルド受容を検討すると、そこには意外なほど、大正教養主義の流行と重なる要素が多くみられることに気づく。相馬御風や辻潤といったワイルドの熱心な支持者が、シュティルナーの紹介を通して大正教養主義と関わるだけでなく、大正教養主義に見られた、自我の拡張や完成というテーマは、ワイルド紹介における自己の発展と重なってくる。一見まったく別個の現象と思われる、大正教養主義とワイルド熱は、実はその背後に存在する文学上の価値観において、根を同じくしているのである。

さらにいえば、郁達夫が敬愛した志賀直哉の文学、ことに「和解」に、同時代の文学者たちが、「生々しい、切れば血が滴るやうな感じ」（中村武羅夫）を覚え、「まこと」（江口渙）や「真実性」（南部修太郎）を見たのも、「和解」そのものが作品として優れている以上に、そこに志賀の自我の完成や発展をうかがえる、そんな作品だったことによるのではなかろうか。自然主義文学のごとく、単に作者の醜悪な内面が赤裸々に表現されただけでなく、「自己の生命をより高くより深く築いて行く」、「決然として生の充実、完全、美の内に生きて行こうとする努力」（和辻「創作の心理について」）が見えてくる文学。志賀が時代の中心的な作家となったのは、大正教養主義やワイルド熱の根底にあった新たな文学性の基準を、日本において体現するのが志賀直哉だった、ということである。郁達夫に残る大正文学の痕跡をたどることで、これらのつながりが、その根本にあった価値観とともに、浮かび上がるのである。

第7章 大正の自伝的恋愛小説の受容——『懺悔録』・『受難者』・『新生』

1 新生

郁達夫が一九二七年九月に刊行した『日記九種』（北新書局）は、一九二六年十二月一日から二七年七月三十一日までの日付の、計九篇の日記を収め、それぞれに「労生日記」「病閑日記」などの題が付けられている。そのうち、一九二七年二月十七日から四月二日までの部分は、「新生日記」と命名された。なぜ「新生」と題されたかは、作中に記されている。

郁達夫には一九二〇年夏、満二十三歳のときに結婚した妻、孫荃《そんせん》がおり、二人の間には二男二女が生まれた。しかし、独り親の母が配した同郷の妻は、必ずしも郁の意にかなう相手ではなかった[1]。別居していた日本留学期を終えて帰国後も、経済的な理由も重なり同居と別居をくり返していた。一九二六年夏、広州にいた郁は、長男病むとの報せを受けて、妻子のいる北京に赴き、つかの間の家族再会となる。しかし長男を看取った後、再び単身広州へ、そして十二月には上海へ向い、これからしばらく郁の上海時代が始まる。

上海では、郁達夫の生涯を大きく変える出会いが待ち受けていた。一九二七年一月、同郷人で留学仲間でもある孫百剛の家で、王映霞（一九〇七－二〇〇〇年）に会い、郁は一目惚れする。(2)『日記九種』はその大半が、読書と、王映霞との恋愛、再生の決意の記録である。広州での最後の日々を描いた日記二篇につづいて、一月十四日の王映霞との初対面や、恋着がつのるさまを描いた「村居日記」、つれない王への執着や怒り、別居している妻や子どもたちを思って反省の弁などがつづられる「窮冬日記」につづいて、恋愛による再生をめざす「新生日記」へと展開する。「新生」なる命名については、三月三日の項に次のようにある。

映霞がもし私の願いを受入れ、私の計画通りにしてくれるなら、私の生活は、明日から、大きな変化を起こすと思う。本当の La Vita Nuova〔イタリア語で、新しい生活の意、引用者注〕は、もしかすると明日から始まるだろう。私は明日から、二ヶ月以内に、ダンテの『新生』を訳し出し、私と映霞のつながりの記念、私の生涯の転機の道標とするつもりだ。明日の日記では、最初の言葉は Incipit Vita Nuova〔新しい生活の書き出し〕となるはずだ。(3)〔傍線は引用者による、以下同じ〕

実際に郁達夫が『新生』を訳した形跡はないが、日記のタイトルの由来はここにはっきり記されている。王映霞は郁にとってのベアトリーチェだ、ということだろうが、主に夭折した憧憬の人を詠った詩と、またその詩を作った経緯を記す文が交互に並ぶ、ダンテの『新生』は、タイトルや、最愛の人を主題とする以外、郁の日記とさほどの類似はない。ダンテ『新生』は抽象的な、寓意的とも呼ぶべき「愛」の歌であり、考察であって、郁の「新生日記」のごとく、「魂」の「新生」が具体的に描かれるわけではない。(4)

しかも「新生日記」のタイトルは、必ずしもダンテの『新生』だけにもとづくとは思われない。というのも、大正日本に約九年間留学した郁達夫にとってはもう一つ、このタイトルから連想される作品があったはずである。島崎藤村『新生』（『東京朝日新聞』一九一八年五月一日‐十月五日、一九年八月五日‐十月二十四日。単行本は春陽堂から、第一巻が一九一九年一月、第二巻が同年十二月刊行）がそれである。

日本へ留学した約九年間に、郁達夫が文学的滋養を吸収したのは、日本の作家からだけではない。英語・独語にも達者だった郁は、それらの国の文学、及び仏・露など他のヨーロッパ諸国の文学にも触れた。郁の文学論や日記を読めば、洋の東西古今を問わず、文学書に接したことが分かる。ただし、郁が日本の作家に最も親炙したと思われるのも事実である。

郁達夫が帰国の途上を描いた「中途」（一九二二年七月執筆、『創造』季刊、第二巻第二号、一九二四年二月。のち「帰航」と改題）には、上陸した門司港で、「永久に日本を去る前に、何かちょっとしたものを買って、記念にしないわけにいかない」と、書店に立ち寄る場面がある。そこで郁は、「新刊の雑誌が数多くそこに陳列されていた。私は日本の諸作家の作品を買って、私の創作能力を養いたくなかったので、洋書の棚に近づいていった」。しかし帰国後の郁は、日本を離れても、日本の文壇の動向に熱心に注意を払っていた。

一九二六年末からの十ヶ月間ほどの日記である『日記九種』には、当時上海に住んでいた郁達夫が、創造社の業務や酒・恋愛で忙しい合間を縫って、外国書籍を扱う書店や古書店で毎日のように文学書を買い漁る姿が描かれる。中でも、購入しただけでなく、数日をかけて読了したとの記述が多く見られるのが、日本の同時代作家の小説である。書名が記されたものには、谷崎潤一郎『痴人の愛』（改造社、一九二五年）・池谷信三郎『望郷』（新潮社、一九二五年）・谷崎精二『火を恋う』（新潮社、一九二六年）・江馬修『追放』（新潮社、一九二六年）などがあり、いずれも出版後間もない新刊である。またしばしば、篇名こそ記されないものの、日本語の小説を読む、あるいは『新潮』『改造』などの雑誌の最新号に目を通したとの記述がある。ややのちになるが、一九三六年来日して小田嶽夫と語った際には、大正作家の代表格である志賀直哉・佐藤春夫・葛西善蔵以外に、嘉村礒多・龍胆寺雄・太宰治など昭和の作家の名も挙がったことは、先に見た。[5]「中途」の、「私は日本の諸作家の作品を買って、私の創作能力を養いたくなかった」との記述は、郁達夫が自らの創作活動において日本文学からいかに多くの刺激を受けたかを、逆に証してもいると考えられる。

郁達夫の『日記九種』には、タイトル以上に、その内容面で、大正日本で流行した文学の痕跡をうかがうことができる。『日記九種』は、王映霞という新しい伴侶を得て、死滅していたかに思われた魂が蘇生し、創作者としての自信も復活する、その過程の記録である。描かれたのは、恋愛を契機に、本来的な自我を発見し実現していく、その歓喜と祝福の瞬間である。この、恋愛による自己実現をモチーフとする自伝的記述は、大正半ばの日本で流行現象といってよいほど試みられたスタイルで、その淵源をたどると、江馬修など大正日本の流行作家だけでなく、当時紹介された外国作家、中でもルソーに至る。郁の「新生日記」を読み解くに際し、これらを参照枠とすることが可能である。と同時に、郁における受容をたどっていくと、郁というレンズを通して、大正半ばにおける自己実現をテーマとした自伝的恋愛小説の系譜が浮かび上がる。

2　ルソー『懺悔録』

『日記九種』を刊行した翌年の一月以降、郁達夫はルソー Jean-Jacques Rousseau（一七一二-七八年）について長文の紹介、「盧騒伝」（『北新』第二巻第六期、一九二八年一月十六日）、「盧騒的思想和他的創作」（『北新』第二巻第七期、一九二八年二月一日）を発表している。両篇は連続し、前者がルソーの生涯の紹介、後者は思想や著作の紹介である。つづけて郁は、梁実秋の批判に応えた「翻訳説明就算答弁」（『北新』第二巻第八期、一九二八年二月十六日）、及び「関於盧騒」（『北新』第二巻第十二期、一九二八年五月一日）を発表した。一九二八年前半、たてつづけにルソーに関する長文の記事を発表したわけである。

ルソー伝を書いた理由について、郁達夫は「翻訳説明就算答弁」で次のように記す。

この伝を作った理由は、友人から、ある大学教授が講壇上で、ルソーなど「何一つ取るに足るところがない」と言った、と聞いたからである。そのときこれを聞いて、ルソーを批評するのにこの表現を以ってするのは、実にちょっと納得が行かないと思った、だから家に帰ってルソーについての本を何冊か調べ、あの伝賛を書いたのである。

「盧騒伝」の冒頭でも、「現在に至っても、まだ多くの英米流の正人君子たちが、ルソーの行いを批判しており、その値打ちを評価して、「何一つ取るに足るところがない」と言っている」と憤慨している。この「教授」とは、梁実秋（一九〇二‐八七年）を指す。梁はハーバード大学留学中、批評家バビット Irving Babbitt（一八六五‐一九三三年）に傾倒、一九二七年にその論文集『白璧徳与人文主義』（新月書店）を刊行した。バビットは新人文主義を提唱、ルソーの自然主義やロマン主義的傾向を非難し、古典の精神と伝統を鼓吹する立場にあった。梁のルソー批判はこれにもとづくと思われる。

この梁実秋の発言に対し、まず魯迅による反論「盧梭和胃口」が『語絲』に掲載された（第四巻第四期、一九二八年一月七日）。すでにルソー伝を書いてから、魯迅の反論を知った郁達夫（当時郁は『語絲』にも多く寄稿している）は、いったんは無駄な文章を書いたと後悔した。しかし今度は梁が『時事新報』「書報春秋」欄で、特に郁の「盧騒伝」に対する再反論を書いた（一九二八年二月五日）ことで、再び火がついた。

郁達夫は「翻訳説明就算答弁」で、バビットに対抗してアメリカの作家・社会評論家アプトン・シンクレア Upton

Sinclair（一八七八―一九六八年）の、「プロパガンダの手段として芸術作品を検討する」[6]という観点から書かれた独自の世界文学史、『拝金芸術』（*Mammonart*. 1925）を持ち出し、ルソーが社会革命の鼓吹者であったという観点から、その重要性について反撃を試みた。郁はすぐのちに、『北新』誌上でこの『拝金芸術』を、木村生死の日本語訳（『拝金芸術』金星堂、一九二七年十月）から重訳している（第二巻第十期～第三巻第十四期、一九二八年四月一日～一九二九年八月一日。ただし中絶のためルソーを扱った第四十四章は未訳[7]）。

郁達夫が一九二八年、わざわざルソーを紹介する文章を書いたきっかけに、梁実秋によるルソー攻撃があることは間違いない。しかし、「翻訳説明就算答弁」末尾を読むと、郁がルソーに対する、特にその不道徳行為を非難する声に強く反駁する背景には、郁自身が当時多くの攻撃にさらされていたことがあると分かる。長年中心メンバーだった創造社では、郁が一九二七年一月に発表した「広州事情」（『洪水』第三巻第二十五期）をきっかけに内部対立が起き、同年八月郁は創造社を脱退した。これ以降、雑誌上などで郁を攻撃する記事が現れ、また「K書局発行の雑誌」でも人身攻撃にさらされ、また創造社の雑誌も「私のプライベートと作品を攻撃していた」という。これには当然、同年一月に知り合った王映霞との恋愛が、『日記九種』の刊行によってスキャンダルな話題となっていたことも関係している。

このような「明槍暗箭」（「翻訳説明就算答弁」）にさらされたわが身を、『告白』*Les Confessions*（以下、文脈によっては『懺悔録』とも記す）に見る通り、しばしば周囲からの、特に道徳的な面での人身攻撃にさらされた（あるいはそう感じていた）ルソーと重ね合わせ、反駁の文章を書かずにいられなかった、ということが考えられる。そもそも『告白』執筆には、ルソー自身の告白癖や周囲の勧め以外に、ヴォルテールがルソーの私生活を道徳的に批判した（ルソーが五人の子どもを孤児院送りにした点など）ことに対する自己弁護、という目的があったとされている[8]。

しかしそれだけが、郁達夫がルソーを強く擁護する理由ではない。郁のルソー評価が非常に高いことは、「盧騒伝」以下の文章を見れば分かり、また『告白』については、次のように記している（「盧騒的思想和他的創作」）。

雄壮な文章と、独創的な作風でもって、このように赤裸々に自己の悪徳や醜行を暴露した作品は、確かに彼が冒頭の一章で言うように、実に空前絶後の計画である。特に前半六巻の牧歌的な描写や自然界の観察は、これを読んで惹きつけられない人はおらず、またルソーとともに共感の喜びや悲しみを抱かない人はないだろう。

郁達夫がルソーに最初に触れたのがいつなのか明らかではないが、その関心は相当早くから芽生えたもので、一九一七年十二月十九日の日記に、すでに「ルソー懺悔録」への言及がある（「丁巳日記」）。日本留学時代のことで、タイトルの表記からしても、日本のルソー紹介の刺激を受けた可能性が高い。

ルソーはいうまでもなく、十八世紀のフランスを代表する思想家である。[9] 日本におけるルソーの翻訳は、よく知られているように、中江兆民による『社会契約論』の訳解『民約訳解』（『政理叢談』第二－四十六号、一八八二年三月十日－八三年九月五日）などに始まる。日本のルソー受容は自由民権運動など政治との関係から出発したわけだが、ルソーの影響はそれにとどまらず、明治末年以降文学の面でも顕著で、大正の文壇に及んだ。[10]

その文学的影響の源泉となったのが、『告白』である。その紹介は、森鷗外による抄訳『懺悔記』（『立憲自由新聞』一八九一年三月十八日－五月一日、全十八回）などに始まり、明治末年に至って一気に本格化、まず堺利彦による抄訳『ルソー自伝・赤裸乃人』が、『二六新報』連載後に単行本化された（丙午出版社、一九一二年）。

つづいて出たのが、石川戯庵（一八七六－一九三三年）による『ルッソオ懺悔録』前・後篇（大日本図書株式会社、一九一二年九月）である。前篇冒頭に上田敏・森鷗外の序を置き、後篇末尾に島崎藤村の跋「ルウソオの『懺悔』中に見出したる自己」を付した、仏語からの全訳である。[11] 出版後四ヶ月経過した新聞記事には、半年も経たぬうちに第四版が出ることになったとあり、「上下両巻無慮千五百頁の大冊がさほどまでに歓迎せられたといふ事は、読書界の気運を卜《ぼく》するい丶徴候でがなあらう」とされている（『大阪毎日新聞』一九一四年一月十六日）。そして四年後には、『増訂縮刷ルツソオ懺悔録　全』（同前、一九一六年十二月）となって再び出版された（これが第九版で、筆者の手元にはさらに一年半後の一九一八年六月に出た第十一版がある）。石川訳につづいて、生田長江・大杉栄訳『懺悔録』上下（新潮社、一九一五年六／七月）が出、これはのち新潮社の「世界文学全集」にも収録された（第八巻、一九二九年十月）。郁達夫が日記で言及した一九一七年は、前年に石川訳の増訂縮刷版、二年前に生田・大杉訳と、二種の完訳本がそろった、『告白』受容の頂点に当たる。

一方、中国における紹介翻訳を概観すると、最初に翻訳されたのは『社会契約論』で、一八九八年に『民約通義』というタイトルで中江兆民の日本語訳からの抄訳が出た（同文訳書局）[12]。『告白』については、郁達夫が一連のルソー論を書いた直後の一九二八年五月、『性史』で有名な張競生の訳『盧騒懺悔録　第一書』（美的書店）が出た。張競生の訳は、翌年全訳『盧騒懺悔録』として上海の世界書局から刊行された。つづいて章独の全訳『懺悔録＝*Les confessions*』（商務印書館、一九二九年）が出て、以降何種もの翻訳が出版された（江炳焜訳『盧騒懺悔録』啓明書局、一九三六年五月など）。『中国現代翻訳文学史（1898–1949）』は、「『懺悔録』のように訳の種類や版本の種類が多く、翻訳紹介の規模の大きな作品は、世界文学の翻訳史上稀である」とする[13]。郁のルソー紹介は、中国における『告白』受容の先駆となったわけである。

『告白』はルソーの自伝であるが、その特色はしばしば冒頭の次の一文をもとに論じられる（『告白』の引用はすべて石川戯庵訳『増訂縮刷ルツソオ懺悔録　全』第十版、一九一七年一月に拠る[14]）。

私は前に古人無く後に模倣者無き一つの企てを起す。私は我が同胞に、自然その儘《まま》の人間一人を見せたい。して其の人間は私なのだ。
　自分だけだ。私は自分の心を感ずる、そして人間を知つて居る。私は自分の見て来た人達とはまるで物が違ふ。世の人のすべてと違ふと信じて憚らない。私の方が物が良くないとしても、少くとも異色がある。

あるいは第七巻冒頭の次の一文。

　私の懺悔の本来の目的は、生涯中のいろいろな境遇に於ける心状を精密に語ることである。私の書かうと思つたのは自分の心の歴史である。だから、それを忠実に書くのに何の追懐の必要はない。今までも然うして来た通り、唯自分の内心を顧みる丈で事が足りるのである。(15)〔振り仮名（現代仮名遣い）・傍線は引用者による、以下同じ〕

　このような宣言のもと、幼年から現在まで、ルソーの生涯が詳細に語られる。それは成長の記録であり、ジュネーブを出発点とする放浪の生活、ヴァランス夫人（ヴァラン夫人、ワランス夫人とも表記）やテレーズといった女性遍歴、ディドロら思想家たちとの出会い、音楽や植物への関心、『人間不平等起源論』や『新エロイーズ』といった著作などが語られる。強く印象に残るのは、己の犯した罪に関する微細な記憶の喚起、女性や自然への深い恋着、迫害されているとの強迫観念などであろう。
　石川訳『増訂縮刷ルツソオ懺悔録　全』の一九一八年六月に出た第十一版には、巻末に「ルッソオ懺悔録に対する批評一斑」として、大正元年の刊行後に書かれた数々の書評が収録されている。これを見ると、『東京日日』『やまと』『読売』『東京朝日』『国民』『万朝報』『時事』といった当時の主要新聞や、また『スバル』『帝国文学』などの文芸誌に書評が出たことが分かる。それらには、「純潔と汚穢と、美醜雑然紛然として眼前に披瀝せられ、都《す》べての虚飾を失つた、一糸をも纏わぬ赤裸々の人生――一個の人間――を見せられた時、そこに其人間を見るとよりは、自己を発見して、大なる、そして深い〳〵、最も痛切な感じを享受する」（『時事新報』一九一二年十月十一日）、「読者はこの自叙伝たる小説を読んで、そこに始めて自己の影を見出」す（『帝国文学』一九一二年十一月）、「『懺悔録』には、ルツソオ自身の何一つ隠さうとしない、露出しな霊魂が動いてゐる。それを明白に見るのは、やがてまた読者が自分の欺らない姿を見るといふ事だ」（『大阪毎日新聞』一九一四年一月十六日）といったように、『告白』に読者自身の「自己」を発見する、という共通した論調がある。これには、石川訳『懺悔録』の巻末に収められた、後述する島崎藤村の「ルウソオの『懺悔』中に見出したる自己」も与って大きいと思われるが、それにしても口調をそろえたかのようである。

こういった流れの中で、生田・大杉訳『懺悔録』の序文「『懺悔録』について」は、この書の典型的な紹介となっている。まずルソーを、「十八世紀の末葉より十九世紀を経て現在に及ぶあらゆる芸術は殆んど全部、ルッソオの源泉より発した」といい、「然して、彼が一生の大著、その代表的なるものは、人間と死滅を共にすべき彼の『懺悔録』の一巻なる事は云ふ迄もないのである。この『懺悔録』の一大精神が、近代文学を生んだのである」とし、次のように述べる。

ルッソオは『懺悔録』に於て一個の人間を描いてゐる。何等憚るところなく、彼はその美点も弱点もその儘に我々の前に投げ出してゐる。何人もこれを一読して、宛《さなが》ら自分の事を書かれてゐるやうに思つて、深い共鳴を感じないものはない。何故かと云ふに、彼が万人の心の秘密を赤裸々に表白してゐるからである。

このような自己発見は、実は『告白』の中にも埋め込まれている。『告白』に沿って確認すると、ルソーが最初に

「自己」を見出すのは、ヴァランス夫人との恋愛においてである。

真に自己を享楽する為の敏感性といふものは、自然の作物であり、若しくは人体組織の所産であるかも知らないけれど、此の性を発達せしむる境遇が必要である。然ういふ偶然の原因が無くては、天性甚だ敏感な人といへども、何物を感受することも無く、自己を意識せずに死ぬ外はない。それがまさしく私の此の時までの状態であった。而も私がワレンス夫人を知らず、縦《よ》し知つても久しい間其の傍に居て、彼女の感化で柔しい感情の習慣を得なかつたならば、其の状態は終まで続いたかも知れない。私は断言する、恋の外を感じない人は、その外に此の人生にもつと柔らかものの有ることを感じない。(16)

このように「自己を意識」するきっかけとなるのは、色恋を超えた恋愛だけではない。旅と出会い、挑戦の相次ぐ『告白』全篇が、自己意識の誕生と成長を描いている。大正日本の『懺悔録』読者たちは、ルソーの自己意識の拡張に重ねあわせるように自己を見出していったのではないか、と思われる。

ただしこの、文学作品に作者の自己を描き込み、また読者がそこに自己を見出していく、という書き方・読み方自体は、大正半ばにおける発明ではなく、日露戦後に始まったものである。国木田独歩、島崎藤村、田山花袋といったいわゆる自然主義作家や、日露戦後の新人作家夏目漱石たちは、その作品に作家の自己を表現しているという点から、高く評価された(17)。日露戦後に定着した〈自己表現〉という文学性の基準は、後続する作家たちによっても継承された。中でも、自己の経歴に取材し、しかも恋愛をモチーフに自己発見を描く、自伝的恋愛小説の系譜が、後続する作家たちによって形成される。代表的な作品を挙げると、森田草平『煤煙』(『東京朝日新聞』一九〇九年一月一日‐五月十七日)を筆頭に、鈴木三重吉『小鳥の巣』(『国民新聞』一九一〇年三月三日‐十月十四日)、武者小路実篤『お目出たき人』

（洛陽堂、一九一一年二月）、志賀直哉「大津順吉」（『中央公論』一九一二年九月）、長与善郎『盲目の川』（『白樺』一九一四年四 - 九月）などがある。『告白』の受容は、これら恋愛をモチーフに自己の覚醒を描く小説が数多く書かれた時期と、ちょうど重なる。

自己を素材とする作品の氾濫について、生田長江は、『懺悔録』出版の直後に、次のように記している（「告白文学と道徳的反省」『新小説』一九一五年九月）。

精粗さまざまな意味合で、真実——美と共に、もしくは美よりも以上に——を尚《たっと》ぶ欧洲近代の文学は、好んで作者自身直接の見聞を土台にした写実的作品を出し、又好んで作者自身の閲歴をありの儘に告白した自画像的作品を出した。その主調を導き入れた最近の日本の文壇は、更に一層その傾向を甚だしくして来てゐる。小説の如き、初めは「モデルがあるさうな」と何処からか言ひ出されて、世間の注意を惹き寄せた。次ぎには本屋側が、「事実その儘を書いてある」と吹聴して読者の好奇心を挑発した。後には作者自身から、「これは決して私自身の閲歴をありのままに書いたのでない」と態々《わざわざ》断られない限り、まづまづ大抵告白小説として通つてしまふやうになつた。

浅学にして寡聞なる私は、そもそも何処の国のどの時代が日本の現代に劣らない程の夥《おびただ》しき告白文学を産出し得たかを知らない。〔中略〕／斯くの如く今日の告白文学が、ありもせぬ道徳的反省をあるもののやうに買ひ被られる（作者自身にも）のは、けだし、正直といふこと、赤裸々といふことが、余りに尊重され過ぎてゐるからであらうと思ふ。／今日の文壇思想界では、正直といふこと、赤裸々といふことは、只に最高の徳であるばかりでなく、また一切の徳の根源ででもあるかのごとく思はれてゐる。

生田長江の調子は批判的なものだが、自身の訳した『懺悔録』は、先の序文でも知れる通り、この傾向を助長するものに他ならない。正直に、赤裸々に、作者自身の閲歴、特に勇気をもって告白すべき恋愛や性にまつわる閲歴を、自画像として描く――こういった自伝的恋愛小説の、創作スタイルの影響の磁場の中心に、『懺悔録』は位置するのである。

このルソー『告白』受容の日本における絶頂期の一九一六年、『告白』から多大な影響を受けた作品が登場する。ルソーの描いた恋愛による自己意識の拡張を、自伝的恋愛小説の系譜を継ぎつつ大正日本で体現する、江馬修『受難者』である。

3　江馬修『受難者』

郁達夫の大正文学受容を考える上で見逃せないのは、郁が同時代の流行に敏感に反応し、話題作となった作品によく触れている点である。浅見淵は『昭和文壇側面史』で、「大正時代の今日でいうベストセラーを挙げると、夏目漱石と有島武郎を埒外におくと、江馬修の「受難者」（大正五年刊）倉田百三の「出家とその弟子」（大正六年刊）島田清次郎の「地上」（大正八年刊）賀川豊彦の「死線を越えて」（大正九年刊）であろう」としている。[18] 漱石と有島はもちろん、郁は第五章で見たように倉田百三を読んでおり、さらに大正半ばの一大流行作家である、江馬修（一八八九－一九七五年）についても詳しい感想を残している。ついでに記せば、倉田は病床にあって江馬の『受難者』を妻に読んでもらい、夢中になって薬を飲むのを忘れるほどだったという。[19]

「新生日記」では、一九二七年三月二十六日に購入した江馬修『追放』（新潮社、一九二六年十月）を二十九日に読了、珍しく粗筋を紹介した上で詳しい感想を記し、「全体的に評価すると、やはり大作品だといえる、生命をそなえている」と結論する。『追放』が出版されたのは前年の十月で、半年後に読んだわけだが、郁達夫は江馬の新作をわざわざ上海の地で何気なく手にしたのではない。二十八日の日記には、「作者江馬修は、もともと二流の作家で、文章も弱く、情熱に欠けるが、以前彼が最初に世に出た作品『受難者』を読んだことがある。この『受難者』は、描写が幼稚だとはいえ、情熱が生動していて、読んだときには、しばしば感動したものだった、しかしこの感動は、かなり浅いものではあったが」と記している。つまり、かつて留日時代に江馬の『受難者』（新潮社、一九一六年九月）を読み、相当強い印象が残っていたのである。

一方江馬修も、はるかのちの太平洋戦争中のことになるが、偶然手にした小田嶽夫訳の『同行者　支那現代小説三人傑作集』（竹村書房、一九四三年）で、郁達夫が日記で江馬の『追放』を推称しているのを知る。「日本で殆んど黙殺されている自分の作品が、思いもかけず中国の作家、しかもすぐれた作家郁達夫によってこのように評価されているのをみて心からうれしかった」（自伝『一作歌の歩み』理論社、一九五七年、一七八頁）。作家の言の通り、江馬はやがて傍流の、忘れられた作家となるが、中国人留学生たちにとっては忘れがたい作家だった。

『受難者』は、郁達夫に先立って留日し、一九一一年まで滞在、帰国後も日本文壇の動向につねに注意を払っていた、周作人（一八八五－一九六七年）も読んでいた。のちに「草固与茅屋」（『苦口甘口』上海太平書局、一九四四年十一月）で、「江馬修氏は大正時代の小説家で、その短編「小さい一人」の訳を民国七年『新青年』に掲載したのが、私が日本文学を翻訳した最初といっていい。夏休みに南へ帰省する際に『受難者』を携えて汽車の中で読んだ」と回想している。

江馬の「小さい人」は、同人誌『ラ・テール』に一九一六年四月掲載、翌年『寂しき道』（新潮社、一九一七年三月）に収められた。周作人の訳「小小的一個人」は、一九一八年十二月発行の『新青年』（第五巻第六号）に掲載された。[20]『新青年』のこの号には、周作人の初期評論の代表作、「人的文学」も発表されている。訳者の注記によると、単行本からの訳、つまり刊行から一年半余のことで、「江馬氏は新進作家で、人道主義の傾向がある。この他の著作には、長編小説受難者、暗礁の二種がある」と記す。この年周作人は、日本でも流行していたソログープやストリンドベリなどの翻訳と同時に、「日本近三十年小説之発達」（『新青年』第五巻第一号、一九一八年七月）を書くなど、日本文学の紹介を始めている。

また、郁達夫と同じく創造社のメンバーで留日経験者の、張資平（一八九三－一九五九年）にとっても、江馬修は、周作人同様、最初に訳した日本の作家だった。一九二五年十一月『洪水』（第一巻第四／五期）に掲載した「自殺」は、江馬の「或る自殺」（『文章世界』一九一八年一月）を訳したものである。松岡純子の調査に拠ると、張資平はのちに重複を除いてのべ二十二作家・長編二作・短編二十五作と、相当な量の日本文学を翻訳したが[21]、その最初の翻訳に当たる。この訳はのち張資平編訳『別宴』（武昌時中合作書社、一九二六年三月）に収められ、そこには他に、谷崎精二・小川未明・佐藤春夫・加能作次郎・加藤武雄と、主に大正後半に活躍した作家の作品を収めた。張資平は単行本「序」で、「最後の「夢が覚めた」一篇を除けば、その他の作家はすべてとても有名な作家である」とする（最後の一篇の著者「華田一郎」は未詳）。

江馬修は、現在では昭和のプロレタリア作家として、また戦中から戦後にかけて改稿を重ねた歴史小説『山の民』の著者として知られる。だが、一九一六年に発表した『受難者』はこの年の話題作の一つで、江馬は当時有望な新進作家だった。江馬はこの一作で、大正半ばの文壇の最前線に立ち、翌年以降も『暗礁』（新潮社、一九一七年）・『不滅の像』三部作（一九一九－二〇年）・『運命の影』（一九二一年）・『極光』上下（一九二四年）そして郁達夫も読んだ『追放』と、続々と書き下ろしの長編小説を刊行する[22]。江馬研究者の永平和雄が、『山の民』以外の江馬は忘れられすぎであり、「少なくとも大正文壇における江馬修の存在感を認めるべき」と復権を主張するのも首肯される活躍である[23]。

江馬の長編第一作『受難者』は、ルソー『告白』と自伝的恋愛小説の磁場を共有する、代表的な作品といっていい。

そのことは作品中にも刻み込まれている。駆け出し作家である主人公「自分」は、徐々に注文が来るようになった創作の仕事や、姉の入院先で知り合った看護婦との恋愛への、情熱と懊悩で喜び苦しんでいる最中、『懺悔録』に出会う。

> 丁度この時ルッソウの「懺悔録」が偶然に自分の手に落ちた。自分は寂しい時、心の落着かない時、悩ましい時、恋人を思つてゐる時、いつも或る「力づけ」を欲してこの書を開いた。さうして実際にこの真実と正義の書はそれから長い間自分の力となつた。しかし此時の自分の状態は精神的にも肉体的にも決して宜しくなかつた。〔中略〕実際に自分はまるで病人だつた。神経は病的に過敏になつて顔は青褪《あおあ》せ、体は痩せ細り、食欲はずつと減退した。さうして精神は絶えず異常な興奮と何故とも知れない重い銷沈《しょうちん》との間を往復して、夜は不眠のために苦しんだ[24]。

恋人を想って気持ちの落ち着かない時は、「窓から寺の庭の白木蓮を見守つたり、部屋を七遍まはつたり、お茶を二三度も飲んだり、「懺悔録」を四五行読んだり、宿のまはりをぐるりと散歩したり、凡そ待つ間に関するあらゆる自分の迷信」を執り行うのである[25]。また、二十五の厄年を振り返って、次のように述べる。

この恐れられた厄年が自分にとつて却《かえ》つて誕生以来の最も重要な喜ばしい意義のある年だつた事を発見した。兄の家からの独立と、愛する者との婚約、この二つだけでも一年の記録を飾るに十分だつた。さうしてルッソーの「懺悔録」とドストエフスキーの「カラマゾフ兄弟」とは色々な意味で自分の精神に一生に刈らるべき貴い種を蒔いた[26]。

主人公は作家の分身と思しき文学青年ゆえ、単純に江馬修の年齢に当てはめると、数えで二十五歳は一九一三年、つまり石川訳『ルッソオ懺悔録』が出た翌年に当たる。江馬は自伝『一作家の歩み』でも、『新潮』などに短編を発表し、「大学病院の看護婦と深い恋愛関係」になっていた頃、「ルッソーの「懺悔録」（石川戯庵訳）と、ドストエフスキーの「カラマゾフ兄弟」（ガーネットの英訳本）には魂のどん底まで揺り動かされるような感動を受けた」と記している[27]。もちろん、『受難者』にはルソー以外にも、主人公に啓示を与える作家として、ドストエフスキー、トルストイ、ストリンドベリ、レンブラント、ベートーベンなど、大正に流行した外国の作家や芸術家が登場する。しかしその病的に神経質な、常に強迫観念や被害妄想、思い込みにかられる主人公の、最も強く共感する対象が、『告白』のルソーと『罪と罰』のラスコーリニコフであるのはうなずける。

『受難者』は、文学青年の主人公が、看護婦の礼子と運命的な邂逅《かいこう》をし、数々の困難と闘った末、恋愛を成就させる。その結果、「自分は人類のために働くことを使命に持っている。そうして人はたった一つでも真理を持っていたら、それを黙っていられるものでは無い」、「決して人から借りたものではなくて、とにかく自分の手に血を流して自分で掘り出したもの」だという、「真理」を獲得する物語である。郁より二歳年上の英文学者、福原麟太郎（一八九四－一九八一年）が、はるかのちに礼子を指して、「彼女は私ばかりではない、われわれの世代の恋人でもあった」といい、礼子を彼らの世代の「ベアトリーチェ」と呼んだが（「命なりけり」『文藝春秋』一九五六年九月）、ただし全篇をおおうのは、恋愛の具体的な展開や、礼子の具体的な描写、いわば恋の物語というよりも、主人公が恋愛に喜悦し懊悩する心の状態の記述、恋愛や人生についての抽象的な考察といった、恋愛を通しての自我や観念の表出である。江馬修が敬愛した国木田独歩の作品名を用いると、いわば「恋を恋する人」（『中央公論』一九〇七年一月）の典型といってよい。

この『受難者』は一九一六年の発刊後、大いに売れた。江馬の回想によると、初版八百部はすぐに売れ、次々増刷となった。「その頃はベスト・セラーというような言葉は使われなかったが、「受難者」はいわばベストセラーになって行った」という。(28) 江馬の成功を論じる際によく引かれるのは、演出役を果たした新潮社社主佐藤義亮の、「無名作家の長篇は、可なりの冒険だが、それが実によく売れた。文壇では殆ど沈黙を守つて批評らしい批評を聞くことは出来なかつたが、読者からは感激の言葉を書きつらねた手紙が、盛んに江馬氏のところへ舞い込んだそうだ」、「それが天下の青年に、異常の刺戟を与へ、長篇一つ当れば、『文学的成功』、もつと下品な言葉で言へば『文学的成金』になれるといつた気持ちを一部青年に起さしめたことは否めない」、「何しろ江馬氏の人気は大したものだつた」との証言である。(29) 佐藤は文壇は沈黙を守ったというが、明治末年の二流雑誌から飛躍して、大正の文壇で公器と称すべき地位を占めるに至った自社の『新潮』で、一九一六年十一月に「『受難者』の批評」なる特集を組む。その中で和辻哲郎は、『受難者』の登場を「文壇の一つの大事件」だと呼んだ。お手盛りである点は差し引かねばならないにせよ、和辻ら当時新進の評論家らが絶賛の言葉を寄せたことは間違いない。一九一六年を振り返った時評を見ると、中村星湖（一八八四－一九七四年）は「本年の創作を顧みて」（『時事新報』一九一六年十二月二／五－七日）で、次のような言葉を贈っている。

江馬修氏の長篇『受難者』は精読し且つ愛読した。「恋する者はイゴイストだ」と作の主人公の反省もある通り、主人公（同時に作者自身）の気に喰わない、もしくは恋の邪魔になる人間をば殆どすべて悪人のやうに片着けてしまつた欠点はあるが、〔中略〕磨き上げられた文章、巧な描写、張り切つた気分等で一気に卒読させる魅力を持つてゐる。これまで日本に現れた恋愛小説のうちではちよつと類がなさゝうである。（武者小路氏、長与氏などの同じやうな題材を扱つた作品をばまだ読んでゐないが）。〔中略〕今年の創作壇では、その量に於ても質に於ても最大級の讃辞を呈すべき作品だらうと思ふ。(30)

江馬修と中村星湖に面識のあった点は差し引かねばならないが（『一作家の歩み』第二章）、このような推奨の言葉は、広津和郎の「江馬修氏を論ず」（『新潮』一九一七年一月）など、数多く見られる。『受難者』に「涙」したという和辻と広津は、志賀直哉の『和解』を絶賛した人々でもあった。山本芳明は、大正十三年の時点で四十一刷を重ねた『受難者』は、大正半ばに「文壇内外に一つの時代を形作った」、いわば「『受難者』の時代」を作り出したという意味で「画期的」な作品であることを、当時の批評を分析することで明らかにしている。[31]

以上のように、大正半ばの文壇における江馬修の華々しさ、及び一般の読者からの支持も考慮すると、同時代の日本文学に注意を払っていた郁達夫や周作人・張資平が愛読し訳したことは、何ら不思議ではない。ことに五四新文化運動後の新文学が勃興する文壇で、一九二二年三月長篇の自伝的小説『沖積期化石』（創造社叢書第四種、泰東図書局）でデビューする張資平にとって、この江馬の成功、及び江馬に倣って同じく長篇の自伝的小説『地上』（第一巻「地に潜むもの」、新潮社、一九一九年六月）でデビューし、一躍時の人となった島田清次郎（一八九九－一九三〇年）の成功は、手近なお手本としてあったのではないかと推測される。

島田清次郎の『地上』は、作者の分身と見られる主人公が、貧しく苦悩の深い環境に育ちながらも、天才としての自負を持ち、英雄たらんとする野心に燃えて、地上の人間界の不正や堕落に反抗し、情熱的な恋愛経験を通じて、「全精神が宇宙とともに燃えあがる」「勝利者」、「万人の涙」を流す特別な存在へと成長する物語である。[32]『地上』は『受難者』以上に売れ、文学青年たちの成功欲を刺激した。木村毅（一八九四－一九七九年）は回想して、「私たちの少年時代には、文章を志す者など寥々たる数で、父兄も危い職業としてこれをゆるす者は稀だったが、島田清次郎というやや狂的な天才が現われ、「地上」の作によって忽然文壇に名をなしてから、小説は多く少年の夢となり憧憬となり、アムビションとなり、アドヴェンチュアとなっていた」という。[33]一方、胡散臭さを感じた者もいた。島清と同い年で作家志望だった尾崎一雄（一八九九－一九八三年）は、『地上』の「野暮つたい英雄主義に嫌悪感を覚えた。考へも文章も未熟だと思つた」といい、「この本は今でいふベスト・セラーになつたが、ベスト・セラー本にうさん臭さを覚える癖は、この辺でついたのかも知れない」と回想する。[34]実際島清は、この後転落の人生を送るが、[35]『地上』の翌年発表・出版され、これまたベストセラーとなった賀川豊彦の長編小説『死線を越えて』（『改造』一九二〇年一月－五月）を含め、大正後半には長編の自伝的小説の時代が来ていた。その先駆となったのが、江馬修『受難者』だったわけである。

ただし、郁達夫が最終的には『追放』を「大作品」と賞賛しながらも、一九二七年の段階でいったんは江馬修を「二流の作家」、「すでに過去の人となった小作家」だと断定、「以後十分な発展の希望はない」と軽んじる（三月二十八日）ように、大正末年の段階で江馬の評価はさほど高いものではなくなっていた。『地上』で時の人となりながらもまたたく間に没落した、島田清次郎ほどの急激な転落ではなかったにせよ、時代の潮流にいったんは乗り、文壇の階段を急速に上りつめたものの、書きすぎゆえの筆の荒れ、実力不足や一人合点な思い込み、成功に対する周囲の嫉みなどから、若い作家が往々にして凋落する運命を、江馬は逃れられなかった。同い年の内田百閒（一八八九－一九七一年）は当時の日記に、「江馬修の谷間の宿（『文章世界』一九一九年一月）を読んで幼稚で粗雑なのに感心した」と記す。ただし、昔知人の下宿で会った江馬がしきりに「さびしいです」と言うのを聞いて「馬鹿馬鹿しくて始めから愛想をつかしてゐた」というから、百閒にとって江馬は我不関焉の人だったのだろう。[36]その後江馬の成功が風化するとともに、大正の一時的な流行作家というレッテルは残っても、実際に作品が読まれることは少ない作家となっていく。

しかし『受難者』が、ルソー『告白』とともに、大正半ばにおける自伝的恋愛小説流行の中心にあったことは間違いない。ことに、恋愛体験の重要性、恋愛体験自体の絶対化という『告白』の一特徴を、肥大化して提示した点において、『受難者』は極めて分かりやすい物語となっている。

そもそも、自我の人としてのルソーという理解は、この巨大な思想家の一側面を拡大したにすぎない。カッシーラーによれば、ルソーの教説は、十八世紀の安定し鮮明な輪郭を帯びた形式の世界を疑問視するばかりでなく、それを根底から揺るがし破壊する、「たえず自己を更新してゆく思想の運動」だった。その運動は「抽象的に切り離して示すことはできない」もので、「多くの矛盾をはらんだ定式化以上に出ることはできなかった」という。カッシーラーはこれを、「休むことなく駆り立てられている憑《つ》かれた男ルソー」には、「デモーニッシュな力」が働いていた、と形容する。[37]

中川久定によれば、このような「理解できない矛盾の塊としてのルソー」というイメージは、ルソーの生前からあった。[38] 定式化されない矛盾の塊、カオスとしてのルソーの本領や魅力は、確かに『告白』において遺憾なく発揮されている。『告白』の冒頭で「私のした事、考へた事、又私の在つた通りは是です。善い事も善くない事も同じ真率さで言ひました。〔中略〕私は自分を有りの儘に現しました」（石川訳『懺悔録』一二頁）と宣言するように、『告白』には「デモーニッシュな力」がそのままの姿で表現されている。中川久定は、「ルソーは、自分の描きだすもの一切の「モデル」を、「自分自身の心」のなかに求めている」、その結果、「ルソーの著作すべてのなかに、彼の「心」が透明にその姿をあらわす」とする。中でも『告白』こそ、ルソーの面目をうかがう上で好適の書物であり、その「力」に感染する源泉となるはずである。

この「デモーニッシュな力」とは、どのような形で得られたものだろうか。中川久定は『告白』の記述から、ルソーをかりたてていた渇望の源を、「彼の生にたえず意味を与え続けている絶対的経験（音楽・女性・自然によって与えられた恍惚の体験）」に求める。ルソーは「自我が自我を超えたもののなかで完全に生かされ、充足しているという感覚に襲われている。そして彼は生涯この感覚に固執し続ける。〔中略〕彼があらゆる著作のなかでくりかえし、くりかえし語ったのはこのおなじ訴えなのである」。そして中川氏はこれを「ニルヴァーナのことば」と呼ぶ。[39] ルソーの「力」は、恋愛の陶酔などにおける絶対・完全・充足という自我溶解の瞬間において、最もみなぎるのである。

ヴァランス夫人を思いつつルソーが散歩する箇所を見てみよう。

心の中は、彼女の幻影と、彼女の傍で日を過したい一念とで一ぱいになつて居たことは、何時までも忘れない。〔中略〕妙に心の引かれる鐘の響、鳥の歌、麗《うらら》かな白日、快よい眺望、二人が共有の住居として脳裡に描いて見た散ばつた野の家々、すべてそれらが生々と軟かな、しみぐ〱胸に触れるやうな印象で強く私を動かした。それ故私は望み得られる一切の福祉を我が物とし、肉欲さへ考へないで、言ふべからざる歓喜の中にそれを味ふ幸福な時、幸福な住居の中へ夢幻の裡に連れ込まれた気がした。私は此の時ぐらゐ力を籠め、幻想を逞しくして未来に突進したことを覚えない。(40)

かくのごとき至高の瞬間は、『告白』では必ずしも恋愛においてのみ体験されるのではないが、『受難者』では恋愛体験に集中して起きる。『受難者』は、一冊すべて、恋愛三昧の懊悩と恍惚を描く、といっていい。第一編「邂逅」では、「自分」の愛情を受け入れる言葉を礼子から聞いたとき、「長い、寂しい彷徨の後で、漸く定められた者に邂《めぐ》りあつたものだけが知つてゐるあの原始的な、愛と喜びと感謝の涙」を流す（一四二頁）。これ以降、第二編「恐ろしい淵が開ける」では、礼子の過去や看護婦としての年季など、二人の仲を裂く条件が明らかにされ、第三編「目ざめ」では、生活の苦闘と創作の苦労、文学書による開眼が描かれ、第四編「誘惑」では綾子なる「近代的女性」が接近してくる。このとき「自分」は、綾子に対する愛が「自分の主我的感情から涌く愛」であるのに対し、礼子に対する愛は「宗教的感情に根ざしてゐる愛」だと気づく。「初め礼子に対する自分の愛には自己を理解されようといふ要求が無かつた。〔中略〕自分の愛がそれ程没我的だつた」（三五五頁）。あるいは、「人間は何故に愛するのか。〔中略〕／自分は何故にではなく、実際に、本能的に愛するのだ。さうして愛することができる時に最も幸福を感じ、愛することに最も高貴な感情を味ふのだ」（三六八頁）。こうした恋愛体験を絶対化する記述が、ルソーと通じる「ニルヴァーナのことば」であるのはいうまでもない。

郁達夫に戻ると、『日記九種』が恋愛による再生の記録である点についてはすでに触れた。「新生日記」には、『受難者』同様、恋愛の苦悩と陶酔がくり返し描かれる。「彼女は私が大きな仕事をするよう励ましてくれた。〔中略〕私は彼女に対し心から感激した。彼女のいう通りにきっとすると答え、彼女と長い長い口づけを何度か交わした。今日一日、やっと私たち二人の魂は一つに溶け合ったのだ」（三月七日）といった、恋愛のもたらす励ましがある一方で、「今日一日、有意義に過ごした。私と映霞の恋愛史の最も美しい一ページだ。でもあまりに満足だったので、逆に将来が怖くなる、よい結末を迎えられないのではないかと」（三月十日）といった不安が交々《こもごも》描かれる。また、郁の日記を見て激怒した王映霞に対し、「一人で風雨の中の通りを歩きながら、思いきり泣き出したくなる、もし恋愛の味がこんなに苦いものなら、ただ死んでしまいたい、二度と彼女とつきあいたくない」（三月十一日）と後悔しながらも、仲が戻ると、「彼女とソファに横になり、二人で将来の運命や努力について話をし、泣いたり笑ったり」である（三月二十日）。郁達夫自身、「悲哀と狂喜、失望と野心、数時間のあいだに心持ちは極端から極端へと、何度変転したか分からないほどだ」（三月二十日）と認めるような光景は、『受難者』でもうんざりするほどくり広げられたものである。『日記九種』が、『告白』や『受難者』と、恋愛の涅槃《ねはん》境を共有することがよく分かるだろう。

王映霞との恋愛三昧の最中にあった一九二七年三月、郁達夫が江馬修の『追放』を読み、かつて愛読した『受難者』に思いをめぐらせるのは、偶然ではない。『日記九種』は土地を換え、時代を隔てながらも、ルソー『告白』の大正日本における受容を、江馬の『受難者』とともに分かち合うのである。そしてもう一つ、大正半ばの自伝的恋愛小説を考える上で外せない、そして郁も触れたと思われる作品がある。一九一八－一九年に発表された、藤村の『新生』である。

4　島崎藤村『新生』

ここで再び冒頭の、郁達夫の「新生日記」が島崎藤村の『新生』を念頭において命名されたのではないか、という想定に戻ろう。郁が『新生』を読んでいたかどうか、直接の言及はない。しかし、その可能性は高いと思われる。少なくとも郁は藤村の作品に触れており、「新生日記」の一ヶ月後の「五月日記」、体調不良で入院中の五月十八日には、「島崎藤村の小説集『微風』を読む」とあり、翌日にかけて病床で読みふけっている。『微風』は一九一三年、渡仏と同時期に新潮社から刊行された第四短篇集である。

また、藤村の長編のうち最初に中訳されたのは『新生』で、その他の長編は戦後に訳された。『新生』中国語訳（上下巻、北新書局、一九二七年十二月）の訳者は、郁の友人、徐祖正（一八九五－一九七八年）である。[41] 一九一六年から日本に留学、東京高等師範学校に学び、のち創造社の同人となる陶晶孫と知り合い、『創造』季刊刊行後は寄稿者の一人となった。郁とは日本留学時代からの知り合いで、一九二三年二月、郁が北京の長兄宅に寄寓した際には、前年から北京で教員生活を送っていた徐らとともに、初の魯迅訪問を果たした。また、徐の『蘭生弟的日記』出版の際に、郁はその序文「読『蘭生弟的日記』」で懇切な読後感を記すなど（『現代評論』第四巻第九十期、一九二六年八月二十八日）、親しい関係にあった。一九二七年当時徐が訳していたはずの藤村『新生』を、郁が知らなかったとは考えがたい。

島崎藤村（一八七二－一九四三年）の『新生』は、一九一二年から一八年までの自己の身辺を題材とする。扱われているのは、作家自身をモデルとした岸本捨吉と、姪こま子をモデルとした節子との関係である。妻の死後姪の節子を妊娠させた捨吉が、その解決を求めてフランスへと逃避し、父の面影を通して日本を再認識するまでが、第一巻（以降引用の際には（一）と略す）、帰国後節子とよりを戻した捨吉が、罪の告白によって魂を浄化する経緯の描かれるのが、第二巻（以降引用の際には（二））である。作品内の時間と藤村自身の経歴は重なり、渡仏が一九一三年三月、帰国して節子と再び関係するのが一九一六年七月以降である。また第二巻には、一九一八年における『新生』第一巻発表の決意や、発表による周りからの反響が書き込まれている。つまり発表の段階では、この事件は藤村や周辺の親族にとってまだ生々しい記憶を呼び覚ます、あるいは継続中の事件であった。

このような事件の生々しさから、捨吉の贖罪《しょくざい》が、『新生』という作品を通じての、作家藤村の贖罪と重ねられるとき、『新生』は題材としての事件が昇華されて芸術作品となったというよりは、作品そのものが事件の一部として働いているのではないか、との憶測を生む。藤村が『新生』を書くに至った動機については、これまで伝記などで詳しく考証されてきたし、[42]また戦後の代表的な『新生』論である平野謙「新生論」以来の論考もある。[43]平野は『新生』執筆の動機を、「恋愛からの自由と金銭からの自由といふ現実的作因」に求め、「現実の事件の暴露を防ぐため、作者は身を以てフランスへのがれた。現実の事件の桎梏《しっこく》を脱するため、作者は身を以てその事件をあばいた」と断定した。つまり『新生』には、「現実の昇華」は見られず、そこにあるのは「現実の擬装」ばかりで、「一個純正な芸術作品」とは呼び得ない、というのである。平野が探るのはこのように、藤村の個人的動機であるが、本書ではそれは検討の対象ではない。検討したいのは、こま子との関係が『新生』という文学作品へと結晶する過程において作用した、文学的な動機・方向付けである。

まずタイトルが共通の、ダンテ『新生』の受容については、剣持武彦の論考がある。[44]藤村が『神曲』に明治学院時代から親しんだこと、また受容の過程で、ダンテによるベアトリーチェの理想化とその結婚による失望、さらにその夭折による恋人のイメージの永遠化という『新生』に表現された体験を、D・G・ロセッティによる『新生』の英訳New Lifeに触れた結果として、ロセッティの悲恋や自らの佐藤輔子との恋愛体験に重ね合わせ、随所で「新生」という言葉を使うようになったことが論じられている。藤村が「新生」を初めてタイトルに使ったのは、『新片町より』（佐久良書房、一九〇九年）所収の断章である。

新生は言ひ易い。然しながら、誰か容易《たやす》く『新生』に到り得たと思ふであらう。北村透谷君は『心機妙変』を説いた人であつた。そして其最後は悲惨な死であつた。『新生』を明るいものとばかり思ふのは間違ひだ。見よ、多くの光景は寧《むし》ろ暗黒にして、且つ惨憺たるものである。(45)

同様に「文学断片」(『基督教世界』一九〇九年七月)にも、「真の慰藉《いしゃ》なるものは、寧ろ暗黒にして且つ惨憺たる分子を多く含まねばならぬ。新生の真相と云ふ様なものは、其の光景の多くは風波の多い努力の苦痛と、浪費の悲哀とに満たされたものかと思ふ」と、ほぼ同様の記述がある。これらの記述について剣持氏は、「この一節はダンテの『新生』と『神曲』が念頭にあって書かれたものと思えてならない」と理解する。しかしこれら惨憺たる「新生」についていうなら、より重なるのは、剣持氏も後半で触れる、オスカー・ワイルドの『獄中記』であろう。

ワイルドが郁達夫の心酔した作家で、その偏愛を佐藤春夫や辻潤ら大正日本の作家たちだけでなく、田漢ら当時の日本留学生たちとも共有していたことについては、第六章に記した。明治末年、日本で熱心に紹介され始めたころ、藤村もワイルドを愛読した。これについては井村君江の詳細な論考がある。(46) 短編集『微風』所収の「柳橋スケッチ一、日光」(『中央公論』一九一二年四月)には、妻の死後に「多くの悲痛、厭悪、畏怖、艱難《かんなん》なる労苦、及び戦慄」が襲い来る中で、「最も私の心を慰めたものは、本間久雄君が訳したオスカア・ワイルドの『獄中記』であった」とある。藤村は『獄中記』から、「私は吾れと吾天才の乱費者となつた。而して曾《かつ》て自分に不可思議な喜悦を与へた永《とこし》への若さを恣《ほしい》まゝにするやうになつた。〔中略〕私は最早霊魂の支配者でなくなつた。而もこれを知らなかつた。私はたゞ〳〵快楽の命ずるまゝに身を委せた」という箇所を引用した後に、「私は慰藉を得た。私の病んで居る耳に、種々な快いことを囁《ささや》いて呉れたやうな気がした。私は種々な暗示をも受けた。その証拠には、ボオドレエルの詩集と斯の『獄中記』は絶えず私が自分の枕許から離さなかつた」と記す。(47)

妻冬子が死去したのは一九一〇年八月、この記述の二年近く前のことである。妻の死後、藤村家には家事手伝いに、姪の久子とこま子が来ていた。姉の久子の結婚が一九一二年六月初旬で、いつ藤村家を出たのか判然としないが、藤村とこま子に関係が生じたのは、この少し前のことと推測される。「柳橋スケッチ一、日光」は、こま子との関係が始まった時期の心境を、同性愛を罪に問われて収監され、獄中で再生への希求をつづったワイルドに重ねつつ、リアルタイムに描いたものと考えられる。そして、この関係を作品化した『新生』には、当然ながら『獄中記』が影を落とす。その諸相を詳細に論じた上で、井村氏は、『新生』の随所に見られる「出獄の日を待受ける囚人のようにして」〔二一一〕といった言葉に、「ワイルドと同じ獄中の苦悩にあえぐ姿にみずからを重ね、それを表現＝告白することによって新生へと脱出を願望していた図式的姿勢」を見ている。

ただし『新生』には、『獄中記』の影響だけでは説明しきれない要素も多く存在する。『新生』の第一巻は、節子との関係に起因する、「悲痛、厭悪、畏怖、艱難なる労苦、及び戦慄」（「日光」）の表現であるにしても、第二巻は対照的に、帰国後の一九一六年七月、約三年の月日を経て、再び生じた節子と関係を肯定的に扱った、いわば再生の賛歌へと変調する。そしてこのような移行を可能にしたのは、『告白』の読書、及び『受難者』を典型とする、大正半ばにおける自伝的恋愛小説の流行を、藤村が積極的に受け入れたゆえではなかろうか、と思われるのである。

これまで藤村がルソー、ことに『懺悔録』から大きな影響を受けたことはくり返し論じられてきた(48)。ルソー言及として最も有名なのは、「ルウソオの『懺悔』中に見出したる自己」（『秀才文壇』一九〇九年三月。のち『新片町より』佐久良書房、一九〇九年九月）で、これは石川戯庵訳『増訂縮刷　ルツソオ懺悔録　全』の巻末にも収録された。

> 私はその頃（＝二十三歳のころ）、いろ〱と艱難をしてゐた時であつた。心も暗かつた。で、偶然にもルウソオの書を手にして、熱心に読んで行くうちに、今迄意識せずに居た自分といふものを引出されるやうな気がした。そ

の以前も外国の文学が好きで、いろ〳〵と渉猟してゐたが、私の眼を開けて呉れた書籍は何かといふに、平素愛読した戯曲とか小説とか詩歌とかでなくて、此ルウソオの書いたものであつた。尤もその頃は心も動揺して居たし、歳も若かつたので、「懺悔」を充分に読んだとは言へなかつたが、朧気《おぼろげ》ながら、此書を通して、近代人の考へ方といふものが、私の頭に解るやうになつて来て、直接に自然を観ることを教へられ、自分等の行くべき道が多少理解されたやうな気がした。ルウソオの生涯は、その後永く私の頭に印象せられて、種々な煩悶や艱難に対する時、いつも私はそれを力にして居た。(49)

この記述が、『懺悔録』同時代評や、江馬修のルソー体験と重なることはもちろん、『新生』には、これまでに見てきた『告白』や『受難者』における、恋愛三昧の懊悩と愉悦、その体験の絶対化という、いわゆる「ニルヴァーナのことば」が如実に描かれている。

第一巻では、捨吉が妻の死後、いかに「倦怠」に陥ったかが描かれる。「彼はほと〳〵生活の興味をすら失ひかけた。日がな一日侘《わび》しい単調な物音が自分の部屋の障子に響いて来たり、果しもないやうな寂寞に閉される思ひをしたりして、しばらくもう人も訪ねず、冷い壁を見つめたまゝ坐つたきりの人のやうに成つてしまつた」(序の章五)(50)。こ の倦怠の中に生じた節子との関係も、第一巻では、例えば節子が妊娠を告げたときの、捨吉の反応、「壊れ行く自己に対するやうな冷たく痛ましい心持」(一-十三)というように、寂寞を強めるものでしかなかった。そもそも「岸本は女性に冷淡」で、「女性を軽蔑するやうな彼の性分」さえあった(一-十五)。第一巻における捨吉は、「自分に向つて投げられる石」(一-十六)や「法律の鞭」(一-二十四)におののくばかりの、「生きた屍《しかばね》」で(一-四十二)、起死回生を期して欧州へと旅立つものの、「苦を負ひ、難を負ふことによつて、一切の自己の不徳を償はう」というように、見えているのは身勝手な自分の難儀ばかりである(一-三十一)。節子との関係はあまつさえ、「生涯の汚点」「罪過」

と形容された（一‐六十二）。

ところが旅立ったのちの節子との手紙のやりとりは、「何か急激な変化が不幸な姪の心に展けて来た」（一‐四十四）ことを捨吉に感じさせる。またフランス滞在によって、「罪過は依然として彼の内部に生きて居る」とはいっても、「いくらか柔らかな心でもつて、それに対ふことが出来る」ようになった（一‐九十八）。これを伏線として、第二巻に入ると捨吉と節子は、二人の関係を罪深いものとしてではなく、光明に満ちた、再生への契機として捉え直す。

そもそも第一巻の節子は、「別に多くの女の中から択《えら》んだでも何でもない」、「特に岸本の心を誘惑すべき何物をも彼女は有たなかつた」（一‐十五）と断言されているように、単に手軽な性欲の対象というにすぎなかった。帰国した捨吉は、当初二人の関係を「叔父姪の普通の位置に引戻さうとした」（二‐二十二）。しかし「萎《しお》れた薔薇」のようになった節子（二‐二十八）に思わず接吻を与えたときから、「以前の節子とは別の人かと思はれるほどの節子が見えて来」るようになり（二‐三十九）、「彼女の動作から彼女の声までも生々として来た」（二‐四十九）。やがて節子は、「内部に燃え上がり〳〵するやうな焔が生々と彼女の瞳にかゞやく」ようになる（二‐五十七）。その一方で捨吉にも変化が生じる。

『でも、ほんとに力を頂きましたねえ』

節子は岸本の二階に来て左様言つて悦んで見せるほどに成つた。

斯うした力は――それを貰つたと言つて見せる節子の方ばかりでなく、どうかして彼女を生かしたいと思ふ岸本の方にも強く働いて来た。（中略）彼は節子の違つて来たのを自分の胸に浮べて、その生命の動きから湧いて来る歓喜を自分の身に切に感ずるやうに成つた。のみならず、彼自身と姪との関係まで何となく変質したものと成つて行くのを感じて来た。（二‐四十九）

情熱が燃え上がったり冷めたりの「冷熱」〔二-六十七〕を、何度もくり返しながら、捨吉は徐々に、節子に対し愛情を抱くようになる。過去の罪悪を断ち切るために渡仏し、気持の整理をしたはずの捨吉は、とうとう「節子に対する自分の誠実を意識する」までになり〔二-五十三〕、「一月ばかりも寝食を忘れて、まるで茫然自失」、「自分で自分の情熱を可恐しく思ふ」ほどの状態となる〔二-六十〕。「恋なんてことは、もう二度と僕には来さうもない」と思っていたのに、「仕事もろくに手につかず夜もろくに眠られないやうな恐ろしい情熱」が、内部から湧き上がってくる〔二-九十二〕。叔父と姪の不倫が、中年を迎え創作力の衰えかけた作家と、若く初心で一途な女性との、燃え上がる恋愛と再生の物語へと移行するのである。

こうした恋愛三昧の懊悩と歓喜は、『告白』や『受難者』に見られたものだった。『告白』の名は『新生』に書き込まれてもいる。節子は捨吉に、「わたくしどもは幸福でございますね。あの頂いたルウソオの懺悔録の中に、真の幸福は述べられるもので無い、唯感ぜられる、そして述べ得られないだけそれだけよく感ぜられるといふところが御座いますね。ほんとに左様でございますね」と語る〔二-七十五〕。『新生』第二巻は、恋愛を至高体験とする『告白』や『受難者』と同じ、「ニルヴァーナのことば」によってつづられているのである。

『新生』が『告白』『受難者』と共有するのは、恋愛体験の絶対化だけではない。「ニルヴァーナのことば」は、それが孤独な個としての自己の実現に帰着することにおいて、涅槃境たりえている。『告白』には、喜悦のときと並んで、深い孤独が繰り返し描かれていた。例えばヴァランス夫人との邂逅、溶解の後に、よるべのない自己を抱えての、孤独な闘いが始まる。ルソーは自らを何者かとして実現すべく、音楽の道を目指して、人生の闘争へと旅立つ。『告白』は、自我の確立と溶解を経て、赤裸々に露出した自我が、あるべき姿を実現すべく苦闘する、〈自己実現〉の物語として読むことができる。

これは『受難者』では、より極端に描かれる。後半の第五編「信ざるもの」では、神を信じられない心の揺れ動きが、そして第六編「微かな光」では、神への信仰が生まれ、礼子に宛てて長文の手紙を書く。礼子を「受難者」と呼びかけ、「生きることは受苦だと知れ、愛することは受苦だと知れ。そうして臆することなく静かに謙遜にこの世の苦痛と悲哀に面しようではないか」と語りかける。第七編「結婚」を経て、「エピロオグ」では、寝息をたてる妻の横で、次のように思索する。

真理！　しかし自分にはこの言葉が何となく恐ろしい。真理に生きるといふ事は、それはまるで極地に生きるやうなものでは無いだらうか。なまなかの人間はそこへ行くと凍え死んでしまふ。だから大抵の人は技巧的な温室をこしらへて、その微温の世界で漸く生きてゐる。しかし或る人間になると、いつかその虚偽が堪らなくなつて、極地でも何でも本当の世界に生きたくなる。そして本当の悲劇的な苦闘がそこから起るのだ。一度今まで自分のゐた世界が虚偽だと知つた以上、真剣な人は前にゐた所へ引返すことができない(51)。

ここには『告白』に見られたのと同様の、恋愛三昧の涅槃境を過ごした後に、「微温の世界」を脱し、「極地に生きる」「真剣な人」となった自己を見出す、という論理が描かれている。虚偽を打ち破って、裸の、本来の自己を発見したという「受難」は、寝息をたてている恋人には必ずしも押し付けられるべきものではなかろうが、主人公の論理の中では、恋愛と、この「本当の世界に生きたくなる」願望は、不可分である。しかも『受難者』の物語は、「本当の悲劇的な苦闘がそこから起る」出発点を描くにすぎない。恋愛を経て発見された本来の自己の実現が、ここでも宣言されている。

この論理は『新生』にも見られる。捨吉は節子に、「吾儕の関係は肉の苦しみから出発したやうなものだが、どうかしてこれを活かしたいと思ふね」と語る〔二－五十〕。そして二人の関係は、「創作」〔二－五十四〕という意味深長な言葉で呼ばれる。『新生』第二巻の中でくり返し使われるキーワードは、この「創作」、及び「懺悔」である。「懺悔」というのはもちろん、捨吉と節子の、叔父姪の仲でありながら子までなした、不倫な関係の告白だが、しかし二人の関係が「懺悔」すべき対象となるのは、親族や社会の目にさらされるときで、捨吉と節子の二人だけの世界では、両者の関係は不倫ではなく、あくまで「創作」と呼ばれる。

捨吉と節子が死に瀕した自己を見つめなおし、「新生」へと旅立つためには、この「創作」を経なくてはならなかった。節子は捨吉との恋愛を経験して、「何時の間にか彼女の生命も、あだかも香気を放つ果実のやうに熟して来て居た」〔二－九十四〕。捨吉も、「自分の生命がしきりに彼女に向つてそそぎつつある」のを感じる〔二－七十六〕というように、恋愛によっていったん崩れ去った自己を立て直す。つまり、二人の恋愛は、互いにきずなを確かめ合い、自己を認めてくれる相手を手にすることで、「情熱」や「生命」を沸き立たせ、新たな自己を「創作」することになったのである。

この「創作」が完成に達し、「笑つたことの無い節子の心からの笑顔を見た日」に、捨吉は「明るいところへ出て来た」と思う。また、「もつと広い自由な世界へ行かずには居られないやうなところまで動いた」とき、「懺悔」を決意する〔二－九十二〕。二人の関係が「創作」である以上、「懺悔」として公表されるのが当然ともいえる。捨吉がはじめて「懺悔」を思うとき、「嘘で固めた自分の生活を根から覆《くつがえ》し、暗いところにある自分の苦しい心を明るみへ持ち出して、好い事も悪い事も何もかも公衆の前に白状して、これが自分だ、捨吉だ、と言ふことが出来たなら」〔二－九十二〕とするように、「創作」によって生まれ変わった「自分」を、世間に向かって「懺悔」して見せることで、新しい自己を確認する。捨吉と節子の恋愛や懺悔が、傍目《はため》には不倫で不可解な行為と見られればそれだけ、二人にとってはもう一度生まれ変わるための、欠かせない儀礼となるのである。

節子が台湾に旅立つ知らせを受けたとき、捨吉が喜んで受け入れるのも、二人の恋愛の目標が自己の「創作」にあったと考えると、何の不思議もないだろう。「創作」としての恋愛では、恋愛そのものは目指されていない。「創作」としての恋愛を経過し、それを社会に向かって「懺悔」することで、「自己」のうちに「情熱」や「生命」を沸き立たせ、新しい人生へと踏み出す。[52]つまり「創作」や「懺悔」は、〈自己実現〉のための方便である。平野謙が『新生』の書かれた最大のモチーフを、「姪との宿命的な関係を明るみへ持ちだすことによって、絶ちがたいそのむすびつきを一遽に絶ちきるところにあつた」（「新生論」）とするのは転倒した言い方だとしても、両者の「むすびつき」は、それぞれが自己を「創作」するための手段として機能したのである。

こう見てくると、妻がありながら王映霞との激しい恋愛を記した日記を公表した、郁達夫の意図も、見えてくるのではなかろうか。郁が「新生日記」と名づけた際に、藤村の『新生』が念頭にあったと推測されるのは、タイトルのゆえだけではない。この不倫な恋愛による、自己の再生と実現の物語を、自らに重ねていたのではないか、と思われるからである。内容的に『新生』とも関係する短編集『微風』を、「新生日記」の直後にわざわざ読んでいるのも、このことを示すと考えられる。

そして最後に付け加えるべきだろう、作品の中であれほど絶対的な恋愛として崇高化されながら、ルソー、江馬修、島崎藤村、郁達夫、いずれの恋愛も、決して永遠ではなかった。すでに作中で終わりを告げるルソーと藤村はもちろんとして、江馬、郁の恋愛も、やがて破局を迎える。

しかしこれは、絶対化された恋愛体験の当然の帰結、というべきかもしれない。彼らが描いた恋愛は、いずれも自己を実現するための契機にすぎない。実際、彼らはすべて、恋多き男たちだった。例えば、女性遍歴を重ねた江馬は、七十歳半ばにして、五十歳も年下の女性と、何度目かの燃え上がるような恋をする。客観的に見れば、「女性を勝手に理想化しては失望し、次の女性を求める――これの繰り返し」なわけだが、相手となった天児《あまご》直美は、「すべてが本気で大まじめで、恋にのめり込んで、一人の女性のために前後の見さかいもなく、家庭も名誉も投げ捨ててしまう」「打算のない修」が、好きになる。[53] 一九二二年の『処女地』創刊のころから震災まで、一年余りの間に、二十四歳年下の加藤静子に百通を超える手紙を出したという藤村も、同様だろう。出会いから八年後、藤村に手をしっかり握られた静子は、「自分のハート」に、「一人の青年の姿」、「なんらの過去を持たない詩人」、「貧しい」「無名の青年の姿」を見る。[54] そして男たちは、恋愛による再生を経て、再び創作に励むのである。

5　〈自己実現〉の時代

以上のように見てくると、王映霞との恋愛に一喜一憂していた一九二七年一月、郁達夫が江馬修の新作を読み、その感想を「新生日記」中に長々と記していること、また恋愛が成就し、「新生」の最中にあった翌一九二八年一月以降、ルソーに関して続々文章を発表したことは、偶然でないと理解できるだろう。日本で郁が『懺悔録』や『受難者』に触れてから、約十年が経過した一九二七年から八年にかけて、当時の読書体験を召喚するのは、このときに至って、郁にとってこれらの読書が、自らの恋愛及び創作活動の意味を明かしてくれると考えられたからではなかろうか。あるいは逆に、一九二七年から八年にかけての郁の執筆活動を微細に検討すると、その出発点として、大正半ばの日本文学の磁場の一つが浮かび上がり、そこに恋愛をテーマとする、自己の発見や実現の物語が語られているのを見出すのである。

藤村が一九一二年、ワイルドに言及した一文を引いてみる（「オスカア・ワイルドの言葉」『読売新聞』一九一二年四月七日。『後の新片町より』新潮社、一九一三年所収）。

オスカア・ワイルド曰く、

『私は心から自己実現の清新なる様式を求めて居る。私が現在の要求はこれである。而して先づ第一になさゞるべからざることは、世間に反抗せんとする苦い反発の感情を脱し去ることである。』

これ程反抗の精神に満ち溢れた言葉を、めつたに私は見たことが無い――しかも自由な感情の発露と、多分な涙のかゞやきとを以て。

ワイルドの言葉は、恐らく『獄中記』からの引用だと思われるが、この引用はのちの事態を先取りした。大正半ばの文学では、この「自己実現」がキーワードの一つとなる。自我の意識を見出した作家たちは、恋愛、旅、創作といった実践行為において、自己を実現しようとする。そのとき先駆者として想起されるのがルソーであり、これを受けて大正半ばに自伝的恋愛小説が続々と書かれた。

もちろん〈自己実現〉の手段は、恋愛に限らず、和辻哲郎のように古寺巡礼という旅であったり、志賀直哉のように父親との葛藤と和解、創作という行為であったりする。第一次大戦後の一九一七年前後、文学は大きく転換しようとしていた。その際に文学とは何かを定める一つの指標となるのが、文学作品が〈自己実現〉の手段となっているかどうかであり、これを如実に体現するのが、大正半ばの一連の自伝的恋愛小説である。郁達夫「新生日記」から、日本の文学を捉えなおすとき、大正半ばに起きたこの地殻変動が浮かび上がるのである。

終章

比較文学と文学史研究

中国の作家郁達夫における日本文学受容の足跡をたどりつつ、郁の眼を通して大正文学、特に第一次大戦後の文学を見直す試みを、全七章にわたって試みてきた。この終章では、本書で試みた比較文学研究、及び文学史研究の手法について簡単に整理し、本書をこの二種の文学研究の枠の中で位置付けてみたい。

＊

本書で筆者が試みたのは、外国人作家の眼を通して日本文学を、当時の文脈に即して描き直す、という手法である。これは実は、比較文学でよく用いられる手法を、視線の方向を換えて用いている。

比較文学は文学研究の中でも、対象とする地域によって規定されるのではなく、研究の手法によって規定されるという、やや特殊な領域に属する。比較文学の研究者は、多くの場合、ある地域や言語の文学の専門家で、また特定の地域の文学だけを研究するよりも、日本とドイツ、日本と中国など二ヶ所もしくは二言語以上を対象とし、しかもそれらを別個にではなく、両者の具体的な関係について研究する場合が多い。そしてこの関係を研究する際に用いられ

る典型的な手法に、影響受容研究がある。(1)

影響受容研究は、ごく簡単にいえば外国文学が日本文学にいかに影響を与えたか、あるいは日本文学が外国文学をいかに受容したかの研究である。具体例を挙げると、亀井俊介『近代文学におけるホイットマンの運命』(研究社、一九七〇年)は、米英独仏、及び日本においてアメリカの詩人ホイットマンがいかに読まれたかを刻明にたどり、ホイットマンの与えた巨大な影響圏の広がりと深さを明らかにしている。

こういった、海外の作家が日本の文学に与えた影響の研究は、同書ほど網羅的研究こそ少ないものの、宮永孝『ポーと日本　その受容の歴史』(彩流社、二〇〇〇年)、柳富子『トルストイと日本』(早稲田大学出版部、一九九八年)、河内清『ゾラと日本自然主義』(梓出版社、一九九〇年)、中村都史子『日本のイプセン現象　1906-1916年』(九州大学出版会、一九九七年)、中田幸子『父祖たちの神々　ジャック・ロンドン、アプトン・シンクレアと日本人』(国書刊行会、一九九一年)、文学上の主義でいえば酒井府『ドイツ表現主義と日本　大正期の動向を中心に』(早稲田大学出版部、二〇〇三年)など、数多くある。

比較文学の論文集や講座に収録された研究論文も、多くはこの手法を用い、成瀬正勝編『大正文学の比較文学的研究』(明治書院、一九六八年)、吉田精一編『日本近代文学の比較文学的研究』(清水弘文堂書房、一九七一年)、福田光治他編『欧米作家と日本近代文学』全五巻(教育出版センター、一九七四－七五年)などは代表的な業績である。日本の伝統的な比較文学研究の一つは、日本における外国作家の影響の過程を明らかにすることであった。

以上のように、ある外国の作家が日本にいかなる影響を与えたのかの研究は、影響研究と呼ばれるが、見方を換えるとそれは、日本において外国作家がいかに受容されたか、の研究となる。しばしば、特定の日本人作家における受容に焦点を絞り、その作家が特定の外国文学をいかに消化することで自らの創作にいかに活かしたかを探求することが多い。しかも、文学のみならず広く生活習慣を含む外国文化の受容が、集中的かつ深度をともなってなされるのは、日本人作家が留学などで海外に長期間滞在するケースである。日本人作家の海外体験を明らかにする研究は比較文学研究の独壇場といえる。森鷗外のドイツ留学の全貌を描く、小堀桂一郎『若き日の森鷗外』（東京大学出版会、一九六九年）はその最も優れた例である。同様の問題意識や手法で記された日本人作家の海外体験に関する研究は数多い（夏目漱石のロンドン体験を描く、出口保夫『漱石と不愉快なロンドン』柏書房、二〇〇六年、永井荷風のアメリカ体験を描く、末延芳晴『永井荷風の見たあめりか』中央公論社、一九九七年など）。

また、日本人作家のアジア体験についても研究が進められ（芦谷信和編『作家のアジア体験　近代日本文学の陰画』世界思想社、一九九二年など）、谷崎の中国体験を描く西原大輔『谷崎潤一郎とオリエンタリズム　大正日本の中国幻想』（中央公論新社、二〇〇三年）はその鮮やかな成果の一つである。戦前の植民地体験については、島田謹二『華麗島文学志　日本詩人の台湾体験』（明治書院、一九九五年）以来の研究がある（佐藤春夫の台湾体験を描く邱若山『佐藤春夫台湾旅行関係作品研究』台北：致良出版社、二〇〇二年など）。他にも、作家の従軍体験や戦争中の南方体験などの研究が進められている（神谷忠孝・木村一信編『南方徴用作家　戦争と文学』世界思想社、一九九六年など）。

こういった日本人作家の海外体験と、ちょうど対になるものとして、外国人作家の日本体験がある。代表的なものとしては、平川祐弘による『小泉八雲　西洋脱出の夢』（新潮社、一九八一年）以来の、ラフカディオ・ハーンの研究があり、日本研究の創始者たちとして、アーネスト・サトウ（萩原延壽『遠い崖　アーネスト・サトウ日記抄』全十四巻、毎日新聞社、一九九八-二〇〇一年）、チェンバレン（太田雄三『B・H・チェンバレン　日欧間の往復運動に生きた世界人』リブロポート、一九九〇年）の研究などがある。ただし欧米作家の日本滞在は、ハーンなど稀なケースを除き、多くの場合短期間に過ぎず、その体験が作家の創作にまで直結していることは少ない。これに対し、日本で文学的な自己形成を行った外国人作家の多くは、欧米からではなくアジアから来たのである。

本書の主人公である郁達夫のように、青年時代に日本に長期間滞在した中国人留学生たちの体験は、ちょうど鷗外にとってのドイツ、有島武郎にとってのアメリカのような体験に相当する。[2] 本書にとって直接の先行研究に当たるのは、郁達夫の若き日々を扱った稲葉昭二『郁達夫　その青春と詩』（東方書店、一九八二年）などだが、日本に留学した中国人作家の数は多く、これまでに数多くの研究がなされてきた。魯迅の日本体験を扱った北岡正子『魯迅　日本という異文化のなかで　弘文学院入学から「退学」事件まで』（関西大学出版部、二〇〇一年）や、郁達夫を含む創造社メンバーの日本体験を扱った伊藤虎丸「解題　問題としての創造社　日本文学との関係から」（同編『創造社資料別巻　創造社研究』アジア出版、一九七九年）、小谷一郎「第一期創造社同人の出会いと創造社の成立　創造社と日本」（古田敬一『中国文学の比較文学的研究』汲古書院、一九八六年）、郁達夫の創造社時代の盟友郭沫若の留学時代を扱った武継平『異文化のなかの郭沫若　日本留学の時代』（九州大学出版会、二〇〇二年）、同じく創造社のメンバーを扱う厳安生『陶晶孫　その数奇な生涯　もう一つの中国人留学精神史』（岩波書店、二〇〇九年）などは代表的なもので、特に大正時代を扱う厳氏の著作は、本書と近い位置にある。

本書は以上のような、ある作家にとっての海外体験と、それがその作家の創作活動にいかに活かされたのかという比較文学研究の枠内にある。ただし本書の、郁達夫における日本文学受容の痕跡を追う作業は、これに止まらない。同じ外国作家の日本体験といっても、例えばハーンの場合、松江や熊本や東京などにおいて、当時の日本社会や日本人の生活をどのように見たのか、という面から、ハーンの見た日本像を明らかにすることはできる。しかし、こと文学に限ると、その言語能力や創作の環境からして、日本からハーンへ、という方向での検討が中心となる。日本文学との関係においては、ハーンは受け手であり到着点であって、ハーンを通して日本文学を照らし直す、といった作業を行うのは困難である。[3]

それに対し、郁達夫の場合は、単に日本文学を受容した痕跡を明らかにして終わりというものではない。というのも、郁は若い日々、日本に長く留学した経験を持つからである。すでにくり返し確認したように、一九一三年に来日した郁は、第一高等学校予科を経て、名古屋の第八高等学校、東京帝国大学経済学部で学び、一九二二年に卒業、帰国した。十代の終わりから二十代の半ばまで、滞在は約九年間に及び、しかもその間、文学に耽溺し読書三昧の日々を送った。同時代の日本文学はもちろんとして、日・英・独語を通じて、当時日本で流行していた海外の文学や思想に触れた。郁達夫が当時の日本の生活だけでなく文学を全身で吸収した。

とすると、郁達夫の異文化体験の場合、体験した側の経験の内実を明らかにするだけでなく、その体験を通して異文化自体の輪郭をも描くことが可能なのではないか。比較文学研究の手法は、異文化という外界から作家の内側へと下りていくだけではなく、視線の方向を逆にして、作家の体験から異文化へと向かうこともできるはずである。

実際そういった試みは、これまで、南蛮資料による日本史研究や、出島のオランダ医の見た日本、比較文化研究の一つの領域でもある幕末以降の外国人の見た日本の研究において、実践されてきたものである。西洋人の見たアジアに関する研究の先駆者の一人で、郁達夫の学生時代の知友だった石田幹之助は、観察者の誤解、臆断、謬見《びゅうけん》に注意を促しながらも、ある文化の内部に属する者は往々にして「鹿を追ふものは山を見ず」になりがちな一方、文化を外側から経験する者の場合、「彼等には又何等の伝統に捉はれず、極めて自由な立場からあるがまゝに物を見ることが出来るために、我等が知らず識らず家常茶飯の事として深くも気に留めぬことに浅からぬ意義と価値とを発見してくれたり、他国の事例との比較に依つて我が国の事物の特殊なる位置を認識し、正当な評価を与へてくれることもある」と述べた(4)。本書はこのような、外国人の見た日本の研究の成果をも継承している。

日本における郁達夫研究の先駆者だった伊藤虎丸は、郁を含む創造社の作家たちの作品に触れる感触を、次のように記している。

時代は、あたかも第1次欧州大戦を間にはさむ大正である。私たちは、創造社の人々の小説や評論や回想記を読む時、屡々《しばしば》、古い画報でも見るように懐かしい大正の風俗に出会う。それは、「イプセンの問題劇、エレン・ケイの『恋愛と結婚』、自然主義作家の醜悪暴露論、刺激性に富んだ社会主義の両性観」（郁達夫「雪夜」）であり、「名女優衣川孔雀・森律子らの妖艶な写真、化粧前の半裸の写真、婦女画報にのった淑女や名妓の記事、東京の名流姫妾たちのスキャンダル等々」（同上）であり、あるいは、有楽町のアイスクリーム店や上野不忍《しのばず》の池や大学の図書館や理科大学の研究室や小石川の植物園や井の頭公園等々、また、佐藤春夫・秋田雨雀・厨川白村・河上肇《はじめ》といった人々の名であり、新ロマン派やドイツ表現派、イプセンやダウスンやゲーテ等々、映画「カリガリ博士」や「民衆座」上演の「青い鳥」、そして東京の「カフェー情調」や「世紀末のデカダンス」であった。——郁達夫は、こうした「両性解放の新時代」「世紀末の過渡時代」の渦の中に投げこまれた中国からやって来た一少年が、すっかりその中にまきこまれ「沈没」させられてしまったことを語っているが（同上）、こうした時代の雰囲気の中で、彼ら留学生たちが、日本から受け取り感じ取ったものは何だっただろうか。(5)

郁達夫を読むことで身近に感じられるのは、大正という時代の息吹だけではない。伊藤氏のいう「日本から受け取り感じ取ったもの」で最も大きかったのは、大正の文学だった。しかもその文学は、郁達夫の精神を形作っただけでなく、大正の文学自体も、郁をはじめとする中国人作家たちをその観察者、参与者として持つことで、国境を越えた一つの体験の場となった。本書は彼らが見た大正日本の、それも文学の一端を明らかにしたにすぎない。

本書は、筆者が大学院で学んだ比較文学研究の手法に加えて、伊藤氏をはじめとする日本の郁達夫や中国現代文学研究の恩恵を受けつつ書かれている。本書が伊藤氏の発した疑問に対する、一つの回答になっていれば幸いである。

＊

次に、本書がどのような文学史研究を目指しているのかについて、簡単に触れておきたい。序章で述べたように、本書は、日露戦後の文学を扱った前著『文学の誕生　藤村から漱石へ』につづき、日本近代文学の大きな転換期であったと思われる、大正半ば、特に第一次大戦後（日本にとって実質的に戦争が終了した一九一五年以降）の文学を扱った。明治維新以降の日本の近代史は、一八七七年の西南戦争以来、大規模な戦争を何度も経験した。特に一八九四年に始まる日清戦争以来の五十年間は、日露戦争（一九〇四年－）、第一次大戦（一九一四年－）、シベリア出兵（一九一八年－）、満洲事変（一九三一年－）、日中戦争（一九三七年－）、ノモンハン事件（一九三九年）、そして太平洋戦争（一九四一年－）と、「戦争につぐ戦争の時代」（加藤陽子『戦争の日本近現代史』(6)）だった。

これらの戦争の多くは、文学に対しても大きな影響を及ぼした。戦争は、戦記や戦争文学といった形で、文学に好個の題材を提供した。また、文学の主要な伝達手段である、新聞雑誌などのメディアのあり方や、文学が描く素材やテーマ・人物形象の選択、対象を捉える技法や構成を規定するなど、直接の影響を及ぼした。間接的な影響はそれ以上といってよい。戦争は国家の輪郭を変え、政治や経済、日本と呼ばれた土地に住む人々の暮らしや考え方に強力に働きかけ、その戦争が勃発する以前がどうだったのか分からなくなるほどの変化を、日本の社会やそこに住む人々にもたらした。それが文学にも波及する。

もちろん社会を変えるのは戦争だけではない。例えばよくいわれるように、一九二三年の関東大震災も、文学にとって大きな衝撃だった。第一次大戦後の次の文学の大きな転換期は、震災後に到来し、それまでに萌芽していた新たな潮流が、一気に加速されることになる。だが、第二次大戦後までの日本近代文学にとって、戦争に比べられるほどの影響源はなかったと思われる。日本の近代がその盛衰を戦争とともにしたように、近代文学にも各時代の戦争がつねに大きな影を落とした。

ただし本書の目的は、時代の断面を切り取る形での文学史記述に限られる。文学のいくつかの大きな転換期のうち、大正半ば、第一次大戦後の数年間において文学がどのようなものへと変貌を遂げたのかを記述することが目的で、戦争と文学の関係に言及することは本書の範囲から外れ、また筆者の力量も不足している。戦争、特に二十世紀の世界戦争がいかに人々の生存と関わる出来事であるか、またそれに文学といかに関わったのかといった課題に、残念ながら本書は答えることができないだけでなく[7]、第一次大戦後の文学において、何が文学と考えられ何が文学ではないと考えられたかの境界線を引くための基準だと、本書において想定した、文学における〈自己実現〉なるテーマが、日本における第一次大戦とどのように関わるのかについても、具体的な答えを準備することは難しい。これは前著『文学の誕生』のときに、文学とは〈自己表現〉の産物だとアイデンティファイされたのがなぜ日露戦後だったのかについて、文学内部と外部の社会とをリンクして論じられなかったのと同様である。

もちろん一般的な説明は可能である。大正時代を扱った歴史の概説書の多くは、この約十五年間を、事件と世相の両面から描く。大正の大事件といえば、大正政変、第一次大戦参戦、シベリア出兵、米騒動、原敬内閣の成立、ワシントン会議、関東大震災などである。これら事件の羅列をつなぐものとして、閥族打破、憲政擁護の議会運動や、普選を要求する民衆運動、戦後景気による成金や小市民階級の登場と、労働者や「新しい女」の意識の高まり、思想的背景としての民本主義や教養主義、社会主義、そして大都会の出現とそこでくり広げられるモダンな生活といった文化史的な世相が、事件の隙間を縫うように提示される。国家規模の事件が他の時代に比べて少なかったこと、安定した政治経済と市民生活の成熟が、日露戦後の国民意識覚醒の延長線上で、国家や社会・家族などの共同体から相対的に自律した存在としての、個人意識を伸長させたのである[8]。

中でも、第一次大戦及び戦後景気がもたらした日本の政治経済の大きな成長と、この変化が人々の生活面にもたらした光と影は、日露戦争以来の画期として、時代の主旋律となる。護憲から普選へ、民衆運動から民本主義及び社会主義に裏づけられた労働・学生運動へ、庶民の雑居する町から市民生活が営まれる都市空間へという流れの中で、日露戦後に個人が自己を表現する手段となった文学は、いっそう個人との結びつきを深めた。言葉の綺羅を尽くしリズムで陶酔感を誘う、娯楽の一種ではなくなることにおいては、もはや日露戦後以上である。内面に沈潜しつつ創作することが、本当の自己を完成させ、自己を実現する手段となる、より個々の存在と密着した営為となった。日露戦後にくり返し唱えられた、帝国日本の国民意識の覚醒が、作家が作品において自己を表現することこそ文学だとする価値観と関わっているなら、第一次大戦後の個人意識の伸長は、さらに一歩を進めて、創作活動を通じて自己を実現する段階にまで進んだのである。

この変化は第一次大戦後の文学が、日露戦後の文学よりも読みやすさ、馴染みやすさの面で、現在の文学表現と地続きである点にも表れている。現在、近代文学のうちいわゆる古典的な名作として読まれるものの多くは、安定した口語文が完成する日露戦後の作品が中心だが、それでも現在の読者が、漱石や自然主義の文学を煩わしい注釈を参照せず、そのまま読んで理解することは困難だろう。一方、この大正半ば以降の文学は、武者小路実篤や志賀直哉はもちろん、きらびやかな技巧を誇った芥川龍之介でさえ、現在の読者は大半が注釈なしで、いきなりその作品の中に入り込むことができるほど、語彙は限定され、描かれた外界も自己の内面の深さに反比例して平板になった。文学作品は日露戦後以上に、物語の外枠となる事件や社会を描写の対象から外し、修飾的な語彙を減らし、自己の内へ内へと沈潜していった。その結果、作品内部の世界は均質化され、言語は対象の再現という点で安定した奥行きを獲得し、個人の内面のみが突出して強調される。政治だけでなく、文学でも普選が近づいた、というべき事態である。

これまで大正文学は、大正時代という区切りの下で論じられてきたが、元号が変わるのは大きな事件であるにせよ、社会のあり方そのものを変えるわけではない。日露戦前から伏流していた新しい文学の流れが、日露戦後に一気に奔流となって押し寄せたように、明治末年以来伏流してきた新しい流れは、実質的な第一次大戦後である大正五年から七、八年にかけて、またたく間に主流となり、他の方向へと流れゆく可能性を追いやった。この主流となった文学を一言で表現するなら、それがこれまで述べてきた〈自己実現〉の文学であり、その流れを主流へと推し進めたのが、第一次大戦後の社会や人々の考え方の変化だった。

ただし残念ながら、以上のような時代的要因を、文学史の動因として説明にいくら加えたところで、第一次大戦後の文学の変化が分かった、という気にはならないだろう。これら社会的な動因と、当時の文学がいかにあったかの間には、説明上の埋めがたい溝がある。歴史的な動因を説明する上での筆者の力量不足をあえて棚に上げて言えば、文学の変化は文学自身の言葉で語る他なく、ある時代の文学がどうしてそのようであったのか、そのようになったのかは当時の文学によって語る他ない。時代が文学を産み出すのではなく、文学は時代とともにそのあり方を変えるだけで、時代を論じることは必ずしも文学を論じることにはならない、と筆者は考えている。文学には時代を超越した、文学それ自体としての価値はないかもしれないが、それぞれの時代において文学は独自の、時代と大きく絡み合った形で魅力を発揮し、文学に魅入られ、文学こそ至上の愉悦と考える人々が現れた。本書が扱った時代にも、文学は他には代えがたい吸引力を発し、文学に接することにこの上ない醍醐味を感じる人々がいた。そして本書が、郁達夫の残した大正文学の痕跡を追跡し、第一次大戦後に文学がどのようにしてこの抗いがたい魅力を発していたのか探求する中で、試行錯誤のうちにたどり着いたのが、当時しばしば用いられた、「自己の完成」であり、「自己の発達」であり、「自己実現」だった、ということである。

文学というものの捉え方が大きく変わる特定の時期を記述する作業は、時代の断面を描くという点で、共時的な文学史の記述である。この共時的な文学史は、文学史に残る栄誉を勝ち得た作家たちの列伝ではない文学史を記すこと、認識の布置が意識せぬうちにいかに変容したのかを描きだすことを目標とする。日本の近代文学が後戻りできないほど決定的に転換したのは日露戦後であると思われ、その中の基盤となる要素は、第一次大戦後はもちろん、現在の文学をもゆるやかに規定しつづけていると筆者は考えているが、その後文学が一貫して同一でありつづけたわけではない。

文学は時代とともに変化すると考えるなら、日露戦後の次の転換点だった、第一次大戦後の文学を描いた本書には、そのつづきが書かれねばならない。次の転換点はいつ来るのか、次の時代において文学はいかなるものとして認識されるのか、文学史に名を記した作家と記さなかった作家たちの間にはどのような線が引かれたのかといった問いを抱いて、次の文学の物語に進みたいと思う。

注

序章　郁達夫と大正文学——第一次大戦後の文学と〈自己実現〉

（1）郁達夫の年譜としては、伊藤虎丸・稲葉昭二・鈴木正夫編『郁達夫資料総目録附年譜』下（東洋学文献センター叢刊第59輯、東京大学東洋文化研究所附属東洋学文献センター、一九九〇年）の「Ⅲ　附：年譜」を利用し、併せて王自立・陳子善編「郁達夫簡譜」（陳子善・王自立編『郁達夫研究資料』下、花城出版社、一九八五年）、豊富な伝記資料を収めた郭文友『千秋飲恨　郁達夫年譜長編』（四川人民出版社、一九九六年）を参照した。また創造社の年譜としては、小谷一郎編「創造社年表」（伊藤虎丸編『創造社研究』創造社資料別巻、アジア出版、一九七九年）を使用した。郁達夫の伝記としては、孫百剛『郁達夫外伝』（浙江人民出版社、一九八二年）、郁雲『郁達夫伝』（福建人民出版社、一九八四年）、方忠『郁達夫伝』（団結出版社、一九九九年）を参照した。

（2）岡崎俊夫・立間祥介他訳『現代中国文学6　郁達夫・曹禺』（河出書房新社、一九七一年）など。

（3）鈴木正夫『郁達夫　悲劇の時代作家』（研文出版、一九九四年）、同『スマトラの郁達夫　太平洋戦争と中国作家』（東方書店、一九九五年）など。

（4）以下の文学史的な概観をする上で、年表については、吉田精一編『現代日本文学年表　改訂増補版』（筑摩書房、一九六五年）、小田切進編『日本近代文学年表』（小学館、一九九三年）、年表の会編『近代文学年表』（双文社出版、一九九五年、増補3版）を参照した。大正文学史としては、本書の中で触れる諸書以外に、紅野敏郎・三好行雄・竹盛天雄・平岡敏夫編『近代文学史2　大正の文学』（有斐閣選書、一九七二年）、三好行雄・竹盛天雄編『近代文学4　大正文学の諸相』（有斐閣双書、一九七七年）、瀬沼茂樹『日本文壇史』第十九－二十四巻（講談社、一九七七－七八年。のち講談社文芸文庫、一九九七－九八年）、紅野敏郎『新潮日本文学アルバム別巻2　大正文学アルバム』（新潮社、一九八六年）、『編年体大正文学全集』全十五巻（ゆまに書房、二〇〇〇 - 三年）各巻の「解説」を参照した。
（5）藤井淑禎「解説　一九一七（大正六）年の文学」（同編『編年体大正文学全集6　大正六年』ゆまに書房、二〇〇一年、六二八頁）。
（6）江馬修『一作家の歩み』（理論社、一九五七年、一四五頁）。
（7）青野季吉『文学五十年』（筑摩書房、一九五七年、七三 - 五頁）。
（8）尾崎一雄『あの日この日』上（講談社、一九七五年）。引用は講談社文庫版第一巻（一九七八年、八三 - 四頁）に拠る。
（9）小島政二郎『長編小説　芥川龍之介』（読売新聞社、一九七七年）。引用は講談社文芸文庫版（二〇〇八年、三九 - 四〇頁）に拠る。
（10）広津和郎『年月のあしおと』（講談社、一九六三年）。引用は講談社文庫版（一九八一年、三四七 - 八頁）に拠る。
（11）臼井吉見『大正文学史』（筑摩叢書、一九六三年、五頁）。
（12）紅野敏郎司会・谷沢永一・西垣勤・助川徳是・高橋春雄『シンポジウム日本文学17　大正文学』（学生社、一九七六年）の第三章における谷沢の報告（一〇二頁）。
（13）紅野敏郎『一九一〇年代　文学史の園』（青英舎、一九八〇年）の「大正期文壇の成立「文章倶楽部」「新潮」」（三五九頁）。
（14）山本芳明『文学者はつくられる』（ひつじ書房、二〇〇〇年、九〇頁）。
（15）柳田泉・勝本清一郎・猪野謙二『座談会大正文学史』（岩波書店、一九六五年、三四頁）。
（16）瀬沼茂樹『大正文学史』（講談社、一九八五年、一九〇頁）。
（17）藤井淑禎「解説　一九一七（大正六）年の文学」（同編『編年体大正文学全集6』前掲、六二八頁）。
（18）引用は『和辻哲郎全集』第二十一巻（岩波書店、一九九一年、一三八 - 四三頁）に拠る。
（19）引用は『高村光太郎全集』第六巻（増補版、筑摩書房、一九九五年、一〇二頁）に拠る。
（20）高見順『対談現代文壇史』（筑摩書房、一九七六年）における高村の証言（七七頁）。
（21）小島政二郎『眼中の人』（三田文学出版部、一九四二年）。引用は文京書房版（一九七五年）を底本とする岩波文庫版（二〇六－八頁）に拠る。
（22）尾崎一雄『あの日この日』上（前掲）。引用は講談社文庫版第一巻（前掲、二一六／二三九頁）に拠る。

第1章〈自己表現〉の時代――『沈淪』と五四新文化運動後文学空間の再編成

（1）鄭伯奇の回想「懐念郁達夫」（『書報精華』第十二期、一九四五年十二月）。引用は陳子善・王自立編『回憶郁達夫』（湖南文芸出版社、一九八六年、三四頁）に拠る。以下、同時代評及び同時代人の回想については、同書、及び王自立・陳子善編『郁達夫研究資料』（天津人民出版社、一九八二年）、陳子善・王自立編『郁達夫研究資料』（花城出版社、一九八五年）、蔣増福編『衆説郁達夫』（浙江文芸出版社、一九九六年）、陳子善編『逃避沈淪　名人筆下的郁達夫　郁達夫筆下的名人』（東方出版中心、一九九八年）を利用した。また併せて伊藤虎丸・稲葉昭二・鈴木正夫編『郁達夫資料総目録附年譜』上（東洋学文献センター叢刊第57輯、東京大学東洋文化研究所附属東洋学文献センター、一九八九年）の「参考文献その他関係資料目録」を参照した。
（2）陳翔鶴「郁達夫回憶瑣記」（『文芸春秋副刊』第一巻第一－三期、一九四七年一－三月）。引用は『郁達夫研究資料』（天津人民出版社、前掲、一〇二頁）に拠る。
（3）陳鳴樹主編『二十世紀中国文学大典　1897-1929』（上海教育出版社、一九九四年）の一九二一年の項（五〇三頁）を参照。
（4）韓侍桁「郁達夫先生作品的時代的意義」（『文芸評論集』現代書局、一九三四年）。引用は『郁達夫研究資料』（花城出版社、前掲、六一頁）に拠る。
（5）黎錦明「達夫的三時期」（『一般』第三巻第一期、一九二七年九月五日）。引用は『郁達夫研究資料』（花城出版社、前掲、二二六－七頁）に拠る。
（6）文学〈場〉の歴史的形成などの概念については、ブルデュー『芸術の規則』（石井洋二郎訳、藤原書店、一九九五年）に多くを負っている。
（7）一九二〇年代前半の中国文壇における新旧の対立、「創作」なる概念の成立については、拙稿「一九二〇年代前半の中国における文芸批評の形成　「創作」概念の成立とオリジナリティ神話の起源」（『駿河台大学論叢』第三十号、二〇〇五年七月）を参照されたい。

（8）創造社については、伊藤虎丸「創造社小史」・「問題としての創造社　日本文学との関係から」（伊藤虎丸編『創造社資料別巻　創造社研究』アジア出版、一九七九年）、小谷一郎「第一期創造社同人の出会いと創造社の成立」（吉田敬一編『中国文学の比較文学的研究』汲古書院、一九八六年）を参照。

（9）『中国現代文学総書目』（福建教育出版社、一九九三年）を見ると、一九一七年から『沈淪』の出版まで、小説単行本の出版はわずか二十三点を挙げるのみだが、翻訳小説は総計百二十四点を数える。樽本照雄によれば、単行本の発行点数で「創作が翻訳をうわまわるのは、一九〇九年から一九一二年までのわずか四年間でしかない。あとは圧倒的に翻訳の数の方が多い」という（「清末民初小説のふたこぶラクダ」『清末小説論集』法律文化社、一九九二年、三一六頁）。

（10）引用は『郭沫若全集』第十五巻（人民文学出版社、一九九〇年）に拠る。

（11）『郁達夫資料総目録附年譜』上（前掲）の参考文献目録を参照すると、一九二三年までに発表された『沈淪』論はわずかに三篇にすぎず、『沈淪』に言及したものを含めても十篇に満たない。

（12）「『鶏肋集』題辞」（『達夫全集第二巻　鶏肋集』創造社出版部、一九二七年十月）。引用は『郁達夫全集』第十巻（浙江大学出版社、二〇〇七年、三〇一頁）に拠る。以下、郁の引用は、注記のない限り同全集に拠る。

（13）伊藤虎丸「郁達夫と大正文学　日本文学との関係より見たる郁達夫の思想＝方法について」（伊藤虎丸・祖父江昭二・丸山昇編『近代文学における中国と日本　共同研究・日中文学関係史』汲古書院、一九八六年、二八六頁）。のち同『近代の精神と中国現代文学』（汲古書院、二〇〇七年）に収録。

（14）陳翔鶴「郁達夫回憶瑣記」（前掲）。引用は『郁達夫研究資料』（天津人民出版社、前掲、一〇六－七頁）に拠る。

（15）沈従文「論中国創作小説」（『文芸月刊』第二巻第四期、一九三一年四月）。引用は『郁達夫研究資料』（天津人民出版社、前掲、三六三頁）に拠る。

（16）橋本萬太郎「ことばと民族」（橋本萬太郎編『民族の世界史5　漢民族と中国社会』山川出版社、一九八三年）を参照。

（17）郁達夫「書塾与学堂　自伝之三」（『人間世』第十九期、一九三五年一月五日）。引用は『郁達夫全集』第四巻（前掲、二六九頁）に拠る。

(18) 青木隆「明末における読むこと　万物一体の仁を中心に」（『中国　社会と文化』第十六号、二〇〇一年六月）。

(19) 銭理群『周作人論』（北京十月文芸出版社、一九九〇年）第八章「文芸批評」。ただし筆者が参照したのは台湾の萬像図書股份公司版（一九九四年、一五一頁）。

(20) 鄭伯奇「懐念郁達夫」（前掲）、陳翔鶴「郁達夫回憶瑣記」（前掲）。

(21) 村田和弘「『拍案驚奇』の眉批について　作者・テクスト・評者の関係をめぐって」（『中国文化　研究と教育　漢文学会会報』第五十六号、一九九八年）。

(22) 郁達夫「五六年来創作生活的回顧」（『文学週報』第二百八十六・二百八十七合刊号、一九二七年十月二十三日）。のち『達夫全集第三巻　過去集』（開明書店、一九二七年十一月）に「自序」として収録。引用は『郁達夫全集』第十巻（前掲、三一二頁）に拠る。

(23) 鈴木正夫「「文学作品はすべて作家の自叙伝である」について」（『郁達夫　悲劇の時代作家』研文出版、一九九四年）、及び伊藤徳也「小品文作家周作人の誕生と雨の日の心象風景　「自分の畑」から「雨天の書」まで」（『東洋文化』第七十七号、一九九七年三月）の指摘による。

(24) 『達夫全集』全七巻（創造社出版部、のち出版元は開明書店・現代書局・北新書局に移る、一九二七年六月-三三年八月）。

(25) 鄭伯奇「『寒灰集』批評」（『洪水』第三巻第三十三期、一九二七年五月十六日）。引用は『郁達夫研究資料』（天津人民出版社、前掲、三一九頁）に拠る。

(26) 北京図書館編『民国時期総書目（1911-1949）文学理論・世界文学・中国文学』（書目文献出版社、一九九二年）では、一九三〇年代までに出版された作家論集は、死去までの魯迅についてのものが四種、郭沫若が三種、茅盾が二種、張資平・王独清・丁玲・周作人が各一種にすぎない。

(27) 趙景深「序」（署名は鄒嘯、『郁達夫論』北新書局、一九三三年）。

(28) 匡亜明「郁達夫印象記」（『読書月刊』第二巻第三期、一九三一年六月）。蔣増福編『衆説郁達夫』（前掲）所収。

(29) 例えば黎錦明「達夫的三時期」（前掲）など。

（30） 植之「郁達夫素描」（『読書顧問』第一巻第二期、一九三四年七月）。引用は蔣增福編『衆説郁達夫』（前掲、四一頁）に拠る。
（31） 伊藤虎丸「郁達夫と大正文学」（前掲、二一三頁）。
（32） 日露戦後の日本文学については、拙著『文学の誕生　藤村から漱石へ』（講談社選書メチエ、二〇〇六年）を参照されたい。
（33） 五四新文化運動後の新文学が〈自己表現〉という文学性を軸に再編成される過程については、本章と関連する拙稿「一九二〇年代前半の中国における文芸批評の形成」（前掲）以外に、「魯迅『吶喊』と近代的作家論の登場　一九二〇年代前半の中国における読書行為と『吶喊』「自序」」（『日本中国学会報』第五十八集、二〇〇六年十月）、「中国自然主義　一九二〇年代前半の中国における自然主義と日本自然主義の移入」（『比較文学』第四十八巻、二〇〇六年三月）を参照されたい。

第2章　日本留学時代の読書体験——学校体験・留学生活・日本語・外国文学

（1） 郁飛「郁達夫的星洲三年」（陳子善・王自立編『回憶郁達夫』湖南文芸出版社、一九八六年、四五六頁）。
（2） 稲葉昭二『郁達夫　その青春と詩』（東方書店、一九八二年）。
（3） 郁雲『郁達夫伝』（福建人民出版社、一九八四年）。
（4） 李麗君「「大正日本」の留学生郁達夫」（『ポリグロシア』第十一号、二〇〇六年三月）。
（5） 厳安生『陶晶孫　その数奇な生涯　もう一つの中国人留学精神史』（岩波書店、二〇〇九年）。
（6） 近藤春雄『中国学芸大事典』（大修館書店、一九七八年）の「三字経」の項目（二七三頁）による。その他古典文学等の項目に関しては本事典を参照し、併せて孟慶遠主編・小島晋治他訳『中国歴史文化事典』（新潮社、一九九八年）を参照した。
（7） 郁達夫「書塾与学堂　自伝之三」（『人間世』半月刊、第十九期、一九三五年一月五日）。郁の自伝は「自伝之一」から「八」までが『人間世』半月刊に断続的に発表された（第十七‐三十一期、一九三四年十二月五日‐三十五年七月五日）。引用は『郁達夫全集』第四巻（浙江大学出版社、二〇〇七年、二七〇頁）に拠る。以下、郁の引用は、注記のない限り同全集に拠る。自伝の邦訳には『現代中国文学6　郁達夫・曹禺』（河出書房新社、一九七一年）所収の岡崎俊夫訳「わが夢わが青春」がある。

（8）魯迅「従百草園到三味書屋」（『朝花夕拾』未名社、一九二八年）。引用は『魯迅選集』第一巻（人民文学出版社、一九九一年、四一八頁）に拠る。邦訳には竹内好訳『魯迅文集2』（ちくま文庫、一九九一年）などがある。

（9）茅盾『我走過的道路』上（人民文学出版社、一九八一年）。引用は『茅盾全集』第三十四巻「回想録一」（人民文学出版社、一九九七年、七〇－七一頁）に拠る。邦訳には立間祥介・松井博光訳『茅盾回想録』（みすず書房、二〇〇二年、自伝の前三分の一の訳）がある。

（10）夏衍『懶尋旧夢録』（生活・読書・新知三聯書店、一九八五年）。邦訳には阿部幸夫訳『日本回憶　夏衍自伝』（東方書店、一九八七年）がある。

（11）郭沫若『我的童年』（光華書局、一九二九年）。引用は『郭沫若全集』文学編第十一巻（人民文学出版社、一九九二年、五二－三頁）に拠る。邦訳には小野忍・丸山昇訳『郭沫若自伝1　私の幼少年時代他』（平凡社東洋文庫、一九六七年）がある。

（12）蕭乾『未帯地図的旅人　蕭乾回想録』（香港：香江出版公司、一九八八年）。引用は『蕭乾回憶録』（中国工人出版社、二〇〇五年、一四頁）に拠る。邦訳には丸山昇他訳『地図を持たない旅人　ある中国知識人の選択』上下（花伝社、一九九二／九三年）がある。

（13）郁達夫「書塾与学堂」（前掲）。引用は『郁達夫全集』第四巻（前掲、二七〇頁）に拠る。

（14）阿部洋『中国近代学校史研究　清末における近代学校制度の成立過程』（福村出版、一九九三年）の序章「清末中国における近代教育の展開過程」（一三頁）を参照。他に同「旧中国の教育構造」（小林文男編『中国社会主義教育の発展』アジア経済研究所、一九七五年）を参照した。

（15）茅盾『我走過的道路』上（前掲）。

（16）郁達夫「水様的春愁　自伝之四」（前掲）。引用は『郁達夫全集』第四巻（前掲、二七四頁）に拠る。

（17）小林善文『中国近代教育の普及と改革に関する研究』（汲古書院、二〇〇二年）の第三章「中学教育改革の理念と現実」（九三－九四頁）を参照。

(18) 郭沫若『我的童年』（前掲）。引用は『郭沫若全集』文学編第十一巻（前掲、一〇五頁）に拠る。
(19) 郭沫若『反正前後』（現代書局、一九二九年）。引用は『郭沫若全集』文学編第十一巻（前掲、一八四頁）に拠る。
(20) 郁達夫「孤独者　自伝之六」（前掲）。引用は『郁達夫全集』第四巻（前掲、二九〇頁）に拠る。
(21) 郭沫若『反正前後』（前掲）。引用は『郭沫若全集』文学編第十一巻（前掲、一九五頁）に拠る。
(22) 郁達夫「遠一程、再遠一程！　自伝之五」（前掲）。引用は『郁達夫全集』第四巻（前掲、二八一－三頁）に拠る。
(23) 郁達夫「五六年来創作生活的回顧」（『文学週報』第五巻第十一・十二号合刊、一九二七年十月）。引用は『郁達夫全集』第十巻（前掲、三〇九－一〇頁）に拠る。
(24) 『西青散記』受容に関しては、高彩雯「郁達夫と『西青散記』　田園で歌われる不遇抒情詩」（口頭発表、日本中国学会第六十一回大会、文教大学、二〇〇九年十月十日）がある。
(25) 郁達夫「孤独者」（前掲）。引用は『郁達夫全集』第四巻（前掲、二八八頁）に拠る。
(26) 施蟄存「我的第一本書」（『北山散文集（二）』施蟄存文集文学創作編第三巻、華東師範大学出版社、二〇〇一年）。邦訳には青野繁治訳『砂の上の足跡　或る中国モダニズム作家の回想』（大阪外国語大学学術出版委員会、一九九九年）がある。現在確認されている施蟄存の最初期の投稿作品は一九二一年である、徐暁紅「新発見資料から再評価する施蟄存の初期文学」（『東京大学中国語中国文学研究室紀要』第十二号、二〇〇九年十月）を参照。
(27) 稲葉昭二「郁達夫の投稿詩」（『郁達夫』前掲）。
(28) 郁達夫「孤独者」（前掲）。引用は『郁達夫全集』第四巻（前掲、二八七頁）に拠る。
(29) 鄭伯奇「懐念郁達夫」（『書報精華』第十二期、一九四五年）。引用は陳子善・王自立編『回憶郁達夫』（前掲、三五頁）に拠る。
(30) いわゆる「五校特約」に関しては、阿部洋『中国の近代教育と明治日本』（龍渓書舎、一九九〇年、一二八－三三頁）を参照。戦前における中国人の日本留学については他に、さねとうけいしゅう『中国人日本留学史』（くろしお出版、一九六〇年、三二－三頁）、同『中国留学生史談』（第一書房、一九八一年）、大里浩秋・孫安石編『中国人日本留学史研究の現段階』（御茶の水書房、二〇〇二年）を参照した。

(31) 郁達夫「海上　自伝之八」（前掲）。
(32) 郭沫若『桜花書簡　一九一三－一九二三』（四川人民出版社、一九八一年）。邦訳には大高順雄他訳『桜花書簡　中国人留学生が見た大正時代』（東京図書出版会、二〇〇五年）がある。
(33) 竹内洋『日本の近代12　学歴貴族の栄光と挫折』（中央公論新社、一九九九年、三一頁）。また、旧制高校を中心に花開いた教養主義については、同『教養主義の没落　変わりゆくエリート学生文化』（中公新書、二〇〇三年）を参照。
(34) 厳安生『日本留学精神史　近代中国知識人の軌跡』（岩波書店、一九九一年、三五二頁）。
(35) 周作人「懐東京」（『瓜豆集』上海宇宙風社、一九三七年）。引用は『周作人散文全集』第七巻（鐘叔河編訂、広西師範大学出版社、二〇〇九年、三二五頁）に拠る。
(36) 郭沫若「百合与番茄」（『水平線下』創造社出版部、一九二八年）。引用は『郭沫若全集』文学編第十二巻（人民文学出版社、一九九二年、三九六頁）に拠る。
(37) 引用は『郁達夫全集』第十巻（前掲、三一〇頁）に拠る。
(38) 郭沫若「論郁達夫」（『人物雑誌』第三期、一九四六年九月三十日）。引用は陳子善・王自立編『回憶郁達夫』（前掲、二頁）に拠る。
(39) 范寿康「憶達夫学兄」（陳子善・王自立編『回憶郁達夫』前掲、二四頁）。
(40) 秦郁彦『旧制高校物語』（文春新書、二〇〇三年、二三九頁）に紹介された、三浦朱門の表現。旧制高校の歴史については本書を参照した。
(41) 永嶺重敏『東大生はどんな本を読んできたか　本郷・駒場の読書生活130年』（平凡社新書、二〇〇七年、五二頁）。
(42) 郁達夫「沈淪」（『沈淪』泰東図書局、一九二一年十月）。引用は『郁達夫全集』第一巻（前掲、四四／四七頁）に拠る。
(43) 郁達夫「雪夜　自伝之一章」（『宇宙風』第十一期、一九三六年二月十六日）。引用は『郁達夫全集』第四巻（前掲、三〇七頁）に拠る。
(44) 冨長蝶如「郁達夫の思い出」（稲葉昭二『郁達夫』前掲、一八五頁）。
(45) 「福田武雄氏書翰二通」（稲葉昭二『郁達夫』前掲、一九九－二〇五頁）。

(46) 「我が国の文学者等との交友に関する資料」（伊藤虎丸・稲葉昭二・鈴木正夫編『郁達夫資料補篇』下、東洋学文献センター叢刊第22輯、東京大学東洋文化研究所附属東洋学文献センター刊行委員会、一九七四年、一九九頁）。
(47) 「我が国の文学者等との交友に関する資料」（『郁達夫資料補篇』下、前掲、二〇五頁）。
(48) 鄭伯奇「懐念郁達夫」（前掲）。引用は陳子善・王自立編『回憶郁達夫』（前掲、三三三頁）に拠る。同様の感想は何人も記している、例えば黎烈文「関於郁達夫」（『大公報・星期文芸』第五十八期、一九四七年十一月十六日。『回憶郁達夫』前掲、三〇五頁所収）など。
(49) 『郁達夫詩詞集』（浙江文芸出版社、一九八八年、五五頁）の詩及び注釈を参照。
(50) 銭潮「我与郁達夫同学」（陳子善・王自立編『回憶郁達夫』前掲、二九頁）。
(51) 郁達夫「五六年来創作生活的回顧」（前掲）。引用は『郁達夫全集』第十巻（前掲、三一一頁）に拠る。
(52) 郁達夫「中途」（『創造』季刊、第二巻第二号、一九二四年二月。のち「帰航」と改題）。引用は『郁達夫全集』第三巻（前掲、一一－一二／八－九頁）に拠る。
(53) 郁達夫の日本語力については、李麗君「郁達夫と近代日本について」（『比較社会文化研究』第十号、二〇〇一年十月）に検討がある。
(54) 冨長蝶如「郁達夫の思い出」（稲葉昭二『郁達夫』前掲、一五九－六〇頁）。
(55) 「我が国の文学者等との交友に関する資料」（『郁達夫資料補篇』下、前掲、一九九頁）。
(56) 「我が国の文学者等との交友に関する資料」（『郁達夫資料補篇』下、前掲、二一〇頁）。
(57) 「我が国の文学者等との交友に関する資料」（『郁達夫資料補篇』下、前掲、二一三頁）。
(58) 「我が国の文学者等との交友に関する資料」（『郁達夫資料補篇』下、前掲、二〇八頁）。
(59) 鈴木正夫整理・解説「郁達夫の日本語小説残稿「円明園の一夜」」（『野草』第八十一号、二〇〇八年二月）。
(60) 伊藤虎丸・稲葉昭二・鈴木正夫編『郁達夫資料　作品目録・参考資料目録及び年譜』（東洋学文献センター叢刊第5輯、東京大学東洋文化研究所附属東洋学文献センター、一九六九年十月）に収録。
(61) 「福田武雄氏書翰二通」（稲葉昭二『郁達夫』前掲、一九九頁）。

(62) 伊藤虎丸「郁達夫と大正文学　日本文学との関係より見たる郁達夫の思想＝方法について」（伊藤虎丸・祖父江昭二・丸山昇編『近代文学における中国と日本　共同研究・日中文学関係史』汲古書院、一九八六年）。のち同『近代の精神と中国現代文学』（汲古書院、二〇〇七年）に収録。
(63) 浅見淵『昭和文壇側面史』（講談社、一九六八年）。引用は講談社文芸文庫版（一九九六年、三八頁）に拠る。
(64) 浅見淵『昭和文壇側面史』（前掲）。引用は講談社文芸文庫版（前掲、二六頁）に拠る。
(65) 引用は「私家版」を底本とする『現代日本文学大系23　永井荷風集（一）』（筑摩書房、一九六九年、五一頁）に拠る。
(66) 引用は『郁達夫全集』第八巻（前掲、一頁）に拠る。
(67) 岩佐荘四郎「〈雅号〉の終焉」（『日本文学』第四十五巻第十一号、一九九六年十一月）。
(68) 陳玉堂編著『中国近現代人物命号大辞典　全編増訂版』（浙江古籍出版社、二〇〇五年）の「郁達夫」の項（七六五頁）による。
(69) 「福田武雄氏書翰二通」（稲葉昭二『郁達夫』前掲、一九九／二〇四頁）。他に曾谷道子「日本留学時代の郁達夫　八高・東大同期生よりの聞き書き」（『魯迅研究』第三十二号、一九六三年十月）にも同様の証言がある。
(70) 木村毅『私の文学回顧録』（青蛙房、一九七九年、三八二－三頁）。
(71) 高見順『昭和文学盛衰史』（文藝春秋新社、一九五八年）。引用は文春文庫版（八一頁）に拠る。
(72) 野口冨士男編『座談会昭和文学史』（講談社、一九七六年）の「昭和十年代文学の見かた」における紅野敏郎の発言（八五頁）。
(73) 尾崎一雄『あの日この日』上（講談社、一九七五年）。
(74) 白川豊『朝鮮近代の知日派作家、苦闘の軌跡　廉想渉、張赫宙とその文学』（勉誠出版、二〇〇八年）、和泉司「憧れの「中央文壇」　一九三〇年代の「台湾文壇」形成と「中央文壇」志向」（島村輝他編『文学年報2　ポストコロニアルの地平』世織書房、二〇〇五年）を参照。
(75) 北岡正子「〈文芸運動〉をたすけたドイツ語　独逸語専修学校での学習」（『魯迅　救亡の夢のゆくえ　悪魔派詩人論から「狂人日記」まで』関西大学出版部、二〇〇六年、二七頁）。

(76) 竹内洋『学歴貴族の栄光と挫折』（前掲、二五一頁）。
(77) 安倍能成『我が生ひ立ち』（岩波書店、一九六六年）、和辻哲郎『自叙伝の試み』（中公公論社、一九六一年）。
(78) 「福田武雄氏書翰二通」（稲葉昭二『郁達夫』前掲、一九九頁）。
(79) 銭潮「我与郁達夫同学」（陳子善・王自立編『回憶郁達夫』前掲、二六‐七頁）。稲葉昭二「第八高等学校での郁達夫」（『郁達夫』前掲）に、聞き書きにもとづき郁の学校生活が描かれ、また当時の独・英語教科書の一覧などが紹介されている。
(80) 郁達夫「孤独者」（前掲）。引用は『郁達夫全集』第四巻（前掲、二八九頁）に拠る。
(81) 郁達夫「大風圏外　自伝之七」（前掲）。
(82) 鄭伯奇「憶創造社」（『文芸月報』一九五九年第五／六／八・九号）。引用は王延晞・王利編『中国現代文学史資料彙編（乙種）　鄭伯奇研究資料』（山東大学出版社、一九九六年、一〇九頁）に拠る。
(83) 馮至「相濡与相忘　憶郁達夫在北京」（陳子善・王自立編『回憶郁達夫』前掲、六五頁）。
(84) 引用は『郁達夫全集』第十一巻（前掲、八九頁）。
(85) 引用は『郁達夫全集』第十巻（前掲、三一〇頁）に拠る。
(86) 引用は『郁達夫全集』第五巻（前掲、八頁）に拠る。
(87) 郁達夫「哈孟雷特和堂吉訶徳」（『奔流』第一巻第一期、一九二八年六月二十日）。
(88) 郁達夫『日記九種』（北新書局、一九二七年九月）。引用は『郁達夫全集』第五巻（前掲、七一頁）に拠る。
(89) ツルゲーネフの中国における受容については、馬祖毅他『中国翻訳通史』現当代部分第二巻（湖北教育出版社、二〇〇六年）第3章「俄蘇文学」の「屠格涅夫」（八一‐八六頁）、秋吉収「中国におけるツルゲーネフ受容　民国初期の文壇を中心に」（『高知女子大学紀要　人文社会科学編』第四十四巻、一九九六年三月）を参照した。
(90) 安田保雄「日本におけるツルゲーネフ」（『比較文学論考』続篇、学友社、一九七四年、五〇頁）。
(91) 宗像和重編『文藝時評大系　大正篇』別巻（ゆまに書房、二〇〇七年）。
(92) 安田保雄「『猟人日記』と近代日本文学（二）　有島武郎と志賀直哉」（『比較文学論考』続篇、前掲）。
(93) 紀田順一郎監修『新潮社一〇〇年図書総目録』（新潮社、一九九六年、七九‐八〇年）。

(94) 柳富子「御風とツルゲーネフ」（紅野敏郎・相馬文子編『相馬御風の人と文学』名著刊行会、一九八二年九月、二九二頁）。
(95) 佐藤清郎『ツルゲーネフの生涯』（筑摩書房、一九七七年、二六五頁）を参照。
(96) 馮至「相濡与相忘　憶郁達夫在北京」（陳子善・王自立編『回憶郁達夫』前掲、六四頁）。
(97) 郁飛「三叔達夫　一箇真正的〝文人〟」（陳子善・王自立編『回憶郁達夫』前掲、一九三頁）。
(98) 葉霊鳳「達夫先生二三事」（陳子善・王自立編『回憶郁達夫』前掲、一六五頁）。
(99) 鍾敬文「憶達夫先生」（陳子善・王自立編『回憶郁達夫』前掲、二一八－九頁）。
(100) 邦訳には『現代中国文学６　郁達夫・曹禺』（前掲）所収の立間祥介訳「日記九種」（抄訳）がある。
(101) 王宝良「憶達夫先生与内山書店」（陳子善・王自立編『回憶郁達夫』前掲、二三七頁）。
(102) 金子光晴『どくろ杯』（中央公論社、一九七一年）。引用は『金子光晴全集』第七巻（前掲、九九頁）に拠る。
(103) 沈松泉「回憶郁達夫先生」（陳子善・王自立編『回憶郁達夫』前掲、四六頁）。別発書店については、木ノ内誠編著『上海歴史ガイドマップ』（大修館書店、一九九九年）の「別発書店」の項（七〇頁）を参照。
(104) 鄭伯奇「懐念郁達夫」（前掲）。引用は陳子善・王自立編『回憶郁達夫』（前掲、三五頁）に拠る。
(105) 高橋みつる「郁達夫と孫荃・王映霞　家・家族・愛の視点から」下の１（『愛知教育大学研究報告　人文・社会科学』第五十七号、二〇〇八年三月）。
(106) 小田嶽夫『郁達夫伝　その詩と愛と日本』（中央公論社、一九七五年、一四九－五二頁）。同様の対話の記憶は『漂泊の中国作家』（現代書房、一九六五年、三一－三三頁）にも記されている。
(107) 「我が国の文学者等との交友に関する資料」（『郁達夫資料補篇』下、前掲、二一三頁）。
(108) 引用は『郁達夫全集』第十一巻（前掲、三三九頁）に拠る。
(109) いずれも全集が刊行されている。『郭沫若全集』文学編全二十巻（人民文学出版社、一九八二－九二年）、『田漢全集』全二十巻（花山文芸出版社、二〇〇〇年）。
(110) 小谷一郎・劉平編『田漢在日本』（人民文学出版社、一九九七年）、武継平『異文化のなかの郭沫若　日本留学の時代』（九州大学出版会、二〇〇二年）、厳安生『陶晶孫』（前掲）。

（111）郁の上の世代の留学生については、厳安生『日本留学精神史』（前掲）を参照。
（112）小谷一郎「四・一二クーデター前後における第三期創造社同人の動向　留日学生運動とのかかわりから」（『中国文化　研究と教育　漢文学会会報』第四〇号、一九八二年六月、三六 - 七頁）を参照。
（113）当時の日記の邦訳に『杭州月明　夏衍日本留学日記　一九二五』（阿部幸夫編著、研文出版、二〇〇八年）がある。
（114）小谷一郎『一九三〇年代中国人日本留学生文学・芸術活動史』（汲古書院、二〇一〇年）を参照。

第3章　田山花袋の受容――『蒲団』と「沈淪」

（1）正宗白鳥「田山花袋論」（『中央公論』一九三二年七月）。引用は吉田精一編『明治文学全集67　田山花袋集』（筑摩書房、一九六八年、三六四頁）に拠る。
（2）張恩和『郁達夫研究綜論』（天津教育出版社、一九八九年）の「引言」を参照。
（3）郭沫若「論郁達夫」（『人物雑誌』第三期、一九四六年九月）。引用は王自立・陳子善編『郁達夫研究資料』（天津人民出版社、一九八二年、九三頁）に拠る。
（4）郁達夫「避暑地日記」（『達夫日記集』北新書局、一九三六年）。引用は『郁達夫全集』第五巻（浙江大学出版社、二〇〇七年、三五二頁）に拠る。以下、郁の引用は、注記のない限り同全集に拠る。郁が『蒲団』を読んだことについては、李麗君「郁達夫の文学観について　郁達夫と田山花袋との比較を中心に」（『比較社会文化研究』第八号、二〇〇〇年十月）の指摘にもとづく。
（5）代表的なものに、伊藤虎丸「郁達夫と大正文学　日本文学との関係より見たる郁達夫の思想＝方法について」（伊藤虎丸他編『近代文学における中国と日本　共同研究・日中文学関係史』汲古書院、一九八六年）、桑島道夫「葛西善蔵と郁達夫「哀しき父」「子をつれて」と「蔦蘿行」の比較を中心として」（『アジア遊学』第十三号、二〇〇〇年二月）、中英蘭「郁達夫の日本文学受容について　近松秋江から受けた影響を中心に」（『国語国文』第六十九巻第十一号、二〇〇〇年十一月）など。
（6）竹内好「郁達夫覚書」（『中国文学月報』第二十二号、一九三七年一月）。

（7）周作人「日本近三十年小説之発達」（『新青年』第五巻第一号、一九一八年七月）など。
（8）翻訳は「綿被」（『東方雑誌』第二十三巻第一－三号、一九二六年一月十日－二月十日）。
（9）周作人「関於魯迅之二」（『瓜豆集』宇宙風社、一九三七年）を参照。
（10）方光燾「愛慾」（『棉被』〔夏丏尊による『蒲団』訳の単行本〕の代序、商務印書館、一九二七年一月）。
（11）「文壇名家　初対面録　田山花袋先生」（署名は田舎者、『新潮』第六巻第一号、一九〇七年一月、五八頁）。
（12）『沈淪』に収められる前、『時事新報』副刊『学灯』に掲載（一九二一年七月七日－十三日）。
（13）鄭伯奇「懐念郁達夫」（『書報精華』第十二期、一九四五年一二月）。引用は陳子善・王自立編『回憶郁達夫』（湖南文芸出版社、一九八六年、三三頁）に拠る。
（14）「少女病」の延長線上に『蒲団』が生まれたことについては、平野謙「作品解説」（『日本現代文学全集21　田山花袋集』講談社、一九六二年）にすでに指摘がある。
（15）中村光夫「田山花袋論」（『展望』創刊号、一九四六年一月）。
（16）中村の『蒲団』論に対しては、すでに同時代の平野謙が『芸術と実生活』（講談社、一九五八年）で、『蒲団』の苦悶は架空の絵空ごとで、主人公は意図的に性格設定されている、と反論した。その後も、内田道雄「『蒲団』」（『国文学　解釈と鑑賞』第四十七巻第八号、一九八二年七月）を始めとし、高橋敏夫「『蒲団』〝暴風〟に区切られた物語」（『国文学研究』第八十七号、一九八五年一〇月）、棚田輝嘉「田山花袋「蒲団」語り手の位置・覚書」（『国語国文』第五十六巻第五号、一九八七年五月）などが、『蒲団』における意図的な造型について論じている。
（17）柳田泉・勝本清一郎・猪野謙二編『座談会明治文学史』（岩波書店、一九六一年）の「花袋と秋声」（三九九頁）を参照。
（18）両者の比較については、橋本佳「「蒲団」に関するメモ」（『人文学報』第十九号、一九五九年三月。『日本文学研究資料叢書　自然主義文学』有精堂、一九七五年所収）に詳しい。
（19）拙著『文学の誕生』（前掲）の第三章「読むことの規制　田山花袋『蒲団』と作者をめぐる思考の磁場」を参照されたい。
（20）伊藤虎丸「郁達夫と大正文学」（前掲、二六九・二七〇頁）。
（21）桑島道夫「郁達夫・その「告白」のかたち　「沈淪」「蔦蘿行」を中心として」（『人文論集』第五十号二、二〇〇〇年一月）。
(22) 伊藤虎丸「郁達夫と大正文学」（前掲、二七四頁）。
(23) 「沈淪」の主人公と正反対に、作家郁達夫が恋多き男だったことについては、曽華鵬・范伯群『郁達夫評伝』（百花文芸出版社、一九八三年）の第二章「島国上的抒情時代」などに詳しい。
(24) 郁達夫「五六年来創作生活的回顧」（『過去集』開明書店、一九二七年）。引用は『郁達夫全集』第十巻（前掲、三一一頁）に拠る。
(25) 陳翔鶴「郁達夫回憶瑣記」（『文芸春秋副刊』第一巻第一－第三期、一九四七年一－三月）。引用は『郁達夫研究資料』（天津人民出版社、前掲、一〇六頁）に拠る。
(26) 成仿吾「通信」（『創造』季刊、第一巻第三号、一九二二年十月）。
(27) 周作人「自己的園地・『沈淪』」（署名は仲密、『晨報副鐫』一九二二年三月二十六日）。
(28) 陳西瀅「閑話」（『現代評論』第三巻第七十一期、一九二六年四月十七日）。引用は『郁達夫研究資料』（天津人民出版社、前掲、三一八頁）に拠る。
(29) 施蟄存「我的第一本書」（陳子善・徐如麒編選『施蟄存七十年文選』上海文芸出版社、一九九六年、六九八頁）。また拙稿「恋愛妄想と無意識　『蒲団』と中国モダニズム作家・施蟄存」（『比較文学研究』第八十二号、二〇〇三年九月）を参照されたい。
(30) 伊藤虎丸「郁達夫と大正文学」（前掲、二五五頁）。

第4章　志賀直哉の受容――自伝的文学とシンセリティ

(1) 鈴木正夫「郭沫若の帰国と郁達夫」（『郁達夫　悲劇の時代作家』研文出版、一九九四年）を参照。
(2) 小田嶽夫『郁達夫伝　その詩と愛と日本』（中央公論社、一九七五年、一五〇－一頁）。
(3) 伊藤虎丸・稲葉昭二・鈴木正夫編『郁達夫資料総目録附年譜』下（東洋学文献センター叢刊第59輯、東京大学東洋文化研

究所附属東洋学文献センター、一九九〇年）「Ⅲ　附：年譜」の一九三六年の項（二六二頁）によると、奈良へ案内したのは中国文学者の小川環樹（一九一〇‐九三年）で、志賀宅は午後一人で訪問した。

（4）志賀の伝記については、主に阿川弘之『志賀直哉』上下（岩波書店、一九九四年。のち新潮文庫、一九九七年）を参照した。

（5）尾崎一雄『あの日この日』上（講談社、一九七五年）。引用は講談社文庫版第一巻（一九七八年、九八頁）に拠る。

（6）ただし、対中戦争はともかく、対英米戦争では、「老大家」たちも黙ってはいなかった。一九四二年のシンガポール陥落に際し、志賀も谷崎も大いに快哉を叫んだ。阿川弘之『志賀直哉』下（前掲）の「大東亜戦争」を参照。

（7）竹内好「郁達夫覚書」（『中国文学月報』第二十二号、一九三七年一月）。郁と私小説の関係を論じた論考は数多くある。例えば中文では、顧国柱「郁達夫与日本〝私小説〟」（『新文学作家与外国文化』上海文芸出版社、一九九五年）、王向遠「郁達夫、郭沫若与〝私小説〟」（『中日現代文学比較論』湖南教育出版社、一九九八年）、日文では、伊藤虎丸「郁達夫と大正文学日本文学との関係より見たる郁達夫の思想＝方法について」（伊藤虎丸他編『近代文学における中国と日本　共同研究・日中文学関係史』汲古書院、一九八六年）など。

（8）石阪将幹「私小説批評の誕生「私小説」というジャンルについて」上下（『東海大学文明研究所紀要』第十三／十四号、一九九三年三月／九四年三月）。他に私小説論の先行研究としては、小笠原克「大正期における『私』小説の論について」（『国語国文学研究』第十一号、一九五八年五月）、同「私小説（心境小説）の評価」（『近代文学4　大正文学の諸相』有斐閣、一九七七年）、谷沢永一「私小説論の系譜」（『近代日本文学史の構想』晶文社、一九六四年）、勝山功『大正・私小説研究』（明治書院、一九八〇年）を参照。

（9）郁と志賀の関係についての先行研究には、劉立善「志賀直哉与郁達夫」（『日本白樺派与中国作家』遼寧大学出版社、一九九五年）がある。郁による志賀言及の指摘に始まり、志賀の文学的閲歴の紹介、両者の作風の共通点と相違点の全般的な比較を行っている。他に郁の志賀親愛を指摘したものとして、蘇徳昌「中国人の日本観　郁達夫」（『奈良大学紀要』第三十号、二〇〇二年三月）。

（10）柳田泉・勝本清一郎・猪野謙二編『座談会大正文学史』（岩波書店、一九六五年）の「志賀直哉」における本多秋五の発言（五五頁）。

(11) 引用は『広津和郎全集』第八巻（中央公論社、一九七四年、七一頁）に拠る。

(12) 尾崎一雄『あの日この日』上（前掲）。引用は講談社文庫版第一巻（前掲、一六／八〇－一頁）に拠る。

(13) 大野亮司「〝我等の時代の作家〟「和解」前後の志賀直哉イメージ」（『立教大学日本文学』第七十八号、一九九七年七月）。

(14) 正宗白鳥「志賀直哉と葛西善蔵」（『中央公論』一九二八年十月）。

(15) 紅野敏郎『大正期の文芸叢書』（雄松堂出版、一九九八年）の「新潮社の「新進作家叢書」」の項（三頁）を参照。以下、大正期の叢書については、同書「春陽堂の「新興文芸叢書」」の項（四三頁）、「新潮社の「代表的名作選集」」の項（一三頁）を参照。

(16) 小田切進編『新潮社九十年図書総目録』（新潮社、一九八六年、五二－五五頁）。

(17) 高見順『対談現代文壇史』（筑摩書房、一九七六年）における川端の証言（一三二頁）。

(18) 井伏鱒二・永井龍男対談「文学・閑話休題」（『文藝』一九七二年一月）。引用は『井伏鱒二対談集』（新潮文庫、一九九六年、九四－五頁）に拠る。

(19) 拙稿「「正直ノオト」と創作余談への嫌悪　再考・太宰治と志賀直哉」（山内祥史編『太宰治研究19』和泉書院、二〇一一年）を参照。

(20) 中村光夫『志賀直哉論』（文藝春秋新社、一九五四年）。引用は『志賀直哉論』（筑摩書房、一九六六年、五／七頁）に拠る。

(21) 平野謙「志賀直哉とその時代」（『志賀直哉とその時代』中央公論社、一九七七年、十一頁）。

(22) 大野亮司「神話の生成　志賀直哉・大正五年前後」（『日本近代文学』第五十二号、一九九五年五月）。他に同「〝個性〟の尊重／〝状況〟の確認　大正七年前後の〝文学シーン〟をめぐって」（『日本文学』第四十九巻第十一号、二〇〇〇年十一月）を参照。

(23) ただし、『或る朝』は風俗壊乱で発売頒布を禁止されたため、一九二一年六月に収録作を変更した改訂版が、同じく新潮社から出された。ここでは一九一八年の版を指すことにする。

(24) 志賀直哉の引用はすべて『志賀直哉全集』全二十二巻・補巻六巻（岩波書店、一九九八 - 二〇〇二年）に拠る。
(25) 両者の区別の困難については、高橋英夫「解説」（同編『志賀直哉随筆集』岩波文庫、一九九五年）を参照。
(26) 宗像和重「後記」（『志賀直哉全集』第一 - 三巻、岩波書店、一九九八 - 九九年）。この『全集』では、第一巻から第十巻まで、志賀の作品を「創作」と「随筆等」に区分している。本章で扱う大正後半の単行本所収の作品は、すべて「創作」に分類されている。
(27) 本多秋五は「祖母の為に」を、「当時未発表の『或る朝』を別とすれば、自画像の作家ともいえる志賀直哉の、いわゆる私小説の発端をなす」とする。『志賀直哉』上（岩波書店、一九九〇年、四〇頁）。
(28) 鈴木正夫「創造社脱退前後」（『郁達夫　悲劇の時代作家』前掲）。
(29) 『郁達夫全集』第一・二巻（浙江文芸出版社、一九九二年）。ただし、以下、郁の引用は、注記のない限り『郁達夫全集』（浙江大学出版社、二〇〇七年）に拠る。他に伊藤虎丸他編『郁達夫資料総目録附年譜』下（前掲）所収の年譜でも、区別の試みがなされている。
(30) 郁の小説を詳細に分類し検討した、董易「郁達夫小説創作初探」上下（『文学評論』第五／六期、一九八〇年九／十一月）は、『沈淪』所収の三篇を第一類に分類、第二類の「〝自叙伝〟の色彩がかなり濃厚な作品」と分けている。
(31) 郁自身は、「還郷記」をいったん小説集『蔦蘿集』（泰東図書局、一九二三年）に収録、のち『達夫散文集』（北新書局、一九三六年）にも収録した。
(32) 高橋みつる「郁達夫『蜃楼』の未完の背景をめぐって」（『愛知教育大学研究報告（人文・社会科学編）』第五十一号、二〇〇二年三月）。
(33) 一例として、竹内好「作品について」（『魯迅』日本評論社、一九四四年。のち講談社文芸文庫、一九九四年）における分類を参照。
(34) 拙稿「魯迅『吶喊』と近代的作家論の登場　一九二〇年代前半の中国における読書行為と『吶喊』「自序」」（『日本中国学会報』第五十八集、二〇〇六年十月）を参照。
(35) 周作人「関於魯迅之二」（『瓜豆集』上海宇宙風社、一九三七年）。

(36) 引用は『郁達夫全集』第十巻（前掲、三二一頁）に拠る。
(37) 座談会「松枝茂夫氏を囲んで　紹興、魯迅そして周作人」（出席者は他に飯倉照平・木山英雄、『文学』第五十五号、一九八七年八月）における松枝の発言。
(38) 松枝茂夫「好きな作家・好きでない作家　現代文学雑感」（『中国文学』第七十七号、生活社、一九四一年十月）。引用は『松枝茂夫文集』第二巻（研文出版、一九九九年）に拠る。
(39) 中島みどり「郭沫若の小説　一九二〇年代を中心に」（入矢教授小川教授退休記念会編『京都大学文学部中国語学中国文学入矢教授小川教授退休記念中国文学語学論集』同会発行、一九七四年）。
(40) 武継平「小説創作の試み」（『異文化のなかの郭沫若』九州大学出版会、二〇〇二年、二七八頁）。
(41) 引用は『定本佐藤春夫全集』第十九巻（臨川書店、一九九八年、二八七／二九六頁）に拠る。
(42) 引用は『郁達夫全集』第十巻（前掲、三一二－三／四一八頁）に拠る。
(43) 志賀についての同時代評は原則として初出に拠るが、この広津の論を含め、未調査のものについては、池内輝雄編『近代文学作品論叢書15　志賀直哉『和解』作品論集成Ⅰ』（大空社、一九九八年）、及び日本近代文学館編『近代文学研究資料叢書Ⅰ「新潮」作家論集』全三巻（日本近代文学館、一九七一年）を利用した。
(44) 大野亮司「〝我等の時代の作家〟」（前掲）。
(45) 尾崎一雄『あの日この日』上（前掲）。引用は講談社文庫版第一巻（前掲、九六頁）に拠る。
(46) 志賀についていえば、公刊してこそいないものの、一九九八年刊行開始の全集には　全二十二巻のうち六巻に及ぶ日記が収録されている。中村武羅夫の「和解」論に、「平面的に羅列された日記的の小説」との言があるように、志賀の小説のうち自伝的なものには、たまたま郁の作とタイトルが重なる「十一月三日午後の事」をはじめ、日記に近い体裁ものがかなりある。
(47) 鈴木登美「生を形づくる、過去を形づくる　志賀直哉の追憶の物語」（『語られた自己　日本近代の私小説言説』大内和子・雲和子訳、岩波書店、二〇〇〇年、一三〇頁）。
(48) 趙景深「序」（署名は鄒嘯、『郁達夫論』北新書局、一九三三年）。
(49) 木村幸雄「大正・昭和文学における志賀直哉の位置」（『一冊の講座』編集部編『一冊の講座　志賀直哉』有精堂出版、一九八二年、一九一頁）。

第５章　大正教養主義の受容――自我をめぐる思考の脈絡

（1）「厭炎日記」七月五日（『日記九種』北新書局、一九二七年）の記述による。
（2）引用は『郁達夫全集』第十巻（浙江大学出版社、二〇〇七年、三七八－九頁）に拠る。以下、郁の引用は、注記のない限り同全集に拠る。
（3）代表的なものに、中文では、顧国柱「郁達夫与日本〝私小説〟」（『新文学作家与外国文化』上海文芸出版社、一九九五年）、王向遠「郁達夫、郭沫若与〝私小説〟」（『中日現代文学比較論』湖南教育出版社、一九九八年）、日文では、伊藤虎丸「郁達夫と大正文学　日本文学との関係より見たる郁達夫の思想＝方法について」（伊藤虎丸他編『近代文学における中国と日本　共同研究・日中文学関係史』汲古書院、一九八六年）など。また、胡金定『郁達夫研究』（東方書店、二〇〇三年）にも、西洋文学の受容を含め考察がある。
（4）木村毅『私の文学回顧録』（青蛙房、一九七九年、二七五頁）。
（5）北京図書館編『民国時期総書目（1911－1949）文学理論・世界文学・中国文学』上（書目文献出版社、一九九二年）の「文学理論」を参照。
（6）引用は『郁達夫全集』第十巻（前掲、一六九－七〇頁）に拠る。
（7）木村毅『私の文学回顧録』（前掲、三二二頁）。
（8）佐々木靖章「解題」（『有島武郎全集』第八巻、筑摩書房、一九八〇年、六七三－四頁）を参照。
（9）引用は『郁達夫全集』第一巻（前掲、一一九頁）に拠る。
（10）山本芳明「有島武郎　〈市場社会〉の中の作家」（『文学者はつくられる』ひつじ書房、二〇〇〇年）を参照。
（11）江口渙『わが文学半生記』（青木書店、一九五三年）。引用は講談社文芸文庫版（一九九五年、二六一頁）に拠る。
（12）両者を比較した劉立善は、「率直にいって、郁達夫のこの理論は、主に有島武郎が『生活と芸術』で詳述した観点の焼き直しで、彼自身はここから何ら新しい見解を提出してはいない」としている、「中国作家対白樺派文学的審美共鳴」（『日本白樺派与中国作家』遼寧大学出版社、一九九五年、九二頁）。ただしここで劉立善が『生活と芸術』とするのは誤りで、正しくは「生活と文学」。『生活と芸術』は、感想を集めた『有島武郎著作集第十五輯』（叢文閣、一九二二年九月）のタイトルである。

(13) 引用は『有島武郎全集』第八巻（筑摩書房、一九八〇年、三二一−六頁）に拠る。

(14) 拙稿「中国自然主義　一九二〇年代前半の中国における自然主義と日本自然主義の移入」（『比較文学』第四十八巻、二〇〇六年三月）を参照されたい。

(15) 伊藤虎丸「郁達夫と大正文学」（前掲）を参照。

(16) 柳田泉・勝本清一郎・猪野謙二編『座談会大正文学史』（岩波書店、一九六五年）の「大正期の思想と文学」における柳田の発言（六七一頁）。

(17) 『座談会大正文学史』（前掲）の「大正期の思想と文学」（六八四頁）。

(18) ハーンの評論の中国における受容については、劉岸偉「批評家ハーン」（『小泉八雲と近代中国』岩波書店、二〇〇四年）を参照。

(19) 引用は『郁達夫全集』第三巻（前掲、五頁）に拠る。

(20) 『座談会大正文学史』（前掲）の「有島武郎」における吹田の発言（一一七頁）。

(21) 枡田啓介によれば「ときには文化の伝道師、ときには文学の行商人と称され、絶えず毀誉褒貶の中にあったブランデスは、〔中略〕汎ヨーロッパ的な視野で時代の文化、文学の状況を論じた」という（「ブランデス」『集英社世界文学大事典』集英社、一九九七年）。ヨーロッパ文学を理解する上で日本人には非常に便利な存在だったと思われる。

(22) 『天才論』の書誌的事項については、佐々木靖章「辻潤の著作活動　明治・大正期を中心に」（高木護編『辻潤全集』別巻、五月書房、一九八二年）を参照。

(23) 引用は『厨川白村全集』第一巻（改造社、一九二九年、六三頁）に拠る。

(24) 引用は『漱石全集』第十八巻（岩波書店、一九五七年、三三一−三頁）に拠る。

(25) 引用は『郁達夫全集』第五巻（前掲、二二頁）に拠る。

(26) 引用は『辻潤全集』第五巻（五月書房、一九八二年）に拠る。以下、辻の引用は、注記のない限り同全集に拠る。
(27) 辻潤の伝記的事実については、玉川信明『ダダイスト辻潤』（論創社、一九八四年）を参照した。
(28) のち『達夫全集第五巻　敝帚集』（現代書局、一九二八年）に収めるに際し、「自我狂者須的児納」と改題。
(29) 引用は『郁達夫全集』第十巻（前掲、四八頁）に拠る。
(30) 佐々木靖章「マックス・シュティルナー文献目録」（『比較文学』第十七巻、一九七四年十月）を参照。また『唯一者とその所有』の書誌的事項については、佐々木靖章「辻潤の著作活動　明治・大正期を中心に」（高木護編『辻潤全集』別巻、五月書房、一九八二年）を参照。
(31) 筆者が確認したのは、ニューヨークのB. R. Tucker社から出た一九〇七年版。
(32) 金子光晴『詩人』（平凡社、一九五七年）。引用は講談社文芸文庫版（一九九四年、五八頁）に拠る。
(33) 尾崎一雄『あの日この日』上（講談社、一九七五年）。引用は講談社文庫版第二巻（一九七八年、一九二頁）に拠る。
(34) 尾崎一雄『あの日この日』下（講談社、一九七五年、一四-五頁）。
(35) 大岡昇平・埴谷雄高『二つの同時代史』（岩波書店、一九八四年）。引用は岩波現代文庫版に拠る（二〇〇九年、六九頁）。
(36) 上海図書館編注「著訳系年目録　解放前部分」（『中国当代文学研究資料　郭沫若専集（2）』四川人民出版社、一九八四年）によると、郭沫若訳『徳意志意識形態』「訳者弁言」に、郁達夫文中のシュティルナーによる序文の翻訳は自身の手になる、との言明があるらしい（『徳意志意識形態』は、沫若訳文集第五巻、群益出版社、一九四七年を指すと思われるが、未見）。
(37) 引用は『辻潤全集』第一巻（五月書房、一九八二年、三七-四一頁）に拠る。
(38) 桑島道夫は、郁がブランデスから何らかの影響を受けたとは考えられず、「『十九世紀文学思潮』は、当時の風潮を反映したかたちで引用されてきたものにすぎない」としている。「〈天才主義〉の背景・その2　郁達夫の「芸文私見」を中心として」（『人文学報』第二百七十三号、一九九六年三月）。
(39) 引用は吹田順助訳『十九世紀文学主潮第二巻　ドイツ・ロマン派（一）』（創元社、一九五三年、三五頁）に拠る。
(40) 井上政次「解説」（『阿部次郎全集』第三巻、角川書店、一九六一年、四五六頁）。
(41) 『座談会大正文学史』（前掲）の「大正期の思想と文学」（六七〇頁）。また勝本清一郎は、大正は美学・美術史といった学問が大いに行われ始めた時代だと指摘している。
(42) 大正半ばの和辻哲郎の文芸批評とリップスの関連については、拙稿「芸術への巡礼、〈自己〉への巡礼　和辻哲郎『古寺巡礼』と芸術鑑賞」（『和光大学表現学部紀要』第三号、二〇〇三年三月）を参照されたい。
(43) 引用は『阿部次郎全集』第三巻（角川書店、一九六一年、三一九／三三〇頁）に拠る。
(44) 中島義明「リップス」（『岩波哲学事典』岩波書店、一九九八年）。
(45) 尾崎一雄『あの日この日』上（前掲）。引用は講談社文庫版第二巻（前掲、一六四頁）に拠る。
(46) 泉谷周三郎「教養主義」（『岩波哲学事典』前掲）。
(47) 引用は『日本現代文学全集46　生田長江・阿部次郎・倉田百三集　増補改訂版』（講談社、一九八〇年、一八六頁）に拠る。
(48) 船山信一「大正哲学の基本原理　内面的個体性の論理　付自我論の盛行」（『大正哲学史研究』法律文化社、一九六五年、二一五頁）。
(49) 引用はいずれも『有島武郎全集』第八巻（前掲）に拠る。
(50) 引用は北住俊夫・佐々木靖章注解『三太郎の日記』（角川文庫、一九七九年、一七一－二頁）に拠る。
(51) 竹内洋『教養主義の没落　変わりゆくエリート文化』（中央公論新社、二〇〇三年）。大正教養主義については他に、上山春平「阿部次郎の思想的位置　大正教養主義の検討」（『思想』一九六〇年三月）を参照。
(52) 引用は大沢正道編『近代日本思想体系20　大杉栄集』（筑摩書房、一九七四年、一四三－四頁）に拠る。
(53) 竹内洋『教養主義の没落』（前掲）。
(54) 鈴木正夫「創造社脱退前後」『郁達夫　悲劇の時代作家』（研文出版、一九九四年）を参照。
(55) 尾崎一雄『あの日この日』上（前掲）。引用は講談社文庫版第一巻（前掲、二四八頁）に拠る。
(56) 高橋みつる「郁達夫『蜃楼』の未完の背景をめぐって」（『愛知教育大学研究報告（人文・社会科学編）』第五十一号、二〇〇二年三月）の指摘による。
(57) 引用は『郁達夫全集』第二巻（前掲、二四六－七頁）に拠る。

（58）引用は『郁達夫全集』第十一巻（前掲、二七三頁）に拠る。

第6章　オスカー・ワイルドの受容——唯美主義と個人主義

（1）鄭伯奇「憶創造社」（『文芸月報』一九五九年第五／六／八・九号）。引用は王延晞・王利編『中国現代文学史資料彙編（乙種）鄭伯奇研究資料』（山東大学出版社、一九九六年、一〇九頁）に拠る。

（2）代表的なものとして、伊藤虎丸「郁達夫と大正文学　日本文学との関係より見たる郁達夫の思想＝方法について」及び「座談会　佐藤春夫と中国」（伊藤虎丸・祖父江昭二・丸山昇編『近代文学における中国と日本　共同研究・日中文学関係史』汲古書院、一九八六年）、陳齢「佐藤春夫と郁達夫　イロニーとしての交遊史」（『愛知文教大学論叢』第四号、二〇〇一年）、鈴木正夫「郁達夫と佐藤春夫　佐藤春夫の放送原稿「旧友に呼びかける」に即して」（『横浜私立大学論叢人文科学系列』第五十三巻第一・二合併号、二〇〇二年三月）など。

（3）ワイルドの伝記については、平井博『オスカー・ワイルドの生涯』（松柏社、一九六〇年初版。本論では一九八二年第八版を利用）、山田勝『オスカー・ワイルドの生涯　愛と美の殉教者』（日本放送出版協会、一九九九年）を参照した。

（4）郁におけるワイルドの受容を論じた先行研究として、沈紹鏞「郁達夫与王爾徳」（『文芸理論与批評』一九九六年第四期）、耿寧「郁達夫・王爾徳・唯美主義」（『外国文学研究』一九九八年第一期）、宮富・劉騁「模擬的頽廃派　本質的清教徒　論郁達夫対唯美主義的接受与転化」（『零陵学院学報』第二十四巻第三期、二〇〇三年五月）、黎楊全「霊与肉　試比較田漢与郁達夫対唯美主義的接受」（『楚雄師範学院学報』第十九巻第一期、二〇〇四年二月）を参照した。ただし沈紹鏞の論を除いて、いずれも唯美主義やワイルドと郁達夫の関係を、一般的な定義や作家観に依拠して論じたもので、具体性に乏しい。

（5）小田切進編『日本近代文学年表』（小学館、一九九三年、一一一頁）を参照。

（6）伊藤虎丸・稲葉昭二・鈴木正夫編『郁達夫資料総目録附年譜』下（東洋学文献センター叢刊第59輯、東京大学東洋文化研究所附属東洋学文献センター、一九九〇年）の「Ⅲ　附：年譜」（二二二頁）。

（7）小谷一郎編「創造社年表」（『創造社資料別巻　創造社研究』一九七九年、一一三頁）を参照。田漢の日記は現在『田漢全

集』第二十巻（花山文芸出版社、二〇〇〇年）で見ることができる。田漢と佐藤の関係については、畠山香織「佐藤春夫と中国近代劇作家田漢との交友について「人間事」から読みとれるもの」（『京都産業大学論集 外国語と外国文学系列』第二十五号、一九九八年三月）、王俊文「一九二七年日中両国作家の「人間事」 佐藤春夫・田漢・芥川龍之介・辜鴻銘」（『東京大学中国語中国文学研究室紀要』第十二号、二〇〇九年十月）を参照。

（8）『郁達夫資料総目録附年譜』下（前掲）の編者の一人伊藤虎丸は、「座談会 佐藤春夫と中国」（『近代文学における中国と日本』前掲）で、小谷氏の一九二一年十月以降説を紹介し、その説に同意している（五九二頁）。また、編者の一人鈴木正夫氏からは、一九二〇年説の根拠として、郁雲『郁達夫伝』（福建人民出版、一九八四年）の記述（四一頁）をご指摘頂いた。確定は困難だが、郁雲氏の記述の根拠がはっきりせず、また佐藤の記憶をも考慮して、ここでは一九二一年十月以降説に従いたい。

（9）引用は『定本佐藤春夫全集』別巻一（臨川書店、二〇〇一年、一〇一頁）に拠る。

（10）引用は『定本佐藤春夫全集』別巻一（前掲、一〇一頁）に拠る。

（11）郁と谷崎の関係については、先行研究に劉久明「郁達夫与谷崎潤一郎」（『東洋大学中国哲学文学科紀要』第十号、二〇〇二年三月）がある。

（12）引用は『郁達夫全集』第十巻（浙江大学出版社、二〇〇七年、二九頁）に拠る。以下、郁の引用は、注記のない限り同全集に拠る。

（13）楢崎勤『作家の舞台裏 一編集者の見た昭和文壇史』（読売新聞社、一九七〇、二二二頁）。

（14）佐藤春夫『詩文半世紀』（読売新聞社、一九六三年）。引用は『作家の自伝12 佐藤春夫』（日本図書センター、一九九四年、二一一頁）に拠る。

（15）「支那趣味」については、川本三郎「支那服を着た少女」（『大正幻影』新潮社、一九九〇年。のち、ちくま文庫、一九九七年）、西原大輔「「支那趣味」の誕生」（『谷崎潤一郎とオリエンタリズム 大正日本の中国幻想』中央公論新社、二〇〇三年）を参照。

（16）須田千里「佐藤春夫と中国文学」上下（『文学』第二巻第四号、二〇〇一年七月／二〇〇二年五月）を参照。

(17) 例えば伊藤虎丸は、「座談会　佐藤春夫と中国」（『近代文学における中国と日本』前掲）で、作品の構成や手法では「非常に共通性がある」と結論するも、「作品世界の雰囲気あるいは内容という点では、「田園の憂鬱」とはまるで似つかない、むしろある意味では正反対といっていい」と語る。

(18) 郁における佐藤春夫受容については、拙稿「郁達夫与佐藤春夫　再論佐藤文学対郁達夫的影響」（王暁平主編『東亜詩学与文化互読　川本皓嗣古稀紀念論文集』中華書局、二〇〇九年）を参照。

(19) 日本におけるワイルド受容の書誌については、井村君江「日本に於けるオスカー・ワイルド書誌」（『鶴見大学紀要　第二部　外国語・外国文学編』第十三号、一九七六年三月）、平井博「日本における Oscar Wilde 書誌」（『オスカー・ワイルド考』松柏社、一九八〇年）を参照。

(20) 明治日本におけるワイルド受容については、井村君江「日本におけるオスカー・ワイルド　移入期第1部」（『鶴見女子大学紀要』第七号、一九六九年十二月）、佐々木隆「明治時代のワイルド受容」（『武蔵野短期大学研究紀要』第十三輯、一九九九年六月）を参照。

(21) 井村君江「夏目漱石とオスカー・ワイルド　日本に於ける『獄中記』の波動　その二」（『鶴見女子大学紀要』第五号、一九六八年三月）、尹相仁『世紀末と漱石』（岩波書店、一九九四年）を参照。

(22) 岩佐壮四郎『抱月のベル・エポック　明治文学者と新世紀ヨーロッパ』（大修館書店、一九九八年）を参照。

(23) 井村君江『「サロメ」の変容　翻訳・舞台』（新書館、一九九〇年）を参照。

(24) 佐藤春夫『青春期の自画像』（共立書房、一九四八年）、『詩文半世紀』（前掲。いずれも『作家の自伝12　佐藤春夫』前掲所収）を参照。

(25) 平井博「日本における Oscar Wilde」（『オスカー・ワイルド考』松柏社、一九八〇年、一五一頁）。

(26) 金子光晴『詩人』（平凡社、一九五七年）。引用は講談社文芸文庫版（一九九四年、五八頁）に拠る。

(27) 草野心平『わが青春の記』（オリオン社、一九六五年）。『人間の記録156　草野心平』（日本図書センター、二〇〇四年、六二一－三頁）。

(28) 高見順『対談現代文壇史』（筑摩書房、一九七六年）における山本有三の証言（二六頁）。

(29) 鏡味國彦「アーサー・シモンズとオスカー・ワイルドの波動　大正期を中心に」（『十九世紀後半の英文学と近代日本』文化書房博文社、一九八七年、二三〇頁）。他に石崎等も、「ワイルドが流行したのは、明治末から大正にかけての10年ほどである」とする（「ワイルドと大正文学」山田勝編『オスカー・ワイルド事典、イギリス世紀末大百科』北星堂書店、一九九七年、五〇二頁）。大正日本におけるワイルド受容については他に、佐々木隆「大正時代のワイルド受容」（『武蔵野短期大学研究紀要』第十五輯、二〇〇一年六月）を参照。

(30) 本間におけるワイルド受容については、清水義和「本間久雄とワイルド」（『ショー・シェークスピア・ワイルド移入史』文化書房博文社、一九九九年）、佐々木隆「本間久雄のワイルド研究　明治時代」（『異文化の諸相』第二十六号、二〇〇五年十二月）を参照。

(31) 平井博「日本におけるOscar Wilde」（『オスカー・ワイルド考』前掲、一五三－四頁）。

(32) 解志熙「英国唯美主義文学在中国的伝播」（『外国文学評論』一九九八年第一期）。

(33) 査明建・姚君偉「英美文学的翻訳　主要作家及其訳作　王爾徳」（謝天振・査明建主編『中国現代翻訳文学史（1898-1949）』上海外語教育出版社、二〇〇四年、三二一頁）。

(34) 解志熙「英国唯美主義文学在中国的伝播」（前掲）。

(35) 白水紀子「沈澤民研究　五四時代」（『横浜国立大学人文紀要　第二類　語学文学』第四十輯、一九九三年十月）。

(36) 張聞天選集伝記組・張聞天故居・北京大学図書館編『張聞天早期文集（1919.7-1925.6）』（中共党史出版社、一九九九年、一六一頁）。

(37) 瀬戸宏『中国演劇の二十世紀　中国話劇史概況』（東方書店、一九九九年、四四－四五頁）を参照。

(38) 『張聞天早期文集（1919.7-1925.6）』（前掲）には、二人は一九二〇年日本で親しくなったとの記述がある（二二三頁脚注一）。

(39) 工藤貴正『中国語圏における厨川白村現象　隆盛・衰退・回帰と継続』（思文閣出版、二〇一〇年）を参照。また張競「「恋愛」の挫折　郁達夫の「世紀末」的恋愛」（『近代中国と「恋愛」の発見　西洋の衝撃と日中文学交流』岩波書店、一九九五年）は、「当時、白村は中国人の留学生たちに広く師として崇められていた」としている（二八六頁）。

(40) 引用は『厨川白村全集』第二巻（改造社、一九二九年、四四四-五頁）に拠る。
(41) 小谷一郎「創造社と少年中国学会・新人会　田漢の文学及び文学観を中心に」（『中国文化』第三十八号、一九八〇年六月）を参照。
(42) 谷崎のワイルド受容については、鏡味國彦「アーサー・シモンズとオスカー・ワイルドの波動　大正期を中心に」（前掲）を参照。
(43) 引用は『谷崎潤一郎全集』第二十四巻（中央公論社、一九八三年、一五七頁）に拠る。
(44) 引用は『定本佐藤春夫全集』第二十巻（臨川書店、一九九九年、一五頁）に拠る。
(45) 引用は『芥川龍之介全集』第六巻（岩波書店、一九九六年、二九九-三〇〇頁）に拠る。芥川のワイルド受容については、兼武進「芥川龍之介とオスカー・ワイルド　「美しき描写」をめぐって」（『桃山学院大学人文科学研究』第十五巻第一号、一九七九年七月）を参照。
(46) 吉田精一『近代文芸評論史　大正篇』（至文堂、一九八〇年、一三六頁）。
(47) 佐藤春夫「僕のは半処女」（『本の手帖』一九六一年十月）。引用は『定本佐藤春夫全集』第二十六巻（前掲、二〇〇〇年、二三三頁）に拠る。他に『青春期の自画像』（前掲）にも同様の記述がある（『作家の自伝12　佐藤春夫』前掲、四〇頁）。
(48) 引用は『定本佐藤春夫全集』第十九巻（前掲、一九九八年、三二頁）に拠る。
(49) 引用は『定本佐藤春夫全集』第十九巻（前掲、一一頁）に拠る。
(50) 引用は『定本佐藤春夫全集』第十九巻（前掲、八〇頁）に拠る。
(51) 鏡味國彦「アーサー・シモンズとオスカー・ワイルドの波動　大正期を中心に」（『十九世紀後半の英文学と近代日本』前掲、二六五頁）。
(52) 引用は『ワイルド全集』第五巻（復刻版、日本図書センター、一九九五年、二頁）に拠る。
(53) 引用は『定本佐藤春夫全集』第十九巻（前掲、六-七頁）に拠る。
(54) 沈紹鏞「郁達夫与王爾徳」（『文芸理論与批評』前掲）。
(55) 張競「「恋愛」の挫折　郁達夫の「世紀末」的恋愛」（『近代中国と「恋愛」の発見』前掲）は、郁達夫は「とくにイギリス世紀末文学から強い影響を受けていた」と指摘する（二七五頁）。『イエロー・ブック』の作家たちについては、山田勝『世紀末の群像　イエロー・ブックと世紀末風俗』（創元社、一九八七年）を参照した。

(56) 高田昭二「創造社の文学観」（『中国近代文学論争史』風間書房、一九九〇年）。

(57) 吉田健一『英国の近代文学』（垂水書房、一九六四年）。引用は岩波文庫版（一九九八年、一六／四〇頁）に拠る。

(58) 引用は『谷崎潤一郎全集』第二十四巻（前掲、一五八頁）に拠る。

(59) 引用は島村民蔵訳「芸術家としての批評家」（『ワイルド全集』天佑社、一九二〇年）に拠る。

(60) 引用は『定本佐藤春夫全集』第十九巻（前掲、九四－五頁）に拠る。

(61) 佐藤春夫の文芸批評家としての位置については、谷沢永一「佐藤春夫」『大正期の文藝評論』（塙書房、一九六二年。のち中公文庫、一九九〇年）、吉田精一「佐藤春夫」Ⅰ・Ⅱ『近代文芸評論史　大正篇』（至文堂、一九八〇年）を参照。

(62) 『ドリアン・グレイの肖像』「序文」の引用は、*Collins Complete Works of Oscar Wilde. HarperCollins Publishers.* 2003. p.17.の拙訳に拠る。福田恆存訳（新潮文庫、一九六二年。二〇〇四年改版、八－一〇頁）を参照した。

(63) 張競「「恋愛」の挫折　郁達夫の「世紀末」的恋愛」（『近代中国と「恋愛」の発見』前掲、二八八頁）。

(64) 英国の世紀末文学については、矢野峰人『世紀末英文学史　補訂近代英文学史』上下（牧神社、一九七八／九年）、吉田健一『ヨオロッパの世紀末』（新潮社、一九七〇年。のち筑摩書房、一九八七年）を参照した。

(65) 村上昌美「『社会主義下の人間の魂』」（山田勝編『オスカー・ワイルド事典、イギリス世紀末大百科』北星堂書店、一九九七年、五五四頁）。他に阿佐美敦子「個人主義」（同前）を参照。

(66) 佐々木隆「大正時代のワイルド受容」（『武蔵野短期大学研究紀要』前掲）。日本における『獄中記』の受容については、井村君江「わが国における「獄中記」〔O.Wilde〕の波動　第一部」（『鶴見女子大学紀要』第四号、一九六七年二月）を参照。

(67) 引用は『定本佐藤春夫全集』第十九巻（前掲、六頁）に拠る。井村君江は『田園の憂鬱』について、「「田園」という獄舎に苦しみ悩む芸術家の姿に、獄中で苦悩するワイルドを重ねていたことは随所に読み取れる」としている（「佐藤春夫」『オスカー・ワイルド事典、イギリス世紀末大百科』前掲、五三三頁）。

(68) 引用は『広津和郎全集』第八巻（中央公論社、一九七四年、四九－五〇頁）に拠る。

（69）『獄中記』の引用は、*Collins Complete Works of Oscar Wilde.* p.1017, 1018, 1026, 1030, 1038, 1041.（前掲）の拙訳に拠る。福田恆存訳（新潮文庫、一九五四年。一九八〇年改版第三十二刷）を参照した。
（70）厳家炎「創造社影響下的自我小説及其浪漫主義、現代主義特徴」（『中国現代小説流派史』人民文学出版社、一九八九年、七八頁）。
（71）相馬御風の著書目録、年譜などについては、紅野敏郎・相馬文子編著『相馬御風の人と文学』（名著刊行会、一九八二年）を参照した。またその評論活動については、紅野敏郎「『黎明期の文学』とその前後　御風評論の根底」（『相馬御風の人と文学』前掲）、谷沢永一「相馬御風」（『大正期の文芸評論』塙書房、一九六二年）を参照した。
（72）佐々木隆「大正時代のワイルド受容」（『武蔵野短期大学研究紀要』前掲）の指摘による。
（73）のち『幾個偉大的作家』（中華書局、一九三四年）に収めるに際し、「哈孟雷特和堂吉訶徳」と改題。
（74）「辻潤年譜」（高木護編『辻潤全集』別巻、五月書房、一九八二年、四五五頁）。
（75）引用は尾崎一雄『あの日この日』下（講談社、一九七五年、一六頁）に拠る。
（76）尾崎一雄『あの日この日』上（講談社、一九七五年）。引用は講談社文庫版第二巻（一九七八年、一七六頁）に拠る。
（77）引用は『辻潤全集』第一巻（五月書房、一九八二年、一六八頁）に拠る。
（78）引用は『辻潤全集』第一巻（前掲、一七七頁）に拠る。
（79）引用は『定本佐藤春夫全集』第二十巻（前掲、六六頁）に拠る。
（80）引用は『辻潤全集』第四巻（五月書房、一九八二年、三八二－三頁）に拠る。

第7章　大正の自伝的恋愛小説の受容――『懺悔録』・『受難者』・『新生』

（1）孫荃との関係については、高橋みつる「郁達夫と孫荃・王映霞　家・家族・愛の視点から」上（『愛知教育大学研究報告　人文・社会科学編』第五十五号、二〇〇六年三月）を参照した。
（2）王映霞との関係については、『王映霞自伝』（台北：伝記文学出版社、一九九〇年。拙稿では合肥：黄山書社、二〇〇八年を利用した）、高橋みつる「郁達夫と孫荃・王映霞　家・家族・愛の視点から」中／下の1（『愛知教育大学研究報告　人文・社会科学編』第五十六／五十七号、二〇〇七年三月／二〇〇八年三月）を参照した。

（3）引用は『郁達夫全集』第五巻（浙江大学出版社、二〇〇七年、三五二頁）の拙訳に拠る。以下、郁の引用は、注記のない限り同全集に拠る。訳の際に、立間祥介訳「日記九種」（『現代中国文学第6巻　郁達夫・曹禺』河出書房新社、一九七一年）を参照した。

（4）ダンテ『新生』については、山川丙三郎訳『新生』（岩波文庫、一九四八年）、R・W・B・ルイス「ベアトリーチェの死と新生」『ペンギン評伝叢書　ダンテ』（三好みゆき訳、岩波書店、二〇〇五年）を参照した。

（5）小田嶽夫『郁達夫伝　その詩と愛と日本』（中央公論社、一九七五年、一五〇－一頁）。

（6）中田幸子『アプトン・シンクレア　旗印は社会主義』（国書刊行会、一九九六年、八〇頁）。

（7）シンクレア『拝金芸術』の日本における受容については、中田幸子『父祖たちの神々　ジャック・ロンドン、アプトン・シンクレアと日本人』（国書刊行会、一九九一年）を参照。*Mammonart* の邦訳には他に、清水宣訳『新世界文学史』（アルス、一九四〇年）もある。

（8）小林善彦「『告白』」（『ルソー全集』第一巻、白水社、一九七九年、四五〇－一頁）。

（9）ルソーの全般的な思想や伝記については、桑原武夫編『ルソー研究　第二版』（岩波書店、一九六八年）、中里良二『ルソー』（清水書院、一九六九年）、福田歓一『ルソー』（講談社、一九七六年）、平岡昇「ルソーの思想と作品」（同編『世界の名著第36巻　ルソー』中央公論社、一九七八年）、吉澤昇他『ルソー　著作と思想』（有斐閣、一九七九年）を参照した。

（10）日本におけるルソー受容の書誌としては、木崎喜代治編「日本におけるルソーおよびヴォルテール関係文献目録」（『思想』第六百四十九号、一九七八年七月）、「同　補遺」（『思想』第六百六十一号、一九七九年七月）、同編「邦語文献目録」（『ルソー全集』別巻二（白水社、一九八四年）を参照した。また、日本におけるルソー受容史については、松田穣「ルソー」（同編『比較文学辞典』東京堂出版、一九七八年）、富田仁「ジャン＝ジャック・ルソー　啓蒙思想と「告白」の問題」（『フランス小説移入考』東京書籍、一九八一年）を参照した。

（11）石川訳については、佐藤良雄「ルソーと石川戯庵」（『社会学論叢』第二十五号、一九六二年十二月）、小西嘉幸「『懺悔録』の翻訳と日本近代の自伝小説　藤村の『新生』」（宇佐美斉編『日仏交感の近代　文学・美術・音楽』京都大学学術出版会、二〇〇六年）を参照した。

(12) 謝天振・査明建主編『中国現代翻訳文学史（1898-1949）』「第八章　法国及法語国家文学的翻訳」（上海外語教育出版社、二〇〇四年、四二八頁）。他に狭間直樹「ルソーと中国　中国におけるブルジョア革命思想の形成」（『思想』第六百四十九号、一九七八年七月。こちらは出版社を「大同訳書局」とする）、島田虔次「中国での兆民受容」（『中江兆民全集』第一巻「月報2」岩波書店、一九八三年）を参照。

(13) 謝天振・査明建主編『中国現代翻訳文学史（1898-1949）』（前掲、四二九頁）。他に馬祖毅等著『中国翻訳通史第2巻　現当代部分』「外国文学在中国篇　第4章　法国文学」（湖北教育出版社、二〇〇六年）も参照したが、こちらは誤記が多い。

(14)『告白』訳としては他に、井上究一郎訳『告白録』全三冊（新潮文庫、一九五八年）、桑原武夫訳『ルソー　告白』全三冊（岩波文庫、一九六五－六六年）を参照した。

(15) 石川訳『懺悔録』（前掲、一、三八三頁）。

(16) 石川訳『懺悔録』（前掲、一四一頁）。

(17) 拙著『文学の誕生　藤村から漱石へ』（講談社選書メチエ、二〇〇六年）を参照されたい。

(18) 浅見淵『昭和文壇側面史』（講談社、一九六八年）。引用は講談社文芸文庫（一九九六年、六〇頁）に拠る。

(19) 江馬修『一作家の歩み』（理論社、一九五七年、一四〇頁）。

(20) のち周作人編訳『現代日本小説集』（商務印書館、一九二三年六月）に収める。

(21) 松岡純子「『資平譯品集』について」（『東京女子大学日本文学』第八十三号、一九九五年三月）。

(22) 江馬修の著作年表については、永平和雄「著作年表」（『江馬修論』おうふう、二〇〇〇年二月）、天児直美「江馬修の著作年表と参考文献目録　その開拓精神と多様な活動を中心に」（『美作女子大学・美作女子大学短期大学部紀要』第四十五号、二〇〇〇年三月）を参照した。また伝記的事実については天児直美『炎の燃えつきる時　江馬修の生涯』（春秋社、一九八五年）を参照した。

(23) 永平和雄『江馬修論』（前掲、一二三頁）。

(24) 引用は『受難者』（新潮社、一九一九年三月、第十一版、一七六‐七頁）に拠る。
(25) 引用は『受難者』（前掲、一七九頁）に拠る。
(26) 引用は『受難者』（前掲、二三二頁）に拠る。
(27) 江馬修『一作家の歩み』（前掲、一二一頁）。
(28) 江馬修『一作家の歩み』（前掲、一三八頁）。
(29) 佐藤義亮「出版おもひで話」（『新潮社四十年』新潮社、一九三六年）。
(30) 引用は『編年体大正文学全集別巻　大正文学年表・年鑑』（ゆまに書房、二〇〇三年、一七七頁）に拠る。
(31) 山本芳明「『慰めの女』　江馬修『受難者』の時代」（『文学者はつくられる』ひつじ書房、二〇〇〇年）。
(32) 引用は島田清次郎『地上　地に潜むもの』（季節社、一九九〇年、二九八／三〇〇頁）に拠る。
(33) 木村毅『私の文学回顧録』（青蛙房、一九七九年、三〇一頁）。
(34) 尾崎一雄『あの日この日』上（講談社、一九七五年）。引用は講談社文庫版（第一巻、一九七八年、八三頁）に拠る。
(35) 島田清次郎の伝記的事実については、杉森久英『天才と狂人の間　島田清次郎の生涯』（河出書房新社、一九六二年。のち河出文庫、一九九四年）を参照した。
(36) 内田百閒『百鬼園日記帖』（三笠書房、一九三五年）の大正八年一月一日の項。引用は『新輯内田百閒全集』第七巻（福武書店、一九八七年、一一八頁）に拠る。
(37) カッシーラー『ジャン＝ジャック・ルソー問題』（生松敬三訳、みすず書房、一九九七年、二／三／六二頁）。
(38) 中川久定「自我のことばとニルヴァーナのことば　ルソー・ヴォルテール歿後二〇〇年記念のために」（『思想』第六百四十八号、一九七八年六月）。のち『蘇るルソー　深層の読解』（岩波書店、一九九八年）所収。他に中川久定『自伝の文学　ルソーとスタンダール』（岩波新書、一九七九年）も参照した。
(39) 中川久定「自我のことばとニルヴァーナのことば」（前掲）。
(40) 石川訳『懺悔録』（前掲、一四五‐六頁）。
(41) 藤村はのち『新生』を『寝覚』と改題するに際し「附記」を記し、徐祖正により中国語訳が出版されたことに触れている。

（42）藤村の伝記としては、瀬沼茂樹『島崎藤村　その生涯と作品』（塙書房、一九五三年）、同『評伝島崎藤村』（筑摩書房、一九八一年）、下山嬢子『島崎藤村』（勉誠出版、二〇〇四年）を参照した。
（43）平野謙「新生論」（『島崎藤村』筑摩書房、一九四七年）。引用は『島崎藤村・戦後文芸評論』（冨山房、一九七九年）に拠る。『新生』研究史としては、岩見照代「島崎藤村『新生』」（『国文学解釈と鑑賞』第五十八巻第四号、一九九三年四月）を参照した。
（44）剣持武彦「ダンテの『新生』VITA NUOVA と島崎藤村の『新生』」（『二松学舎大学論集』一九六八年三月、のち『近代の小説　比較文学の視点と方法』一九七五年所収）。本稿では『日本文学研究資料叢書　島崎藤村Ⅱ』（有精堂出版、一九八三年）所収を利用した。
（45）引用は『藤村全集』第六巻（筑摩書房、一九七三年、四四頁）に拠る。
（46）井村君江「島崎藤村とオスカー・ワイルド　わが国に於ける『獄中記』の波動　第三部」（『鶴見女子大学紀要』第六号、一九六八年十二月）。本稿では剣持武彦編『比較文学研究叢書　島崎藤村』（朝日出版社、一九七八年）所収を利用した。
（47）引用は『藤村全集』第五巻（筑摩書房、一九七三年、三五一／三頁）に拠る。
（48）藤村におけるルソー受容については、今野一雄「藤村とルソー　「サヴォワの助任司祭の信仰告白」読解余説」（『一橋論叢』第五十七巻第二号、一九六七年二月）、山路昭「島崎藤村とフランス　藤村とフランス文明」（『明治大学教養論集』第五十二号、一九六九年三月）、平岡昇「日本におけるルソー（その一・その文学的影響について）」（『比較文学年誌』第五号、一九六九年三月）、同「ルソー」（伊東一夫編『島崎藤村事典』明治書院、一九七二年）、平林美和「藤村の「新生」に見られるルソーの影響　主人公の「懺悔」をめぐって」（『Lilia candida フランス語フランス文学論集』第二十一号、一九九一年三月）、小池健男『藤村とルソー』（双文社出版、二〇〇六年）を参照した。
（49）引用は『藤村全集』第六巻（前掲、一〇頁）に拠る。
（50）以下、『新生』の引用は『藤村全集』第七巻（筑摩書房、一九七三年）に拠る。
（51）引用は『受難者』（前掲、五四〇頁）に拠る。
（52）「節子」のモデルとなったこま子のその後については、和田芳惠『おもかげの人々　名作のモデルを訪ねて』（講談社、一九五八年）、伊東一夫『藤村をめぐる女性たち』（国書刊行会、一九九八年）、梅本浩志『島崎コマ子の「夜明け前」エロス愛・狂・革命』（社会評論社、二〇〇三年）を参照。

(53) 天児直美『炎の燃えつきる時』（前掲、六二頁）。

(54) 島崎静子『ひとすじのみち　藤村とともに』（明治書院、一九六九年、一九四頁）。震災以前の手紙は焼けたが、その後の手紙は、島崎静子編『藤村　妻への手紙』（岩波書店、一九六八年）に収録。

終　章　比較文学と文学史研究

(1) 比較文学の主要な入門書としては、島田謹二『近代比較文学』（光文社、一九五六年）、中島健蔵他編『比較文学講座Ⅰ比較文学　目的と意義』（清水弘文堂、一九七一年）、芳賀徹他『講座比較文学8　比較文学の理論』（東京大学出版会、一九七六年）など非常に数多くある。主要な研究成果については、柳富子「参考文献　日本における最近三十年間の成果を中心に」（亀井俊介編『現代の比較文学』講談社学術文庫、一九九四年）、渡邊洋『比較文学研究入門』（世界思想社、一九九七年）の「日本における比較文学参考文献目録」を参照。また著者もその出身である、東京大学の比較文学研究室については、小谷野敦『東大駒場学派物語』（新書館、二〇〇九年）がゴシップにも富んで興味深い。

(2) 中国人の日本留学については、さねとうけいしゅう『中国人日本留学史』（くろしお出版、一九六〇年）、阿部洋『中国の近代教育と明治日本』（福村出版、一九九〇年）、厳安生『日本留学精神史　近代中国知識人の軌跡』（岩波書店、一九九一年）などを参照。

(3) もし欧米から来た日本滞在経験者の眼を通して、日本文学史を描き直す作業を行うとしたら、エドワード・サイデンステッカーやドナルド・キーンの見た戦後文学を描くことになるだろうか。

(4) 石田幹之助『岩波講座日本歴史　西洋人の眼に映じたる日本』（岩波書店、一九三四年）。ただし引用は『石田幹之助著作集』第三巻「東洋学雑鈔」（六興出版、一九八六年、二二七頁）に拠る。外国人の見た日本については、膨大な研究の蓄積があり、筆者にとって専門の範囲外ながら、雄松堂の「異国叢書」や平凡社東洋文庫・岩波文庫・講談社学術文庫などに収められた邦訳の数々を読むのは楽しい時間である。ここでは手引として佐伯彰一・芳賀徹編『外国人による日本論の名著』（中公新書、一九八七年）、愉快な読み物として渡辺京二『逝きし世の面影』（葦書房、一九九八年）を挙げておく。

（5） 伊藤虎丸「解題 問題としての創造社 日本文学との関係から」（同編『創造社資料別巻 創造社研究』アジア出版、一九七九年、五二頁）。郁達夫「雪夜（日本国情的記述） 自伝之一章」は『宇宙風』半月刊第十一期（一九三六年二月十六日）に発表。

（6） 加藤陽子『戦争の日本近現代史』（講談社現代新書、二〇〇二年、一八頁）。二十世紀の日本の戦争については他に、猪木正道『軍国日本の興亡 日清戦争から日中戦争へ』（中公新書、一九九五年）、阿川弘之他『二十世紀 日本の戦争』（文春新書、二〇〇〇年）などを参照した。

（7） 西谷修『夜の鼓動にふれる 戦争論講義』（東京大学出版会、一九九五年）を一読すれば、戦争、特に二十世紀の世界戦争が人間の存在や世界の認識と切り離せない出来事であったことが分かる。

（8） 大正時代の概説書としては、今井清一編著『日本の百年5 成金天下』（筑摩書房、一九六二年。ちくま学芸文庫、二〇〇八年）、同『日本の歴史23 大正デモクラシー』（中央公論社、一九六六年。中公文庫、二〇〇六年）、児島襄『平和の失速 大正時代とシベリア出兵』全八巻（文藝春秋、一九九四年。のち文春文庫、一九九五年）、成田龍一『日本近現代史4 大正デモクラシー』（岩波新書、二〇〇七年）を参照した。

あとがき

ちょうど五年前、一冊目の本を出したとき、これが最初で最後の本かな、と思った。人生で一冊本が出せたらいい、と思っていたので、一冊で終わる可能性も高いと思っていた。それが今回、二冊目を出すことになった。五年前と同じく、不思議な気分でこのあとがきを書いている。

近所に本屋もない田舎で育ったので、小学六年生の夏休み、初めて文庫本というものを読んだ。吉川英治の『三国志』全八巻（講談社文庫）を、叔父に買ってもらったのである。夢中になった。これに味をしめ、秋から毎月二巻ずつ出始めた、駒田信二訳の『水滸伝』全八巻（講談社文庫）を読んだ。ひと足先に町の中学へ通い出した兄に頼み、本屋で毎月買ってきてもらった。漢字の難しいのには閉口したが、刊行日が待ち遠しかった。三つ子の魂みたいなもので、以来、本は長ければ長いほどいい、という妙な信念ができた。栗本薫にしても、バルザックにしても、長いこと、つづきのあることはすばらしい。一生かけて一つの大長編を書く作家が好きだ。

そもそも人間には欲がある。一冊出したら、二冊出したくなるし、二冊出したら、三冊目も、となるだろう。しかも、前著のあとがきでも記したように、伊藤整『日本文壇史』全十八巻（講談社文芸文庫）が大好きで、文学の話も長いほどいいと思い込んでいる。私も文学史の、つづきの話がしたい。それがこの本になった。

三度の飯より文学が好きである。文学が好きな人も好きである。それも、特定の作家を読むのではなく、時代や洋の東西を問わず、いろんな作家のいろんな作品を読むのが好きだ。当然、そういうタイプの人や作家が好きで、結果として、漱石がどうのとか、芥川がああだとか、特定の作家の話ではなく、「文学」というものの話をするのが好きになった。私自身は人に誇るほどの読書量ではなく、一生かけて一万冊も読めれば、充分恵まれた人生だった、文学を読んで楽しかった、と思う。その程度だが、いろんな文学を読む人と、いろんな文学の話をするのが好きだ。作家についても、たくさん文学を読んだ上で、自身の文学を生み出そうとする作家の書く文学が好きだ。

郁達夫はそういう人だった。残した作品がどれほど優れているかは、さほどではないという人もあるだろう。私もこれまで読んできて、例えば谷崎を読んだときのように、すごい傑作があるなあと思ったことはない。だが、文学好きの点では、郁達夫は無類である。本を手から放したことのない人である。文学こそ人生、という人で、私はそういう人が好きで、だから郁達夫と一緒になって、大正文学の話をできたことは、私にとって嬉しい経験だった。もし読者の皆さんに、日本の文学について、異国の人とこんな語ができるんです、こんなところにも「文学」の物語があったんですよと伝えられて、また皆さんにその物語をいささかなりと楽しんでいただけるなら、それに勝る喜びはない。

前著で、明治末年、日露戦後の文学を扱った。すると次は、ちょうど十年後、大正半ば、第一次大戦後の文学を扱いたくなり、本書を書いた。つづきのある話が大好きで、文学の話が大好きで、だから、チャンスを与えられれば、この日本近代文学史のつづきを、また書きたくなるだろうと思う。

本書の第一章から七章までは、以下の論文がもとになっている。

「〈自己表現〉の時代　郁達夫『沈淪』と五四新文化運動後文学空間の再編成」（『現代中国』第七十七号、日本現代中国学会、二〇〇三年十月）

「郁達夫の読書体験　日本留学時代を中心に」（『比較文学研究』第八十二号、東大比較文学会、二〇一〇年一月）

「〈自意識〉の肖像　田山花袋『蒲団』と郁達夫『沈淪』」（『比較文学』第四十五巻、日本比較文学会、二〇〇三年三月）
「郁達夫における志賀直哉の受容　自伝的文学とシンセリティ」（『近畿大学語学教育部紀要』第六巻第二号、近畿大学語学教育部、二〇〇六年十二月）
「郁達夫における大正教養主義の受容　自我をめぐる思考の脈絡」（『野草』第八十号、中国文芸研究会、二〇〇七年八月）
「郁達夫におけるワイルドの受容　唯美主義と個人主義」（『現代中国』第八十二号、日本現代中国学会、二〇〇八年九月）
「郁達夫における大正の自伝的恋愛小説の受容　『懺悔録』・『受難者』・『新生』」（『野草』第八十四号、中国文芸研究会、二〇〇九年八月）

本書に収めるに際し、これらの論文を大幅に改稿し、序章と終章を加えた。

なお、引用にあたって、旧漢字は新漢字に改めた。振り仮名は適宜省略するとともに、原典に振り仮名のない難読字については、現代仮名遣いで振り仮名をつけた。また中国語原典からの引用は、すべて拙訳による。


本書は前著と異なり、中国文学と日本文学の土台に、比較文学の手法を用いている。

筆者が中国文学を学んだのは、早稲田大学第一文学部中国文学専修においてである。杉本達夫先生をはじめとする先生方に、中国文学研究の手ほどきをしていただいた。一年間の四川聯合大学留学を含めると、早稲田には五年間在籍した。

大学院は東京大学に進み、総合文化研究科超域文化科学専攻の比較文学比較文化コースで、修士・博士と学んだ。指導教官の伊藤徳也先生に中国文学を、川本皓嗣先生、故・大澤吉博先生、菅原克也先生をはじめとする先生方に比較文学を教えていただいた。日本文学については、言語情報科学専攻の小森陽一先生のゼミに出させていただいた。神野志隆光先生をはじめ、数多くの先生方に励ましていただきながら、研究をつづけた。前著のもととなった博士論文を、伊藤・菅原・神野志・小森諸先生、塩崎文雄先生（和光大学）に審査していただき、東京大学大学院での十年間、早稲田を加えて計十五年間の学生生活を終えた。

学びながら、働いた。大学院を休学して、台湾の台南にある南台科技大学に二年間勤めた際には、川路祥代先生をはじめとする同僚の先生方にあたたかく迎えていただき、とてもお世話になった。

大学院修了後は、生まれ育った関西に戻り、近畿大学語学教育部及び文芸学部に五年間勤めた。楠本隆先生、米谷巍洋先生、山取清先生、福家道信先生、林君穂先生、須賀井義教先生をはじめとする先生方とお仕事をご一緒しつつ、本書に収める研究を進めることができた。現在は関西学院大学法学部に移り、新たな同僚の先生方とご一緒しながら、研究をつづけている。

さかのぼれば、大学院生のころ教えていた市進予備校には、今でも感謝している。古文を教える仕事は楽しかったし、何より研究をつづけるために安定した収入を確保できたことは、精神的にも大きかった。同じく、かつて非常勤講師をさせてくれた、和光・駿河台・埼玉をはじめとする諸大学にも、機会を与えていただいたことに感謝している。研究は、教えながら進めるものと思っている。教える機会は私にとって、多くを学ぶ機会だった。教壇に立つことで、少しずつ前進できた。

学生時代や就職後に参加させていただいた、比較・中国・日本文学の学会や、中国三十年代文学研究会・中国文芸研究会などの研究会では、多くの研究者と交流させていただいた。刺激され、教えられるところ多かった。

また、本書に収めた研究を進める上で、科学研究費補助金の交付を受けた。平成十八・十九年度の若手研究（スタートアップ）「五四新文化運動後の中国文学における〈自己表現〉性の研究」（課題番号18820048）、及び平成二十・二十一・二十二年度の若手研究（B）「郁達夫における大正文学受容の比較文学研究」（課題番号20720010）がそれである。これらの研究費のおかげで、資料収集はもとより、郁達夫の故郷富陽をはじめ、上海・広州・杭州・シンガポールなど、郁が足跡を残した土地を訪れ、図書館等で調査することができた。また本書を出版するに際しても、平成二十三年度の研究成果公開促進費（課題番号235057）の交付を受けた。記して感謝したい。

本書が世に出るためには、二人の方のご理解があった。東京大学大学院中国語中国文学の藤井省三先生には、郁達夫研究の広がりを評価していただき、出版社へと紹介していただいた。東京大学出版会の小暮明さんからは、前著を読んだ上で、次やりましょう、との話をいただき、丁寧な編集をしていただいた。

前著同様、多くの方々のおかげで、本書は世に出る。教えて下さった先生方、一緒に学んだ、専攻・専門を同じくする人たち、そして私の授業に出てくれた学生諸君に、深くお礼申し上げたい。

先日台北で、かつて毎晩のように聴いていたラジオ番組の司会者と、初めて言葉を交わした。十年前の言葉が、今の言葉と、重なって聞こえる。一度刻まれた言葉は、いつまでも心の中で響いて、消えることはない。

ラジオを通して、誰かと声をともにする。この本の声も、そうであってほしいと思う。

二〇一一年十二月

大東　和重

は 行

ま 行

や 行

ら 行

わ 行

人名索引

あ 行

か 行

著者略歴

1973 年　兵庫県生まれ
1996 年　早稲田大学第一文学部卒業.
2005 年　東京大学大学院博士課程修了．博士（学術）.
現　在　関西学院大学法学部准教授.
　　　　専攻は日中比較文学・台湾文学.

主要著訳書

『文学の誕生――藤村から漱石へ』（講談社選書メチエ，2006 年）
『夢と豚と黎明――黄錦樹作品集』（共訳，人文書院，2011 年）

郁達夫と大正文学
〈自己表現〉から〈自己実現〉の時代へ

2012 年 1 月 20 日　初　版

［検印廃止］

著　者　大東和重《おおひがしかずしげ》

発行者　財団法人　東京大学出版会
　　　　代 表 者　渡辺　浩
　　　　113-8654　東京都文京区本郷 7-3-1 東大構内
　　　　http://www.utp.or.jp/
　　　　電話 03-3811-8814　FAX 03-3812-6958
　　　　振替 00160-6-59964

印刷所　株式会社平文社
製本所　誠製本株式会社

ISBN 978-4-13-086040-6　Printed in Japan